Oetinger

Antonia Michaelis

MANCHMAL MUSS MAN PFERDE STEHLEN

Bilder von Simona M. Ceccarelli

Verlag Friedrich Oetinger · Hamburg

INHALTSVERZEICHNIS

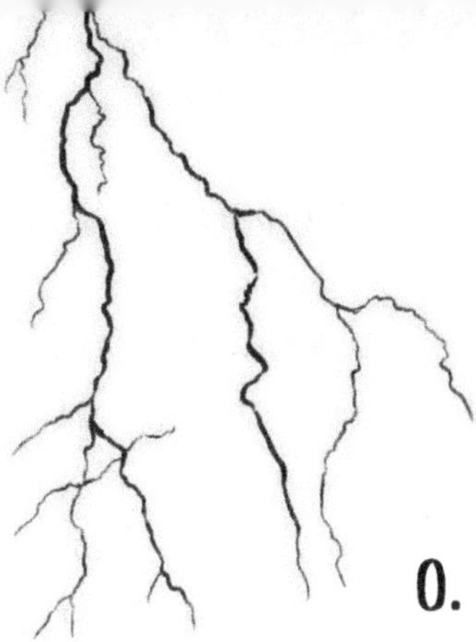

0. KAPITEL,

in dem es blitzt und ein Baum zerbricht

Es begann mit einer Gewitternacht.

Der Donner rollte über die Wiesen, Regen peitschte die Küste. Vermutlich sagten selbst die Fische zueinander: »Was für eine ungemütliche Nacht!« Und in einem Stall, der sonst ganz gemütlich war, standen zwei Pferde.

Draußen heulte der Sturm, und die Bäume bogen sich, ihre wilden Schatten tanzten auf der Stallwand im Licht der Straßenlaterne.

Der alte Hansen schlief in seinem Bett wie ein Bär. Und der Kohl schlief auf dem kleinen Feld, und die Schnecken schliefen im Gemüsebeet. Aber die Pferde konnten nicht schlafen.

Es waren zwei: eine Stute mit einem ausladenden Hinterteil und ein Hengst mit einer weißen Blesse auf der Stirn. Das Pferd mit dem Hinterteil schnaubte unruhig.

»Ich mag kein Gewitter«, sagte es ohne Worte.

»Hab keine Angst«, sagte das andere, ebenfalls ohne

Worte. Pferde brauchen keine Worte. »*Ich* mag das Gewitter. Es erinnert mich ...«

Und in diesem Moment gab es einen Knall, und das Stalltor sprang auf. Der Riegel hatte sich gelöst, vielleicht, weil der Wind dagegengedrückt hatte.

»Es erinnert mich an damals«, wiederholte das Pferd mit der Blesse. »Als ich ein Fohlen war. Wild und frei! Wie der Donner, wie der Blitz! Später bin ich so brav geworden. All diese Jahre, in denen wir den Pflug zogen ... Aber jetzt fühle ich mich plötzlich wieder jung! Komm!«

Und es stieß das Stalltor ganz auf und roch die Blitze, roch die Freiheit.

»Tu das nicht«, sagte das andere Pferd. Aber da war das mit der Blesse schon draußen, bäumte sich auf, wieherte wild: wie betrunken.

Das andere, vorsichtig, ging nur ein paar Schritte nach draußen. »Igitt«, sagte es. »Der Regen! Er ist nass!« Es war ein Pferd, das nicht gerne nass wurde. »Komm zurück!«, sagte es.

Aber das Pferd mit der Blesse kam nicht. Es sprang zwischen den Gemüsebeeten herum, als wäre es wahrhaft wieder jung, völlig verrückt.

Das Pferd mit dem ausladenden Hinterteil schüttelte den Kopf. Und da geschah es.

Die Birke, die neben dem Stall stand, bog sich im Sturm, knackte, ächzte – und brach mit einem lauten Krachen entzwei. Ein Gewirr aus Ästen und Blättern stürzte herab auf das Pferd.

Es scheute. Versuchte sich aufzubäumen. Konnte nicht. Da war dieses Gewirr auf ihm, hielt es fest wie eine riesige Hand. Und das Pferd explodierte in einer Panik, die es nie gekannt hatte. Es schüttelte sich, tobte, raste über den Hof, einmal im Kreis herum, wieherte seine Angst heraus – und endlich wurde es den großen Birkenast los, endlich stand es mit bebenden Flanken.

Aber in seinem Herzen hatte sich die Angst festgesetzt. Als sie beide wieder im Stall standen, zitterte es noch immer.

»Was ist?«, fragte das andere Pferd, das draußen Unsinn gemacht hatte.

»Eine Hand hat mich festgehalten«, sagte das Angstpferd. »Die Hand eines Unsichtbaren im Gewitter. Er wollte mich töten!«

»Quatsch«, sagte das andere Pferd.

»Er wird wiederkommen«, sagte das Angstpferd störrisch. »Er wartet da draußen auf mich.«

Vor dem Stall legte sich der Sturm. Doch in dieser Nacht hatte sich alles verändert:

Eins der Pferde im Stall war wieder jung geworden und wild.

Das andere war ein Angstpferd geworden.

Und in einem Bett nicht weit, gar nicht weit weg, schlief ein blasses Mädchen mit hellem Haar und umklammerte einen alten Teddybären.

Es zuckte im Schlaf manchmal zusammen, erschrocken. Es träumte.
Und unter einer Kellertreppe, anderswo, schlief ein Junge mit verschrammtem Gesicht, zusammengerollt wie ein Tier. Er schlief unter einer bunten Bettdecke, die er aus einem Bett mitgenommen hatte. Aber er hatte niemandem gesagt, warum er unter der Treppe schlief. Er schlief mit geballten Fäusten. Ein Kämpfer.

All dies war der Beginn von mehr. Der Beginn einer Geschichte, gefährlich und wunderbar zugleich. Der Beginn eines Abenteuers.

1. KAPITEL,

in dem ein Papierpferd flieht und Pfannkuchen mit Tomatensoße und Schokolade vorkommen

Anna sah das Pferd zuerst.

Sie sah, wie es entstand.

Am Anfang war nur sein Kopf da: zurückgeworfen, ein wenig wild, ein wenig eigensinnig. Nervös spielende Ohren. Leicht geblähte Nüstern. Dann kam der Hals, elegant geschwungen. Dann die Mähne, flatternd im Wind. Das Pferd galoppierte. Es galoppierte über das Papier eines linierten Schulhefts. Sein Schweif fegte über die krakelige Überschrift »Das Leben der Heuschrecke«, es versuchte eindeutig, den Heftrand zu erreichen. Zu entkommen.

Vielleicht, dachte Anna, wäre es gern durch das Fenster hinaus galoppiert in den warmen Sommertag. Über die Wiesen vor dem Schulhaus, den kleinen Pfad an der Steilküste entlang, über dem Meer. Und schließlich zum Wald.

»Malst'n da?«, fragte Stefan, und Anna zuckte zusammen.
Die Frage war nicht an sie gerichtet. Zum Glück, denn sie hasste es, wenn jemand sie etwas fragte.
Es war Tariq, der das Pferd in sein Heft gemalt hatte. Tariq, der vor ihr saß.
»Nee, echt jetzt, 'n Gaul, oder was?«, fragte Stefan und lachte.
Tariq drehte den Kopf und sah Stefan an.
Anna sah, wie er die Augen zusammenkniff. Er hatte dunkle Augen mit einem wilden Ausdruck wie die des Pferdes. Und stets verstrubbeltes schwarzes Haar und einen Riss im Hemd, an der Schulter.
»Das ist Pferd«, erklärte Tariq leise und bestimmt.
»Gaul, Pferd, alles eins«, sagte Stefan. »Seit wann kritzelst du so was in dein Heft? Bist du 'n Mädchen?«
Jannis hörte auf, »Das Leben der Heuschrecke« von der Tafel abzuschreiben, und guckte ebenfalls rüber.
»Süß«, sagte er. »Kann ich's rosa ausmalen?«
»Lass mich Ruhe«, sagte Tariq. »Das ist mein Pferd. Ist echt.«
Stefan und Jannis sahen sich an und prusteten los.
Aber Anna verstand, was Tariq meinte. Das Pferd *war* echt. Es sah aus, als könne es aus dem Heft springen.
»Ist von da, wo ich wohne«, sagte Tariq.
Jetzt hatte sich auch Simone umgedreht. »Das Pferd ist aus dem Kinderheim?«, fragte sie.
Tariq schnaubte. »Pferd ist von Afghanistan.«

Anna sah, dass er die Fäuste geballt hatte, und machte sich klein. Sie wusste, was jetzt passieren würde. Tariq war erst seit zwei Monaten in der Klasse, aber sie wusste es, und die anderen hätten es auch wissen müssen.

»Afghanistan ist viel mehr besser wie hier«, sagte Tariq.

»Warum?«, fragte Jannis.

»Weil«, sagte Tariq.

»Dann setz dich doch auf dein Pferd und reite dahin zurück«, sagte Stefan. »Aber warte, da brauchst du noch ein schickes Reitkostüm. Und wir könnten dir Schleifchen ins Haar binden!«

Er griff nach einer Strähne von Tariqs schwarzem Haar. Und da schlug Tariq zu.

Es war so klar gewesen, warum hatte Stefan nicht den Mund gehalten?

Jetzt blutete er aus der Nase, und mit einer komischen Verzögerung schrie er los. Tariq sprang auf und schlug direkt noch mal zu, diesmal sauste seine Faust in Jannis' Gesicht, und dann stand er oben auf dem Tisch, sprang von da aus zum nächsten Tisch, alle schrien durcheinander, und Frau Winterblum, die sich bis jetzt mit dem Leben der Heuschrecke beschäftigt hatte, schrie auch.

»Stooopp! Hiergeblieben!«

Aber niemand blieb irgendwo. Tariq sprang über Tische, die anderen rannten ebenfalls los, und Anna wurde in dem Chaos irgendwie mitgerissen. Sie erreichte die Tür gleichzeitig mit Tariq.

Er sah sie einen Moment lang an. In seinen dunklen Augen loderte ein Feuer, das ihr Angst machte.

»Tariq, bleib stehen!«, schrie Frau Winterblum noch einmal.

Da schubste Tariq Anna zu Boden, die ihm im Weg stand, und hechtete hinaus in den Flur.

Die anderen, die ihm folgten, stolperten über Anna, sie waren wie eine Herde von Stieren, und sie drückte sich gegen den Türrahmen und schloss die Augen. Als sie sie wieder öffnete, sah sie in Frau Winterblums besorgtes Gesicht.

»Himmel, Anna«, sagte Frau Winterblum und zog sie auf die Beine. »Hat *er* dich gegen den Türrahmen geschubst?« Sie holte ein Stofftaschentuch heraus und tupfte an Annas Schulter herum. An dem Taschentuch war Blut. Aber nur ein bisschen. »Tut es sehr weh?«, fragte Frau Winterblum.

Anna wollte den Kopf schütteln, aber er ließ sich nicht schütteln, sie stand einfach nur da und sah auf ihre Turnschuhe.

Die Turnschuhe waren gelb mit kleinen weißen Blumen, Anna kannte die Blumen sehr genau, denn sie sah diese Schuhe immer an, wenn Frau Winterblum mit ihr sprach. Wenn irgendwer mit ihr sprach. Sie konnte nicht in die Gesichter von Leuten sehen. Es ging nicht.

»Was war denn?«, fragte Frau Winterblum. »Warum ist Tariq schon wieder ausgetickt? Du sitzt doch hinter ihm, du weißt es, oder?«

Und Anna wollte nicken, aber ihr Kopf nickte nicht. Eins der weißen Blümchen auf den Schuhen war ganz leicht grünlich. Das war interessant.

»Na gut«, sagte Frau Winterblum. »Kinder?«, rief sie in den Flur. »Kommt alle wieder in die Klasse. Ich sage Herrn Müller Bescheid, damit er Tariq sucht.« Sie seufzte. »So geht es nicht weiter. Stefan? Jannis? Ab zum Direktor, lasst euch verpflastern. Wir reden später.«

Als Anna wieder auf ihrem Platz saß, war sie froh, dass Frau Winterblum sie nicht mitgeschickt hatte zum Verpflastern. Sie hasste das Zimmer des Direktors.

Sie sah aus dem Fenster. Draußen lief Herr Müller über den Hof, der Hausmeister, auf der Suche nach Tariq. Zum dritten Mal in dieser Woche. Sie hätte ihm sagen können, wo Tariq war, er saß in der Esche, hinten an der Mauer. Man sah ihn zwischen den Blättern nur, wenn man genau hinguckte, und er saß da im Wind, als säße er auf einem Pferd, das durch die Luft galoppierte. Ja, Anna hätte es den Erwachsenen sagen können – aber dann auch wieder nicht. Denn sie sprach nicht mit Leuten. Es ging nicht.

Nach der Schule, als die anderen alle nach Hause gegangen waren, stand Anna noch einen Moment vorm Schultor. Eine kleine graue Katze kam vorbei, und Anna bückte sich und streichelte sie.

»Frau Winterblum weiß genau, dass ich nichts sage, und trotzdem fragt sie mich immer Sachen«, sagte Anna zu der Katze. »Sie tut so, als könnte ich antworten.«

»Mau«, sagte die Katze und drückte sich gegen Annas Beine.
»Frau Winterblum tut ständig so, als ob«, sagte Anna. »Sie tut auch so, als ob Tariq ein ganz normaler Schüler ist. Ich glaube, sie braucht einen Psychologen.«
»Mii?«, fragte die Katze.
»Psy-cho-loge«, sagte Anna. »Ich war auch bei einem. Er hatte ein schönes buntes Zimmer mit Büchern, und er hat immer Brettspiele gespielt. Ich glaube, er wollte, dass ich mitspiele. Und dass ich was sage. Hab ich aber nicht. Was hätte ich sagen sollen?« Sie nahm die Katze auf den Arm und drückte sie kurz an ihre Wange. »Komisch«, flüsterte sie. »Bei dir weiß ich genau, was ich sagen soll.«

»Anna«, sagte Papa, der zu Hause in der Tür stand. »Deine Lehrerin hat angerufen.«
Anna seufzte. Sie sah die Sorge in Papas Augen.
»Sie hat gesagt, es gab Ärger mit einem Jungen aus deiner Klasse, und du … wurdest verletzt? An der Schulter?«
»Unsinn«, sagte Anna und lachte, damit die Sorge aus seinen Augen verschwand. »Sie regt sich immer gleich so auf. Es ist bloß ein Kratzer, hier, schau.«
Papa atmete langsam aus. »Dann ist ja gut. Es gibt Pfannkuchen.«
»Mit Käse und Tomatensoße und Schokocreme?«, fragte Anna.

Und Papa nickte, denn sie aßen Pfannkuchen immer so. Anna hatte das entschieden. Vor Jahren.

Der Tisch stand am offenen Küchenfenster. Draußen im Garten lärmten die Vögel in den Birnbäumen, die Blumen schäumten wie Wellen aus Farbe, und überall war Sommer. Aus der Werkstatt drüben kam Gehämmere. Musik schwebte über Papas Bienenstöcke heran, Papas Mitarbeiter Theo hämmerte lieber mit Radio.

Papa und Theo machten Möbel. Einmal im Jahr fuhren sie irgendwohin und pflanzten alle Bäume wieder an, die sie verbaut hatten, und früher hatte Anna gedacht, sie müssten dann die Möbel auseinandernehmen und die Bäume wieder zusammensetzen, aber natürlich pflanzten sie neue. Papa mochte Bäume. Mitten im Wohnzimmer wuchs einer. Durch die Decke. Es war ein bisschen ungewöhnlich.

»Weißt du was«, sagte Papa jetzt und wischte sich seinen Schokoladen-Tomatensoßen-Bart ab. »Es hat noch jemand angerufen. Der Reiterhof. Wir standen ewig auf dieser Warteliste, weißt du ja, aber jetzt haben wir einen Platz.« Er strahlte. »Wir dürfen hinfahren und uns alles ansehen. Heute.«

Anna schluckte den letzten Bissen ihres Pfannkuchens herunter. Auf einmal schmeckte er komisch.
»Müssen wir?«, fragte sie leise. »Ich meine, der Psychologe war auch ein Reinfall. Hast du selber gesagt.«
»Das hier ist etwas ganz anderes«, sagte Papa. »Reittherapie ist ... sie sagen, es wirkt Wunder. Denk an diesen Jungen, der dich geschubst hat. Wenn du etwas sagen könntest ... wenn du dich wehren könntest, dann wäre doch alles besser.«
Sie sah auf, sah ihm in die Augen. Sie waren grün und freundlich. Annas Augen waren braun. So, wie die von Mama gewesen waren.
»Glaubst du im Ernst, weil ich reiten lerne, kann ich auf einmal mit Leuten reden?«, fragte sie.
Papa zuckte die Schultern. Er sah so traurig aus. Da ging sie um den Tisch und umarmte ihn.
»Okay«, flüsterte sie. »Ich versuch's.«

Tariq saß auf dem Dach des Kinderheims und sah hinunter.
Niemand wusste, dass er dort oben war.
Er war seinen geheimen Weg von der Schule hierhergekommen, über Dächer und durch Mauerlücken, er war gut darin, geheime Wege zu finden. Nicht gesehen zu werden. Das hatte er von Jamal gelernt.
Manchmal vermisste er Jamal so sehr, dass es wehtat. Was tat er in diesem Moment? Spürte er, dass sein kleiner Bruder auf einem Dach saß und an ihn dachte?

Träumte er nachts, wie Tariq es tat? Von all dem, was sie gemeinsam erlebt hatten? Davon, wie sie sich versteckt hatten und gerannt waren? Von der Angst? Von der Erleichterung? Träumte er, wie Tariq, von zu Hause? Von den Pferden, die über die Ebene preschten, und den Bergen, die sich blau dahinter erhoben? Von den Augen ihrer Mutter? Von der sanften Stimme ihres Vaters?

Tariq holte ein Stück Kreide aus der Tasche. Er hatte es in der Schule geklaut. Dinge, die man dringend brauchte, weil man sonst starb, durfte man klauen, hatte Jamal gesagt.

Und Tariq brauchte diese Kreide.

Er malte ein Pferd auf eine der Dachschindeln. Und noch eins.

»Ich werde ein Pferd stehlen«, flüsterte er. »Weil ich es

brauche. Weil ich sonst sterbe. Vor Sehnen. Und ich werde mit ihm davongaloppieren, so schnell wie unser Vater damals. So schnell wie der Wind.« Er nickte und malte noch ein Pferd. Dieses sprang.
»Und ich weiß, wo ich eins herkriegen kann«, flüsterte Tariq.

Nur einen Steinwurf entfernt stapfte der alte Herr Hansen hinter einem Pflug her, den zwei Pferde zogen. Zwei große, starke Arbeitspferde. Nicht die Sorte, auf denen man reitet.
Der alte Hansen summte vor sich hin und freute sich an dem satten dunklen Braun der Erdschollen, es war Zeit für die zweite Aussaat in diesem Jahr, der Boden war gut. Das Feld war klein, er brauchte keine großen röhrenden Dinger, in die man teuren Diesel kippen musste. Die Leute sagten, er wäre verrückt, weil er alles machte wie früher: mit der Hand, ohne Maschinen. Aber die Leute waren dumm.
Es beruhigte ihn, die Stute vor sich zu sehen, sie hatte einen schwankenden Hintern wie eine Bauchtänzerin … und dann schlug sie aus. Ganz plötzlich. Er sprang zur Seite, sah, wie sie mit den Vorderbeinen in die Luft stieg, panisch wiehernd. Wie sie ausbrach, das Geschirr zerriss, ihn umwarf, vorüberstürmte.
Und da saß er zwischen seinen Erdschollen. Und fluchte.
»Was zum Teufel … das hat sie doch noch nie …«, knurrte er. Der Hengst, noch immer eingespannt, sah

ihn nachdenklich an. Eine Fliege summte um seine Nase. Er nieste.

»Du meinst, es war die Fliege?«, fragte der alte Hansen. »Sie hat sich vor einer Fliege erschreckt und ist deshalb so durchgedreht? Schon wieder?«

Jetzt stand die Stute drüben im Gemüsebeet, mit bebenden Flanken, sie war über die kleine Mauer gesprungen und hatte einen Teil der Tomatenpflanzen zertrampelt. Sie sah zu ihm hinüber, nervös mit den Ohren spielend.

»Himmel!«, sagte Hansen. »Was ist bloß mit dir los in letzter Zeit? Warum erschreckst du dich dauernd so?« Er schüttelte den Kopf und sah den Hengst an. »Und du? Guck nicht so unschuldig. Dachtest du, ich weiß nicht, wer nachts aus dem Stall abhaut und heimlich im Mondlicht das Obst von den Bäumen frisst?« Er schüttelte den Kopf. »Seit dem Gewitter seid ihr beide völlig verrückt.«

Dann brachte der alte Hansen die Pferde auf die Weide, weil an diesem Tag nichts mehr zu machen war, und setzte sich in seinen alten, abgewetzten Sessel. Seufzte. Und nahm den Katalog mit den Fotos der schönen rot und grün lackierten Landmaschinen.

2. KAPITEL,

in dem eine Figur aus einem Ü-Ei mit Anna reden will, sie bei der Waldweide jemanden trifft, den sie nicht erwartet hat, und Apfelmütze und Wackelpo ihre Namen bekommen

»Schöner reiten«, sagte Anna.

»Wie?«, fragte Papa und steuerte den alten grünen Lieferwagen durch das schmale, rosenumwachsene Tor.

»Steht über dem Tor. *Schöner reiten*«, wiederholte Anna. »So heißt das hier.«

»Hm«, machte Papa und parkte den Lieferwagen zwischen einem großen Stall und einem schicken Auto. Der Lieferwagen klappte seine Rückspiegel ein, weil die Lücke zu eng war. Es sah aus, als lege er die Ohren an.

Er hat auch Angst, dachte Anna. Wie sie.

Sie waren eine Stunde lang gefahren, aber Anna hatte das Gefühl, sie wären Lichtjahre entfernt von zu Hause. Von Pfannkuchen mit Tomatensoße und Schokocreme. Von dem Garten mit den etwas unordentlich wachsenden bunten Sommerblumen und dem hüfthohen Gras.

Hier war alles aufgeräumt und geschniegelt. Die Rosen wuchsen in einem schönen Bogen über das Tor, und die Fensterbretter des weißen Hauses und des Stalls waren hellrosafarben gestrichen und blitzsauber.

»Schöner reiten – Reitkurse und Therapie«, las Anna flüsternd. Die Schrift am Stall war ebenfalls dezent rosa. Ein bisschen verschnörkelt. Wie aus einem Märchen.

Und dann trat eine Frau mit zwei Märchenpferden aus dem Stall und kam auf sie zu.

Das eine war ein schokoladenbraunes Pferd, schlank und groß, elegant. Vorn auf der Stirn hatte es einen Stern aus weißem Fell. Das andere Pferd war ein Pony, klein und mit fröhlichen Augen.

»Und das sind dann wohl Anna und ihr Vater«, sagte die Frau, die die Pferde hielt.

Sie stand jetzt genau vor Anna. Sie war groß und schlank und trug eine professionelle Reithose und professionelle Stiefel. Mehr sah Anna nicht von der Frau, denn sie guckte jetzt auf ihre eigenen Stiefel hinab, ihre alten grünen Gummistiefel mit den Froschaugen.

Die Stiefel waren beinahe zu klein, aber Anna hatte Papa verboten, sie wegzugeben, weil sie sie mochte.

»Ich bin Heike von Heidenberg«, sagte die Frau sehr sanft. Als könnte Anna beißen, wenn sie unsanft mit ihr sprach.

»Guten Tag«, hörte Anna Papa sagen.
Anna sagte nichts. Es gab nichts zu sagen.
Außer vielleicht, dass Heike von Heidenberg klang wie der Name einer Figur aus einem Überraschungsei. Papa und Anna hatten eine Zeit lang Ü-Eier gesammelt. Aber das mit dem Ü-Ei und dem Namen zu sagen, wäre unhöflich gewesen.
»Anna, du darfst dir heute ein Pferd aussuchen«, sagte Heike aus dem Ü-Ei, ging in die Knie und sah Anna von unten herauf an. Das war ein Trick, ganz plötzlich blickte Anna ihr ins Gesicht, und sie merkte, wie sie rot wurde. Das Heike-Gesicht war genauso sanft wie die Heike-Stimme, sie trug kleine goldene Pferdeohrringe, und ihre Augen waren blau wie Veilchen. Das Haar hatte sie in einem geflochtenen Zopf um ihren Kopf geschlungen und eine winzige rosa Seidenrose hineingesteckt.
»Du kannst Lollipop haben, das ist unser kleines lustiges Pony hier«, erklärte sie. »Oder Balalaika, das ist unsere ruhigste Stute. Wen immer du wählst, ich bin sicher, ihr werdet die besten Freunde werden. Und du und ich, wir auch.« Sie lachte, und Anna versuchte, ihrem Blick auszuweichen.
Heike wartete auf eine Antwort. Schließlich lächelte sie und sagte: »Dann nehmen wir für den Anfang Lollipop, das ist mit der Größe praktischer«, und dann war da plötzlich ein junger Mann neben ihr, der sagte, er hieße Vincent und Anna könnte ihn Vince nennen, und nun würde sie gleich mal sehen, wie sich das anfühlte, auf

einem Pferd zu sitzen. Er sagte noch mehr, sehr viel, aber Anna machte ihre Ohren zu, irgendwann musste er ja wieder aufhören zu reden. Sie konnte sich zumachen wie ein Haus seine Türen. Gewöhnlich gaben die Leute irgendwann auf.

Diesmal passierte etwas anderes. Ganz plötzlich packte Vincent Anna und setzte sie auf den Rücken des Ponys. »Na also«, sagte er mit einem strahlenden Lächeln. »Jetzt bekommst du noch diese schicke Reitkappe auf.« Er setzte ihr eine Kappe mit rosa Blümchenmuster auf den Kopf und klickte sie unter ihrem Kinn zu. »Lollipop und ich zeigen dir den Hof, Anna.« Dann nahm er das Pony am Halfter und ging los, und Heike aus dem Überraschungsei ging auf der anderen Seite neben Anna und legte eine Hand auf ihren Arm und sagte: »Du machst das ganz wunderbar. Schau, da vorne ist unser Labyrinthgarten, da sind lauter kleine nette Wege und überall Rosen, Rosen wirken so beruhigend.«

Anna wollte ihr sagen, dass sie Dornen hatten. Aber sie sagte es nicht. Sie konnte nicht.

Sie dachte an Mama, die Rosen gemocht hatte, aber die wilde Sorte, die am Waldrand wuchsen. Sie dachte daran, wie sie an einem Morgen vor langer Zeit wilde Rosen gepflückt hatte für Mama. Wie sie sich dabei vertrödelt hatte. Und dann …

Auf einmal war alles zu viel. Heikes Hand auf ihrem Arm. Vincent, der schon wieder redete. Die verflixten Rosen. Anna rutschte vom Pony, das Pony wieherte vor

Schreck und rannte los, und Anna rannte auch, es war ein einziges Durcheinander, überall waren Rosen und Dornen. Ihre Arme und ihr Gesicht waren zerkratzt, sie hatte ja gewusst, dass man besser Angst vor den Rosen hatte. Wie vor einer Menge Sachen, die harmlos aussahen. Sie kletterte über die Gartenmauer, schrammte sich die Knie auf, ließ sich auf der anderen Seite ins Gras fallen.

Dort rollte sie sich zusammen wie ein Igel.

So fand Papa sie eine halbe Stunde später. Er trug sie zum Lieferwagen. Sie hörte, wie er etwas zu Heike sagte, es klang entschuldigend, aber sie machte wieder die Ohren zu, und die Augen auch, bis sie zu Hause waren.

Später lag sie im Bett und hörte ihn in der Küche telefonieren und gleichzeitig den Abendbrottisch decken. Sie hatte keinen Hunger.

Papa hatte ihr die Schuhe ausgezogen und sie zugedeckt, und sie hatte nichts gesagt, nicht einmal zu Papa.

»Wie?«, sagte er ins Telefon. »Ja. Nein. Wissen Sie, Frau Winterblum, ich hatte so gehofft, dass die Pferde … Anna spricht ja mit *Tieren*. Ich? Nein, ich bin natürlich kein Tier, mein Gott, ich bin ihr *Vater*, natürlich spricht sie mit mir! Ich dachte, ein Pferd könnte … Aber ich fürchte, das hat alles nur noch schlimmer gemacht. Sie hatte Angst vor dem Pferd. Wie immer. Wie vor allem.«

Er klang so enttäuscht. Und er hatte so unrecht! Sie hatte keine Angst vor dem Pferd gehabt. Es waren die Men-

schen gewesen mit ihren Stimmen und Gesichtern und ihren Erwartungen.
Und dann fasste sie einen Entschluss.
Wenn es Papa so wichtig war, dass sie ritt – dann würde sie reiten.
Sie stand auf und kletterte aus dem Fenster. Das Holz des Fensterbretts unter ihren bloßen Füßen war noch warm von der Julisonne. Es waren nur noch zwei Wochen bis zu den Sommerferien. Und das nächste Jahr würde das letzte Jahr an der Gesamtschule sein. Danach musste sie in eine andere Schule gehen, weiter weg, in der Stadt. Vielleicht machte Papa sich deshalb Sorgen.
»Ich werde es ihm beweisen«, flüsterte sie in den Sommerwind. »Ich *bin* mutig. Es hat überhaupt nichts damit zu tun, ob man redet.«
Und sie lief durchs hohe Gras, an den Bienenstöcken vorbei, wo sie überhaupt keine Angst hatte, denn die Bienen hatten nie mit ihr reden wollen. Dann schnappte sie sich zwei nicht ganz reife Birnen und sprang mit einem Satz über den niedrigen Zaun, und kurz darauf war sie auf ihrem Fahrrad unterwegs durch die Felder in Richtung Wald.
Sie wusste, wo sie ein Pferd fand.

Die Weide war perfekt.
Sie befand sich bereits *im* Wald, auf einer Lichtung. Aber nicht allzu weit weg vom Waldrand. Nicht so weit, dass es auf dem Weg zu dunkel gewesen wäre. Sie war gerade

weit genug im Wald, sodass man sie von den Feldern aus nicht sah.

In ihrer Mitte stand ein knorriger wilder Apfelbaum, und all das hatte etwas Verwunschenes. Verwunschene Pferde auf einer verwunschenen Wiese in einem verwunschenen Wald. Anna und Papa hatten die Pferde einmal beim Spazierengehen entdeckt, sie hatten am Zaun gestanden und ihnen beim Verwunschensein zugeguckt. Und jetzt, im Licht des unendlich langen Sommerabends, war es noch verwunschener.

Als Anna jetzt ihr Rad an den Zaun lehnte und auf das unterste Querholz kletterte, kamen ihr die Pferde vor allem groß vor. Sie waren, um ehrlich zu sein, Riesen. Arbeitstiere. Giganten mit breiten Rücken und plumpen Köpfen und Fellbüscheln über den Hufen. Anna legte die Arme oben auf den Holzzaun und sah ihnen eine Weile zu.

Schließlich hob ein Pferd den Kopf und erwiderte ihren Blick.

Anna zuckte zusammen. Das Pferd zuckte ebenfalls. Es machte einen kleinen Satz in die Luft, mit allen vier Beinen zugleich, und Anna musste lachen. Woraufhin das Pferd ein bisschen beleidigt aussah.

Es drehte sich um und ging davon, langsam, als hätte es sowieso gerade irgendwohin gehen wollen.

»Ach komm«, sagte Anna. »Du kannst ruhig zugeben, dass du dich erschreckt hast.«

Doch das Pferd ging weiter. Es schaukelte dabei mit dem

ausladenden Hinterteil, hin und her, und sein Schweif schlug von einer Seite zur anderen, als würde es sich in den Hüften wiegen. Als würde es tanzen.
Es schaukelte eine ganze Runde über die Weide, durch ein Meer aus violetten Blumen, dann kam es zu Anna zurück.
»Wackelpo«, sagte Anna und lachte wieder, aber ganz leise. »Darf ich dich so nennen?«
Wackelpo neigte den Kopf, als würde sie nicken. Sie war eine *sie*.
»Ich bin Anna«, sagte Anna.
Da trat Wackelpo noch etwas näher, besiegte ihre Angst und schnupperte an Annas Hand. In ihren Augen stand eine kleine zarte Enttäuschung
»Ach so«, sagte Anna. »Warte.«
Sie ging zu ihrem Rad und nahm die beiden Birnen vom Gepäckträger. Eine hielt sie Wackelpo hin, mit weit ausgestrecktem Arm, falls das Pferd sie beißen würde.
Dann spürte sie warmen Atem – und Wackelpo nahm die Birne so sanft, dass sie nur ihren warmen Atem

spürte. Anna lächelte. Sie kletterte wieder auf den Bretterzaun und streichelte vorsichtig die Nüstern des Pferdes. Sie waren weich wie Samt.
»Du«, sagte Anna.
Wackelpo sah sie aufmerksam an. Ihre großen braunen Augen waren ernst.
»Ich muss reiten«, sagte Anna. »Für meinen Vater. Kann ich auf dir reiten?«
Wackelpo legte den Kopf schief. Als wollte sie sagen: »Wir müssten es ausprobieren.«
»Er glaubt, Pferde helfen«, sagte Anna. »Ich war auf einem Hof mit Pferden, die haben nicht geholfen. Es waren sehr hübsche Pferde. Ich glaube, zu hübsch. Und die

Frau hatte überall ständig ihr Gesicht. Mit dir ist es anders, glaube ich. Ich meine, findest du es schlimm, dass ich keine Reitstiefel habe?« Sie sah auf ihre bloßen Füße hinunter. »Eine Reitkappe habe ich auch nicht. Und keine Reithose und kein Reit-Irgendwas.«

Da warf Wackelpo den Kopf zurück und wieherte leise, und Anna starrte sie verwundert an. »Du lachst«, sagte sie. Und dann lachte Anna mit. Verrückt, dachte sie, sie stand mit einem Pferd auf einer Wiese und lachte. Einen Moment lang war sie glücklich.

»Hey!«, rief da jemand, und diesmal zuckten Anna und Wackelpo gleichzeitig zusammen.

Wackelpo stieg mit den Hufen in die Luft, wieherte und galoppierte davon.

Auf der anderen Seite der Weide war noch jemand auf den Zaun geklettert. Jemand in einem zerrissenen Hemd, mit verstrubbelten schwarzen Haaren und dunklen, brennenden Augen.

Tariq.

Alles in Anna zog sich zusammen. Als würde sie sich innerlich zu einem Igel rollen.

Aber sie blieb auf dem Zaun sitzen. Denn da war noch ein anderes Gefühl in ihr. Ärger.

Er hatte Wackelpo erschreckt.

Sie kniff die Augen zusammen und starrte Tariq böse an.

Und Tariq sah Wackelpo an, die mit bebenden Flanken mitten auf der Weide stand.

»Du nicht!«, sagte er und zuckte die Schultern. »Ich wollt reden mit den da!«
Damit sprang er vom Zaun. Innen. Und ging über die Weide auf das zweite Pferd zu. Das zweite Pferd war braun wie Wackelpo, nur etwas röter braun, mit Weiß über den Hufen. Es stand da und sah Tariq entgegen, drehte die Ohren hierhin und dorthin, nervös.
Anna hielt die Luft an. Tariq ging langsam weiter. Er hatte eine Hand ausgestreckt und murmelte Worte, die sie nicht verstand. Worte in einer anderen Sprache. Was, wenn das rotbraune Pferd ihn trat? Wenn es sich aufbäumte vor Schreck wie Wackelpo und seine Hufe auf Tariqs Kopf heruntersausen ließ?
Er stand jetzt genau vor dem Pferd. Das Pferd hörte auf, die Ohren zu bewegen. Es schnupperte an Tariqs Hand. Und Tariq streichelte seinen Hals.
Dann sagte er: »Ich reite.«
»Nein«, sagte Anna, so leise, dass nur sie selbst es hörte. »Du stehst auf der Wiese.«
»Ich reite«, wiederholte Tariq. »Du sehen.«
Er sah hinauf zum Rücken des Pferdes, aber das Pferd war zu groß. Und da nahm Tariq es am Halfter und führte es zum Apfelbaum. Nein, dachte Anna. Es hatte gar kein Halfter. Er hatte die Hand dorthin gelegt, wo das Halfter gewesen wäre, und ging zum Apfelbaum – und das Pferd ging mit. Einfach so.
Und als Tariq auf den Apfelbaum kletterte, blieb das Pferd darunter stehen. Ganz ruhig.

Tariq ließ sich von einem Ast auf den Rücken des Pferdes hinabgleiten. Ganz selbstverständlich. Es war wirklich ein riesiges Pferd, Tariq sah winzig aus auf seinem breiten Rücken. Er beugte sich vor und klopfte seinen Hals, und in diesem Moment fiel ein fauliger Apfel vom Baum, der sich durch das Gekletter gelöst hatte. Er landete zwischen den Ohren des Pferdes.
Tariq lachte. »Apfelmütze«, sagte er.
Das Pferd schüttelte den Kopf, um den Apfel loszuwerden.
»Apfelmütze«, wisperte Anna, kaum hörbar. »Wackelpo und Apfelmütze.«
»Und jetzt – ich reite«, sagte Tariq. »Weil – ich muss reiten. Und ich reite.«

Er würde es ihr zeigen, dachte Tariq.
Anna.
Wahrscheinlich würde sie ihn auslachen wie die anderen. Weil er ihre Sprache nicht richtig sprach. Weil er anders aussah. Weil er zu viel irgendwo hochkletterte und ständig kaputte Kleider hatte, auch wenn sie ihm im Heim neue gaben.
Aber er würde es dieser Anna zeigen. Er würde mit dem Pferd über den Zaun springen – wie sein Vater. Er schloss die Augen und sah es vor sich: wie sein Vater gesprungen war. Beim Bushkazi. Das Pferd war wunderschön gewesen, es war geflogen, als wären ihm Schwingen gewachsen, unter ihm hatten die roten Mohnfelder ge-

leuchtet, und es war mitten in den blauen Himmel hineingeflogen ... als könne es die Berge überqueren, mit einem einzigen Sprung über den ganzen Hindukusch setzen.

Als flöge es in eine wundervolle Zukunft.

Tariq öffnete die Augen, und da war nur noch dieses andere Pferd, unter ihm. Dieses zu große und irgendwie klobige Pferd. Egal, er brauchte ein Pferd, irgendeins.

Er presste die Hacken gegen seinen Bauch.

Und das Pferd preschte voran. Er sah, wie Anna am Zaun eine Hand vor den Mund schlug.

Jetzt!, dachte er. Da siehst du, wer ich bin! Nicht nur ein blöder Verlierer, der nicht richtig Deutsch kann. Ein Reiter! Ein Sieger!

Er beherrschte das Pferd vollkommen. Zwei Sekunden lang. Dann buckelte das riesige Pferd – und warf Tariq in hohem Bogen ab.

Da saß er im Gras und fluchte auf Farsi, wie er es von seinem Bruder gelernt hatte. Es waren sehr schöne und ausgefeilte Flüche, und es war schade, dass Anna am Zaun sie nicht verstand.

»So, du reitest, sieh mal einer an«, sagte sie laut und deutlich und grinste ein bisschen.

Tariq starrte sie an. Auf einmal wurde ihm bewusst, dass er ihre Stimme an diesem Tag zum ersten Mal hörte. Sie war schön. Und einen Moment lang saß er nur so da und fühlte, wie alles an ihm wehtat von dem Sturz, und lauschte der Stimme nach.

Ein paar Kilometer weiter war der alte Hansen in seinem Sessel eingeschlafen, die Füße auf einen Melkschemel gelegt – ein Relikt aus der Zeit, zu der es auf dem Hof noch Kühe gegeben hatte. Auf seiner Brust lag der Katalog mit den Hochglanzfotos von Landmaschinen. Eine Fliege surrte um seine knollige Nase, und er träumte davon, wie seine Pferde in einer der Maschinen saßen, vorn im Führerhäuschen. Der Hengst lenkte, und die Stute machte Fotos mit einem Handy.

»Verrückt«, murmelte Hansen im Schlaf. »Diese ganze moderne Welt. Völlig verrückt.«

3. KAPITEL,

in dem Tariq in einen Himbeerbusch fällt,
die Wiesenschaumfrau den alten Hansen nervt
und zwei aus einem Fenster klettern

Nachdem Tariq mit Fluchen fertig war, stand er auf und schüttelte sich. »Noch mal.«

Er legte seine Hand auf Apfelmützes Hals und führte ihn zurück zu dem knorrigen Baum. Apfelmütze ließ sich führen. Er ließ Tariq ein zweites Mal vom Baum auf seinen Rücken gleiten.

Er ging ein zweites Mal los.

Und dann warf er Tariq ein zweites Mal ab.

Diesmal landete er direkt vor Anna im Gras, mitten in einem Flecken von kleinen violetten Blumen. Wackelpo kam herangetrabt, beugte den Hals und pustete ihm besorgt ihren warmen Atem ins Gesicht.

»Uuh, lass das!«, sagte Tariq. »Ich brauch nicht Kuss von ein Pferd!«

Anna verbiss sich ein Lachen. Wackelpo hob den Kopf und stieß ihn gegen Annas Schulter.

»Du weißt, dass ich noch eine Birne habe«, flüsterte Anna. »Na gut …«
Und sie holte die Birne hervor und spürte, wie Tariq sie ansah.
»Du bist schlau«, sagte er. »Mit Birne ist die Pferde lieb. Sehr schlau.« Er nickte.
Und stand zum zweiten Mal auf. Sein Haar war voller violetter Blütenblätter, und quer über seine Nase verlief eine neue Schramme. Er sah so wild aus wie immer. Aber plötzlich hatte Anna keine Angst mehr. Man kann keine Angst haben vor einem Wilden, der mit lila Blüten verziert ist.
Sie spürte, wie sie lächelte, ohne es zu wollen.
»Warum musst du reiten?«, fragte sie ganz leise.
»Zu Hause«, sagte Tariq, »wir reite. Mein Bruder reite. Mein Vater reite. Ich reite.«
»Und deine Mutter?«
Tariq sah sie nachdenklich an. »Es ist Verbot. Meine Mutter reite, wenn keiner seht. Jetzt ich muss reiten weit. Ich muss finden ein … ein Sache. Jamal.«
»Was ist ein Jamal?«, fragte Anna.
Er antwortete nicht gleich, schien zu überlegen, und Annas Frage hing in der Luft. Da begriff sie plötzlich, was sie hier tat. Sie sprach mit ihm. Obwohl er kein Tier war und nicht Papa. Sie erschrak und machte den Mund fest zu.
»Was los?«, fragte Tariq.
Anna streckte ihm wortlos die unreife Birne hin und nickte zu Apfelmütze hinüber. Tariq verstand.

»Danke«, sagte er. Und er nahm die Birne und ging hinüber, dorthin, wo Apfelmütze mit stolz erhobenem Kopf stand und ihm entgegensah, ein bisschen misstrauisch und ein bisschen so, als mache es ihm durchaus Spaß, Tariq immer wieder abzuwerfen.

»Ich bringe dir morgen eine neue Birne mit«, flüsterte Anna Wackelpo ins Ohr. »Diese hier braucht er. Er muss Apfelmütze zähmen.«

Apfelmütze nahm die Birne vorsichtig aus Tariqs Hand und zerknackte sie zwischen seinen großen Zähnen. Er stand still, während Tariq ein drittes Mal vom Baum auf ihn kletterte.

Und als er diesmal losfegte, war er schnell wie eine Windböe. Er raste über die Weide, dass die Blütenblätter nur so nach allen Seiten stoben ... und flog über den Zaun. Landete zwischen den Bäumen des Waldes, mitten im Grün, und war fort.

»Oh«, sagte Anna.

Dann kletterte sie vom Zaun. Und dann ging sie um die Weide herum. Dorthin, wo die beiden verschwunden waren.

»Tariq?«, rief sie leise, zaghaft. »Tariq? Das hier ist der Weg zurück zum Dorf, wolltest du zum Dorf? Und was bedeutet Jamal? Ist das eine Sache aus ... aus Af...«

»Sag nicht Affenland«, knurrte eine Stimme vom Boden her. Anna blieb wie versteinert stehen vor Schreck.

Dann sah sie nach unten. Die Stimme kam aus einem Himbeerbusch.

»Stefan sagt Affenland«, sagte Tariq. »Er sagt, keiner kann erinnern für richtige Name.«

»Pfft«, machte Anna nur und schüttelte den Kopf. Sie hätte sagen können, dass Stefan ihn nur ärgerte und jeder wusste, dass es Afghanistan hieß, wo Tariq herkam.

Aber mehr, als wie es hieß, wusste sie auch nicht.

Sie bog die Zweige des Himbeerbuschs auseinander. Da lag er, und diesmal hatte es ihn ziemlich erwischt. Aus einem Kratzer über seinem Auge lief Blut. Er blinzelte es weg. Anna schluckte. Dann gab sie ihm wortlos ein Taschentuch.

»Ich glaub, ich hab ein Bein zerbrochen«, knurrte Tariq.

»Ge«, verbesserte Anna automatisch.

»Ich *kann* nicht gehen«, sagte Tariq. »Weil wegen das Bein.«

»Nein, *ge*brochen«, sagte Anna. Dann streckte sie die Hand aus und nahm seine Hand, und es war irgendwie ganz normal. Eine ganz normale Hand, an der sie ganz normal zog. Tariq kam auf die Füße und zuckte zusammen. Doch er biss die Zähne zusammen und sagte: »Vielleicht ist nicht ganz zerbrochen. Oh, scheiße! Wir müssen finden den Pferd!«

Anna nickte. Apfelmütze hatte eine deutlich sichtbare Spur zerknickter Zweige hinterlassen. Sicher war es besser, sie brachten ihn wieder auf seine Weide, damit es

keinen Ärger gab. Aber wie sie das anstellen sollten, war ihr ein Rätsel.
Und vielleicht tickte Tariq ja auch wieder aus und bekam einen Wutanfall und schlug zu oder rannte weg. Aber sie hatte nun mal beschlossen, mutig zu sein.

Es war komisch, zusammen durch den Wald zu gehen. Der Abend war immer noch hell, und Anna dachte kurz an Papa und das Abendbrot, aber dann geriet das irgendwie in den Hintergrund. Sie würde später alles erklären. Anna ging voraus, und Tariq ging hinterher, sie zeigte ihm den Weg, sie kannte sich besser aus in diesem Wald, las die Spur aus geknickten Ästen. Der Wald war grün und schön und vogelverzwitschert, sie war immer gerne mit Papa hier spazieren gegangen. Die anderen Menschen waren so beruhigend weit weg.
Sie drehte sich zu Tariq um und sah, dass er lächelte.
»Schön«, sagte er. »Schön hier.«
Und sie nickte. Sie hätte ihn gern gefragt, wie es da war, wo er herkam. Ob es da so einen Wald gab.
»Bei uns alles weit«, sagte Tariq. Als hätte er die Frage gehört, die sie gar nicht gestellt hatte. »Wiese. Und Feld. Rot. Und hinten, die Berge. Sehr hoch. Hindukusch.«
»Klingt auch schön«, wisperte Anna.
In diesem Moment erreichten sie den Waldrand und sahen Apfelmütze auf dem Weg zwischen den Weizenfeldern, und Tariq rannte los. Aber er konnte nicht richtig rennen, nicht mit dem Bein.

Apfelmütze drehte sich um, sah sie, wieherte und trabte los, auf die ersten Häuser des Dorfes zu. Dort tauchte er in ein Durcheinander aus Zierbüschen und Mauern.

Tariq und Anna erreichten die erste kleine Straße des Dorfes völlig außer Atem, und Tariq zeigte zu dem allerersten Haus.

»Da!«, keuchte er. »Er ist da … rein!«

»Rein?«, fragte Anna verwundert.

Aber Tariq zog sie mit, durch eine etwas schiefe Gartenpforte, und da sah sie Apfelmützes Hinterteil. Es stand in der Tür des Hauses.

Das Haus gehörte zu einem großen ummauerten Garten mit Gemüse und hohen Blumen. Daneben lagen ein paar kleine Felder, es war eine Art Minibauernhof, Papa kaufte hier gern Kartoffeln. Er sagte immer: »Es ist wie in einem Bilderbuch.«

Jetzt also stand mitten in dem Bilderbuch ein Pferdehintern.

Und dann war der Hintern weg, weil das Pferd ganz ins Haus gegangen war.

Tariq und Anna sahen sich an. »Wir muss raushol Pferd«, sagte Tariq.

Anna wollte sagen, dass sie nicht einfach in ein fremdes Haus gehen konnten, aber immerhin war ein fremdes Pferd darin. Und dann stand sie hinter Tariq in einem kleinen Vorflur voller Gummistiefel und Gartengeräte, der nach Erde roch.

Tariq zog sie weiter, in ein dunkles Wohnzimmer mit

einer Kommode und einem Fernseher, der aussah, als gehöre er in ein Museum. Apfelmütze stand mitten im Raum. Das Wohnzimmer war so klein oder Apfelmütze so groß, dass er mit dem Kopf schon fast im nächsten Raum war: einer Küche. Dort war es heller, dort gab es ein offenes Fenster und Luft und Licht und einen kleinen bunten Blumenstrauß, der auf einem Holztisch stand, Anna sah es durch die offene Tür.

»Und ich sage Ihnen, es lohnt sich«, sagte jemand in der Küche. »Sie sollten es versuchen.«

»Unsinn«, knurrte jemand anders.

Tariq huschte voran und duckte sich neben die Küchentür, Anna huschte ihm nach – und jetzt sah sie, wer gesprochen hatte. Vor dem offenen Fenster stand eine dünne Frau mit blondem Fisselhaar und einer grünen Schürze mit dem Aufdruck »Biolädchen Wiesenschaum«. Die kannte Anna auch, manchmal kauften sie etwas in ihrem kleinen Laden neben der alten Kirche.

»Es ist doch sowieso alles bio, was Sie machen«, sagte die Wiesenschaumfrau. »Alles per Hand.«

»Kann schon sein«, knurrte die andere, tiefere Stimme. Und jetzt entdeckte Anna den alten Mann, dem der Minibauernhof gehörte. Er saß in einem abgewetzten Sessel in der Ecke, und auf seinen Knien lag eine Zeitschrift mit dem Bild eines roten Mähdreschers.

»Sie müssen nur ein paar Papiere ausfüllen! Dann bekommen Sie das Biosiegel und können alles teurer ver-

kaufen«, sagte die Wiesenschaumfrau. »Das würde Ihre Geldprobleme lösen.«
»Und dann muss ich bei Mondschein mein Gemüse ernten und meine Hühner mit Vollkornmüsli füttern«, knurrte der alte Mann. »Jetzt machen Sie, dass sie weiterkommen! Es ist Abend, müssen Sie nicht ins Bett? Gehen Sie Ihrem antiautoritären Joghurt Gedichte vorlesen und kümmern Sie sich um Ihren eigenen Kram. Auf Wiedersehen.«
»Bitte«, sagte die Wiesenschaumfrau schnippisch. »Man darf ja nicht helfen.« Und sie ging.
Der alte Mann sah den Blumenstrauß auf seinem Tisch an. Er war nur noch halb da.
Die andere Hälfte hatte Apfelmütze eben gefressen. Er hatte den Hals durch die Küchentür gestreckt, ehe Anna oder Tariq ihn hindern konnten. Anna merkte, dass sie zitterte.
Jetzt! Jetzt würde der alte Mann noch ärgerlicher werden! Furchtbar, unvorstellbar ärgerlich. Er würde sie finden und anstarren und Fragen stellen und wollen, dass man ihm antwortete.
»Entschuldigung – guten Tag«, sagte Tariq und drängte sich an Apfelmütze vorbei in die Küche. »Den Pferd. Wir müssen nach Hause bring.«
Der alte Mann sah auf. »Was machst du denn hier?«, knurrte er.
»Ich … den Pferd … nein …«, stotterte Tariq, aus dem Konzept gebracht.

»Du bist *kein Pferd*, das sehe ich«, sagte der alte Mann. Er war jetzt aufgestanden. »Und dieses Pferd musst du nicht nach Hause bringen. Es ist zu Hause. Verdammt noch mal, bist du schon wieder über den Zaun gesprungen, du dummes Vieh?« Er sah Apfelmütze an. »Ja, friss die blöden Blumen ruhig, sind zu nichts gut. Hat die Wiesenschaumfrau mitgebracht. Bio. Pfft.«
Er streichelte Apfelmütze über den Nüstern, und Apfelmütze schnaubte ein paar bunte Blütenblätter aus, die langsam zu Boden schwebten wie Konfetti.
»Warum spinnt ihr beiden bloß so in letzter Zeit?«, fragte der alte Mann Apfelmütze. »Du mit deiner ständigen Ausbüxerei. Und *sie* kriegt Angst vor jeder Fliege!« Er schüttelte den Kopf. »Ihr wart mal so gute Arbeitspferde. Vielleicht werdet ihr einfach alt? Wenn das so weitergeht, muss ich euch austauschen. Hier, schau dir den Katalog an. Maschinen machen keinen solchen Unsinn. Und jetzt ab mit dir in den Stall.« Er sah Tariq an. »Du bist ja immer noch hier.«
»Ich ... äh ...«, sagte Tariq.
»Wenn ich mich nicht täusche, ist das meine Küche«, sagte der alte Mann. »Geh und red in deiner eigenen Küche mit deinem eigenen Pferd.« Und als Tariq sich nicht rührte, machte er: »Kscht!«, und hob die Hände, als wollte er ein Huhn verscheuchen. »Ab mit dir!«
Tariq zuckte zusammen. Er starrte die Hände des Mannes an und duckte sich. Und dann floh er.
Auf dem kürzesten Weg in die Freiheit. Er kletterte,

trotz des kaputten Beins, auf den Küchentisch und aus dem Fenster.
»Was …?«, begann der alte Mann.
Und Anna dachte: Ich kann hier nicht alleine bleiben, ich kann nicht. Ehe sie richtig nachdenken konnte, war auch sie auf dem Tisch. Sprang Tariq nach durchs Fenster. Landete. Rannte.
Die kleine Straße entlang, dem humpelnden Tariq hinterher, bis zur Hauptstraße des Ortes. Dort bogen sie ab und lehnten sich gegen eine noch sonnenwarme Hauswand, nach Atem ringend.
Schließlich sahen sie sich an.
Und Tariq fing an zu lachen. Da lachte Anna auch, sie konnte nichts dagegen tun. Es war einfach zu komisch gewesen: dieser ärgerliche alte Mann und das Pferd, das die Blumen fraß, und wie sie über den Tisch aus dem Fenster gesprungen waren. Sie lachten und lachten.
In diesem Moment hatte Anna vor nichts auf der Welt Angst.
Und dann sah sie Papa die Straße hinunterkommen.

Es war schön, dachte Tariq, mit diesem Mädchen zusammen zu lachen. Mit dieser Anna.
Als er das letzte Mal so sehr gelacht hatte, war es mit Jamal zusammen gewesen. Sie hatten zu Hause im Feld auf dem Rücken gelegen und in den blauen Himmel gesehen und gelacht. Es war wegen eines Mädchens gewesen, in das Jamal verliebt war.

Sie war zum Reiten gekommen, und Jamal hatte ihr helfen wollen, aber dabei war er auf einem Pferdeapfel ausgerutscht. Das Mädchen war trotz der hinderlichen Kleider völlig alleine aufs Pferd gekommen, hatte ihr buntes Kopftuch ein wenig zurechtgerückt und zu Jamal hinuntergeguckt.

Und Jamal hatte auf dem Boden gesessen, in dem Pferdeapfel. Dann war er weggerannt, und Tariq hatte gedacht, er wäre sauer, aber er hatte sich nur mitten in dieses Feld geworfen und angefangen zu lachen.

Jetzt hörte Anna auf zu lachen. Tariq sah dorthin, wo sie hinsah, die Straße entlang.

Da kam ein großer Mann mit blondem Bart und ausgebreiteten Armen.

Er rannte jetzt, und dann war er bei ihnen und pflückte Anna vom Boden und schloss sie in seine Arme.

Tariq trat einen Schritt beiseite. Der Mann sah ihn nicht an, er sah nur Anna an.

»Mein Gott, wo warst du?«, fragte er. »Du warst plötzlich weg! Weißt du, was für einen Schreck du mir eingejagt hast? Du kannst doch nicht einfach weglaufen! Und weißt du, wie spät es ist? Fast zehn!«

Er war ihr Vater. Er hatte sie gesucht. Sie war das Wichtigste auf der Welt für ihn, man sah es.

Tariq drehte sich um und humpelte weg. Er humpelte zurück zum Heim. Er würde Ärger kriegen, weil er das Abendessen und die Schlafengehzeit verpasst hatte.

Aber irgendwohin musste er ja.

Und zu Hause war zu weit weg. Im Heim gab es wenigstens ein Bett, das ihm gehörte: die obere Hälfte eines Stockbettes. Er würde hinaufklettern und ein weiteres Pferd an die Wand malen, in die Reihe der Pferde, die er dort schon hingemalt hatte. Ein wunderschönes Pferd von zu Hause, eins, das niemanden abwarf …

Aber als er eine halbe Stunde später den Bleistift in der Hand hielt, malte seine Hand ein nicht schönes Pferd. Ein klobiges, riesiges, mit Fellbüscheln über den Hufen.

»Apfelmütze«, flüsterte er, in der richtigen Sprache: Farsi. »Ich werde dich zähmen, du wirst schon sehen. Und dann werde ich dich mitnehmen, denn der alte Schimpfer will dich sowieso nicht. Du bist einer, der macht, was er will, stimmt's? Einer, der vor nichts Angst hat. Mein Vater war auch so einer. Ich wollte immer sein wie er. Wir werden zusammen losziehen, du und ich, und wir werden Jamal finden.«

Auf dem Hof, der aussah wie aus dem Bilderbuch, gab der alte Hansen dem rotbraunen Hengst einen freundlichen Klaps. »Du meine Güte, du meine Güte«, sagte er, »was sind das für neue Moden. Jetzt schleppst du also Kinder an. Das verbitte ich mir. Wir brauchen keine Wiesenschaumfrauen und keine Kinder, die aus Fenstern hopsen, und jetzt holen wir deine Kollegin von der Weide und sehen, ob wir noch was gepflügt bekommen heute. Woher weiß diese Wiesenschaumfrau überhaupt, dass wir Geldprobleme haben? Wenn ich den Hof verkaufen muss, muss ich ihn eben verkaufen, aber das geht sie überhaupt nichts an.«

4. KAPITEL,

in dem Tariq nicht Fußball spielt, der große Mohammed ihn von einer Mauer schmeißt und nachts ein Stein gegen eine Scheibe fliegt

Am nächsten Tag dachte Anna in der Entspannung an alles, was passiert war.

Die Entspannung war auch so ein Frau-Winterblum-Ding, man sollte mit geschlossenen Augen an irgendetwas Schönes denken, fünf ganze Minuten lang jeden Tag, und einige Kinder schliefen dabei ein. Stefan, Jannis und Simone lutschten immer Bonbons, und Stefan hatte mal gesagt, dass Frau Winterblum die Entspannung nur machte, weil sie auch heimlich Bonbons lutschen wollte. Das konnte schon sein.

Als Anna an diesem Tag die Augen schloss, sah sie wieder Papas besorgtes Gesicht, hörte ihn sagen: »Du darfst nie, nie wieder einfach weglaufen.« Und dann schüttelte sie den Kopf und sah Wackelpos sanfte Augen. Sie sah Apfelmütze mit dem fauligen Apfel auf dem Kopf. Und Tariq, der ein paar lila Blütenblätter ausspuckte.

Am Ende sah sie wieder Apfelmütze, wie er mit dem Vorderteil in der Küche des alten Mannes stand und den Blumenstrauß fraß. Da musste sie auf einmal wieder lachen, sie prustete einfach los.
»Anna!«, sagte Frau Winterblum neben ihrem Tisch. Anna öffnete die Augen und sah zu ihr hoch, und Frau Winterblum machte ein so verwirrtes Gesicht, dass Anna noch mehr lachen musste.
Stefan und Jannis und Simone starrten sie an, alle starrten.
Ganz hinten saß Tariq mit seinem verbundenen Knöchel. Er war der Einzige, der nicht starrte. Er guckte bloß. Irgendwie traurig, schon den ganzen Tag lang.
Anna wollte nicht, dass er traurig guckte.
»Der … der Blumenstrauß«, prustete sie, »weißt du noch … einfach aufgefressen!«
Da verzog sich Tariqs Gesicht ganz langsam zu einem Grinsen.
»Sie hat was gesagt!«, rief Stefan. »Anna hat was gesagt!«
»Wer hat einen Blumenstrauß gefressen?«, fragte Jannis.
»War's Tariq?«, fragte Simone. »Vorstellen könnt ich's mir.« Sie hatte sich zu Anna gebeugt und eine Hand auf Annas Arm gelegt.
Das Lachen war weg. Simones Gesicht war sehr nah. Sie hatte eine kleine rosa Strähne in ihr blondes Haar gefärbt und roch nach Erbeershampoo.
»Du kannst es mir nachher erzählen«, flüsterte sie. »In

der Pause. Wir Mädchen müssen zusammenhalten, gegen die verrückten Jungs, die Blumensträuße essen!«
Anna senkte den Kopf und sah den Tisch an.
»Selber verrückt«, sagte Stefan und fing an, Simone zu kitzeln, und sie kicherte.
»So«, sagte Frau Winterblum, »jetzt wollen wir uns wieder beruhigen und das Deutschbuch auf Seite fünfunddreißig aufschlagen.«

In der Pause stellte sich Anna neben die Haselnussbüsche, um mit den Spatzen zu reden. Papa hatte ihr gezeigt, wie man pfiff, damit sie antworteten. Aber an diesem Tag kam sie nicht dazu.
Denn auf einmal stand Frau Winterblum neben ihr.
»Es ist schön, dass du was gesagt hast, Anna«, sagte sie. »Du darfst das öfter machen. Du darfst auch gerne laut lachen. Ich war nur erstaunt. War etwas Lustiges gestern?«
Anna sah auf ihre Schuhe.
»Vielleicht etwas Lustiges mit Tariq?«, fragte Frau Winterblum. »Weißt du, Anna, er hat es nicht leicht. Ich würde mich freuen, wenn mal etwas Lustiges in seinem Leben passieren würde. Du könntest dich mit ihm anfreunden.«
Annas Blick klebte fest auf den Schuhen. Warum ging Frau Winterblum nicht weg? Anna wünschte es sich so sehr, dass sie fast platzte. Und da passierte es.
Ein kleiner Stein landete zwischen Annas und Frau Win-

terblums Schuhen, und Frau Winterblum sagte: »Mein Gott, was tut er da? Das ist viel zu gefährlich!«
Anna sah auf. Ganz oben auf dem Dach der Schule saß Tariq in seinen ausgefransten Jeans. Und jetzt stand er auf und balancierte den First entlang, mit ausgebreiteten Armen. Frau Winterblum rief nach dem Hausmeister und einer Leiter und klang panisch.
Anna verbiss sich ein Grinsen.
Tariq hatte den Stein geworfen, weil er genau wusste, dass sie wollte, dass Frau Winterblum wegging.

»Tariq«, sagte Malte von unten zu Tariq herauf, »wir müssen reden.«
Es war jetzt Nachmittag, Tariq saß auf der Mauer am Kinderheimhof, und Malte stand unten. Aber dann stand er nicht mehr unten, dann kletterte er über die Mülltonnen hinauf und setzte sich neben Tariq. Malte war ein Erwachsener. Er wollte, dass man ihn Malte nannte, obwohl Tariq ihn lieber »Herr Sowieso« genannt hätte, aber er wusste nicht, wie Malte mit Nachnamen hieß.
»Warum?«, fragte Tariq. »Keiner muss reden. In meine Klasse ist eine Mädchen, die reden fast nie.«
»Und werden die Dinge davon besser?«, frage Malte. »Dass sie nicht redet?«
Tariq zuckte die Schultern.
»Es gibt Sachen, die kann man nicht machen«, sagte Malte. »Und wenn man erwachsen genug ist, weiß man das. Zum Beispiel auf das Dach der Schule klettern.«

»Ja. Oder schlagen.« Tariq seufzte. »Klar.«
»Aber? Du bist nicht erwachsen genug, um diese Sachen nicht zu tun?«
»Ich bin erwachsen«, sagte Tariq. Er hielt Malte seine geballte Faust unter die Nase. »Bei uns schlagen ist erwachsen. Man darf. Für Ehre. Und für Sicherheit. Verteidigung. Wenn du nicht kannst Verteidigung, es ist besser, du gehst hoch, Mauer oder Dach, es ist auch Sicherheit.«
Malte sah die Faust an und schüttelte den Kopf. »Hier machen wir die Dinge anders«, sagte er. »Zuschlagen oder weglaufen sind keine Lösung. Wir klären die Dinge mit Worten, und wenn du hier sein möchtest, musst du dich an unsere Regeln halten.«
»Ich will gar nicht hier sein«, knurrte Tariq.
»Super!«, sagte Malte.
»Was?«
»Du hast einen völlig korrekten deutschen Satz gesagt!«
»Mich egal«, knurrte Tariq, und dann verschränkte er die Arme und guckte dem Fußballspiel zu, das unten im Hof im Gange war, er guckte so konzentriert, dass Malte nichts mehr sagen konnte. Malte konnte aber doch. Die Leute in diesem Land redeten alle zu viel.
»Du könntest mitspielen, im Tor«, sagte er. »Das geht auch mit verletztem Fuß. Die anderen würden sich freuen. Die brauchen einen guten Torwart, guck, die kleine Erika ist viel zu klein!«

Tariq starrte ihn an. »Die wollen doch nicht *mir*!« sagte er. »Die denken, ich spinne.«

»Na ja, wenn du dauernd zuhaust und wegkletterst. Aber Fußball kannst du?«, fragte Malte. »Fußball spielt ihr doch auch in Afghanistan?«

»Klar«, sagte Tariq. »Wir sind gut, Nationalmannschaft. Aber bei uns keine Frauen. Verboten. Wie Reiten.«

»Bei uns dürfen alle alles«, sagte Malte.

Das war gelogen, denn Tariq durfte nicht aufs Schuldach klettern, aber er sagte es nicht. Und dann dachte er an seine Mutter. Daran, wie sie ihn anlächelte – von ihrem Pferd aus. Und er sah seinen Vater, der ebenfalls auf einem Pferd saß, vor sich ein kleines Mädchen mit wilden Haaren, die unter ihrem Kopftuch hervorkamen wie Sonnenstrahlen: eines der kleinen Mädchen, denen Tariqs Vater das Reiten beigebracht hatte.

Da war etwas in Tariqs Augen, das alles verschwommen machte. Und auf einmal verwandelten sich die Kinder, die unten im Hof den Ball jagten, in Pferde mit Reitern. Er sah sie über den Platz rasen, sah, wie jeder Reiter versuchte, der schnellste zu sein. Gleich, gleich würde der auf dem braunen Pferd es schaffen, dem auf dem Rappen die Ziege abzujagen …

»Kennst du Bushkazi?«, fragte er Malte.

»Nein«, sagte Malte. »Ist das so wie Fußball?«

»Besser«, sagte Tariq. »Pferde kann fliegen. Mein Vater reitet Bushkazi. Er war Beste.«

»Worum geht es denn?«

»Ziege«, sagte Tariq. »Du musst bringen zum Ziel den Ziege. Tote Ziege.«

»Igitt!«, sagte jemand, und Tariq fuhr herum. Hinter Malte saßen jetzt Dustin und der große Mohammed, den man nicht mit dem kleinen Mohammed verwechseln durfte, weil er sonst sauer wurde. »Wo du herkommst, jagen sie tote Ziegen?«, fragte Dustin. »Sind die zu blöd, um lebendige zu jagen?«

Der große Mohammed lachte dröhnend.

»Es ist ein Spiel«, sagte Malte. »Wir kennen es nicht, also sollten wir zuhören.«

»Es ist Sport«, sagte Tariq. »Es ist *ernst.*«

»Ich würde das nicht Sport nennen, einer vergammelten Ziege nachzurennen«, sagte Dustin. »Ist ja widerlich.«

»Dustin!«, zischte Malte. Und dann zischte er: »Tariq! Wir regeln das mit WORTEN!« Aber das ganze Gezische war zu nichts gut, denn Tariq stand jetzt auf der Mauer, obwohl der Knöchel wieder wehtat, und seine Faust landete in Dustins Gesicht. Dustin war dünn und klein und blutete jetzt. Aber der große Mohammed war groß, und er sah sauer aus. Da schlug Tariq sicherheitshalber noch einmal zu, diesmal traf die Faust auf Mohammeds Lippe, und dann wollte Tariq sich umdrehen und fliehen, aber er hatte kein Pferd, auf dessen Rücken er springen und davonfliegen konnte.

Der große Mohammed packte Tariq mit seinen Riesenhänden und schmiss ihn von der Mauer.

Er landete auf den Mülltonnen, und die Tonnen fielen

um. Tariq schrie mitten in dem Geschepper und Gedröhne, ein greller Schmerz durchzuckte seinen Knöchel, als hätte er Feuer gefangen, und dann krabbelte er aus dem Müll und schleppte sich in Richtung Haus. Malte rief etwas, doch Tariq wollte ihn nicht hören.
»Ich werde reiten«, flüsterte er in der richtigen Sprache, als er auf seinem Bett lag, zusammengerollt zu einer Kugel. »Ich werde fliegen wie die Reiter beim Bushkazi. Wie unser Vater. Dann wird keiner mehr lachen. Und dann …« Er flüsterte die letzten Worte, ganz leise, in sein Kissen. »… dann geht die Angst weg, von der keiner weiß.«
Malte hämmerte jetzt an die Tür, er wollte schon wieder reden; er wollte, dass Tariq mit zur Krankenstation kam, aber Tariq hatte die Tür verriegelt. Malte konnte ihn mal.

In dieser Nacht wachte Anna davon auf, dass etwas gegen ihr Fenster knallte.
Sie saß sofort aufrecht im Bett, und sie fühlte, wie sie zitterte. Es knallte noch einmal, und da begriff Anna: Jemand warf Steine gegen das Fenster. Sie nahm den alten Teddy ganz fest in den Arm und ging langsam zum Fenster. Sie stellte sich vorsichtig an die Seite, sodass man sie von draußen nicht sah, und zog den Vorhang ein winziges bisschen zurück.
Draußen, unter dem ältesten Birnbaum, stand ein Pferd. Ein riesiges Pferd, gigantisch wie ein Zauberwesen in der Mondnacht. Majestätisch. Unwirklich.

Dieses Pferd, dachte Anna, hätte einen mondlichtigen, majestätischen Namen haben sollen.

Leider hieß es Apfelmütze.

Wobei es im Moment eher nach Birnenmütze aussah, denn eine der unreifen Birnen hing direkt zwischen seinen Ohren.

Anna öffnete ihr Fenster.

»Bist du also wieder abgehauen, ja?«, flüsterte Anna. »Der alte Mann hat ja gesagt, dass du ständig ausbüxt. Machst du einen Nachtspaziergang?«

Dann fiel ihr ein, dass Pferde keine Steine an Fenster werfen. Sie sah genauer hin. Und schnappte nach Luft. Verborgen von den Schatten des Baums, auf Apfelmützes Rücken, saß Tariq. Apfelmütze trat einen Schritt vor, sodass mehr Mondlicht auf ihn fiel, und Anna sah, dass er grinste.

»Ich reite«, sagte er. »Guck.«

Und sie machte sich darauf gefasst, dass Apfelmütze losrennen und Tariq wieder abwerfen würde, aber er ging ganz gemächlich einmal mit Tariq um die Birnbäume herum – und stand wieder vor ihr. »Bitte«, sagte er. »Ich reite.«

»Du … du hast gemacht, dass er um die Bäume geht? Du kannst *lenken*?«

»Ist doch keine Auto«, sagte Tariq und klopfte Apfelmütze den Hals. »Aber … ja. Ich lenk.«

»Wie?«, fragte Anna. »Wie hast du ihn … gezähmt?«

Tariq grinste noch breiter. »Trick«, sagte er. »Ich habe

erforschen, Apfelmütze, er mag Kuchen. Apfelkuchen. Ich habe ihm Geschenk gemacht, Apfelkuchen. Für Freundgeschaft.«

»Aber … woher … sag nicht, du kannst Kuchen backen.«
»Ich nicht«, sagte Tariq. »Bäckerei kann. Neben Kirche. Fenster, es ist ganz leicht aufmach. War gekippt.«
»Du hast den Kuchen *geklaut*?«
»Nein, nicht geklaut«, sagte Tariq. »Ich hab es ge-ausleiht. Wie Bücher in Schul-Ausleihe. Ich Kuchen habe ausgeleiht, ich bringe zurück.«
»Wie denn, wenn er schon aufgegessen ist?«
Tariq winkte ab. »Das Problem ich mache später fertig. JETZT ist JETZT, und jetzt ich reite.«
Damit presste er die Beine an Apfelmützes Flanken, und Apfelmütze ging gehorsam los, er ging durch den Garten davon, an den Bienenstöcken vorbei …
»Warte!«, rief Anna leise.
Und dann tat sie etwas, von dem sie nie gedacht hätte, dass sie es jemals tun würde. Sie kletterte mitten in

der Nacht im Schlafanzug aus dem Fenster. Obwohl sie Papa versprochen hatte, nie mehr einfach zu verschwinden.

»Ich verschwinde ja auch nicht«, flüsterte sie ihrem Mondschatten zu. »Ich leihe mich nur aus. Ich bringe mich zurück.«

Und sie rannte durch den Garten, dorthin, wo Tariq Apfelmütze angehalten hatte.

Neben der Mauer. Anna kletterte auf die Mauer. Und Tariq nahm ihre Hand und half ihr hinüber auf Apfelmützes breiten Rücken.

»Los«, sagte Anna.

5. KAPITEL,

in welchem Apfelmütze fliegen und Anna reiten lernt und die Männer mit den Gewehren auftauchen

Es war seltsam, vor Tariq auf Apfelmütze zu sitzen. Nie war sie einem anderen Menschen außer Papa oder vielleicht Oma so nah gewesen. Und außer Mama natürlich, damals.

Tariq war warm und roch nach einer Kinderheim-Desinfektions-Seife und Pfefferminz. Er merkte, dass Anna schnupperte, und lachte. »Ich bin gegangen durch Beet von Bauer, für kommen zu Stall«, sagte er. »Da wachs Kaugummi-Kraut. Hier, ist gut!« Er streckte ihr eine Handvoll zerknautschter Blätter hin, und Anna steckte eines in den Mund. Ohne Zucker schmeckte die Minze bitter, aber sie kaute sie trotzdem. Es hatte etwas Magisches in dieser Nacht, zusammen Pfefferminze zu kauen.

Tariq ließ Apfelmütze über die Wiesen gehen, die hinter der Holzwerkstatt begannen.

Der Mond lag auf den Grashalmen und den schlafenden

Blumen und verzauberte auch sie. Die Wiese, dachte Anna, war sehr weit unten, Apfelmütze war ein wirklich hohes Pferd. Aber in einer verzauberten Nacht konnte man vielleicht nicht herunterfallen.

Apfelmütze schnaubte, als wollte er ihr zustimmen.

»Er wundert«, sagte Tariq, »dass wir sitzen hier. Aber ich glaube, er denkt, es ist okay. Er will sein frei. Wir wollen sein frei. Wir frei zusammen.« Er holte tief Luft. »Und jetzt halte dir fest.«

»Wo?«, fragte Anna. Es gab nichts. Keine Zügel, keinen Sattel.

»Hals?«, sagte Tariq. Und dann tat er irgendetwas mit seinen Beinen, und Apfelmütze schoss los wie eine Rakete, im Galopp. Und Anna dachte, dass irgendwie der Trab fehlte, der doch zwischen Schritt und Galopp kommen musste, das hatte sie gelesen, aber bei Tariq war immer alles ganz oder gar nicht – von null auf hundert.

»Fliiieeegen!«, hörte sie ihn rufen. »Wir fliiiiegen!«

Und sie dachte: Ich falle, jetzt falle ich doch.

Aber auf einmal sah sie, dass Tariq recht hatte. Sie flogen. Sie flogen über die Nachtwiesen, auf unsichtbaren Flügeln, flogen durch die große blaue Dunkelheit, über sich die Sterne, es gab keine Schwerkraft mehr. Nichts, was sie hielt.

Und Anna legte ihren Kopf an Apfelmützes warmen, weichen Hals und spürte, dass sie ihm vertrauen konnte, dass er sie nicht abwerfen würde, nicht mehr. Es war, als spräche er zu ihr ohne Worte, so wie er ohne Flügel flog:

»Ich bin nie zuvor geflogen, kleines Mädchen«, sagte er. »Es ist dieser Junge. Er macht, dass wir es können. Du und ich.«

»Ja«, flüsterte Anna in sein Fell. »Ja.«

Und dann setzte sie sich ganz aufrecht hin. Vielleicht war das alles nur ein Traum.

In dem Traum rasten sie über die Wiese, hinter der die Steilküste lag, und dahinter glänzte das Mondlicht auf dem Meer. Moment, dachte Anna. Apfelmütze war vielleicht nie hier gewesen. Und Tariq auch nicht.

»Haaaalt!«, schrie sie. »Da vorne geht es steil runter! Da bricht der Boden ab!«

Und fast dachte sie, Tariq würde nicht anhalten, und Apfelmütze würde einfach von den Klippen fliegen, in die Sternenluft hinaus, über das Meer. Die Abbruchkante kam näher ... und näher ... und dann riss Tariq Apfelmütze herum, ohne Zügel, wie auch immer er das machte, und Apfelmütze galoppierte auf dem schmalen Pfad an der Kante entlang. Der Wind, der vom Meer kam, ließ seine Mähne flattern, und er wieherte, als wollte er sagen: »Wir sind da! Hier fängt die ganz große Freiheit an!«

»Da vorne hinter der Aussichtsbank ist ein kleiner Weg!«, rief Anna. »Der führt runter!«

Da ließ Tariq Apfelmütze langsamer werden, und dann lenkte er ihn den Weg hinunter.

Anna war oft mit Papa hier gewesen.

In dieser Nacht war der Weg anders. Er war ein weißes

Mondlichtband in den Klippen, ein Seil, auf dem Apfelmütze balancierte, und unten wartete ein ebenso weißer Mondlichtstrand. Er war schmal und voller Felsen, dieser Strand, ein Geheimstrand, den man von oben aus nicht sah. Die silbernen Wellen, die über den Sand leckten, flüsterten in der Nacht.

Apfelmütze stand mit bebenden Flanken. Anna streichelte seine Ohren. Ihr war schwindelig, vom Wind und vom Fliegen, und als Tariq in den Sand sprang und ihr herunterhalf, zitterten ihre Knie.

»Mann«, sagte sie. »Oh Mann.«

Tariq breitete die Arme aus und wirbelte im Kreis, und dann ließ er sich in den Sand fallen.
»Guck«, sagte er und zeigte zum Meer. »Sooo viel Platz.«
Anna setzte sich neben ihn und ließ den Sand durch ihre Finger rieseln. Und eine Weile sagte keiner von ihnen etwas. Schließlich flüsterte Tariq: »Da hinten. Eines Tages fahr ich nach da hinten mit dem Schiff. Ich fahre weit, ganz weit weg. Ich mache, was ich will.«
Und Anna dachte, dass sein Deutsch auf einmal viel besser war. Alle Anspannung schien von ihm abgefallen zu sein, und zugleich seine Schwierigkeiten mit der Sprache.
»Hast du keine Angst?«, fragte Anna. »So weit hinauszufahren?«
Er antwortete nicht. Aber natürlich hatte er keine Angst, dachte sie, er war wild.
»Ich fahre mit Jamal«, sagte er.

»Jamal«, wiederholte sie. Er hatte das Wort schon einmal gesagt.

»Mein Bruder«, sagte er.

»Wo ist er?«

»Ich weiß nicht genau«, sagte Tariq. »Ich muss ihn finden. Dann finden wir zusammen Freiheit. Wir sind … gelaufen. Viel gelaufen. Jamal und ich. Bis hier. Sie haben gesagt, Deutschland ist Freiheit. Aber es ist eine Lüge. Afghanistan war viel freier. Ich meine, für uns. Hier, ich bin in einem Gefängnis. Alle sagen nette Worte, es ist ein Gefängnis aus netten Worten. Verstehst du?«

Anna nickte. »Ja«, wisperte sie. »Ja.«

»Und sie haben Jamal weggebracht. Sie sagen … er ist zu alt. Erwachsen. Kinder kommen in ein Kinderheim, aber Erwachsene nicht. Erwachsene schicken sie zurück. Sie sagen, Afghanistan ist gar nicht gefährliches Land.«

»Zurück … nach Afghanistan?«

Tariq nickte. »Ja. Aber er kann nicht zurückgehen. Es ist zu gefährlich für ihn. Ich weiß das. Ich weiß, was passiert, wenn er zurückgeht. Er weiß es auch. Und er ist nicht erwachsen, es stimmt nicht. Er ist fünfzehn, sein Geburtstag steht auf dem Pass. Aber wir haben den Pass verloren. In den Bergen. Als wir angekommen sind, war er nicht mehr im Rucksack. Ich muss Jamal finden. Ich muss ihn da rausholen, wo er ist.« Er seufzte. »Es wird nicht leicht.«

Deshalb also, dachte Anna, brauchte er ein Pferd. Er würde ein Pferd klauen, um seinen Bruder zu finden.

Und dann würde er mit ihm abhauen. Aber wohin? Waren sie nicht schon einmal abgehauen, aus ihrem Land, und hier gelandet? Was lag hinter dem Meer? Dänemark vielleicht. Und hinter Dänemark? Gab es irgendwo ein Land, das das beste war, das beste von allen? So schön, dass man es sich gar nicht vorstellen konnte? Ein Land, in dem man über weite Ebenen reiten konnte und einfach tun, was man wollte, und schweigen, wenn man musste?

Auf einmal sprang Tariq auf und schüttelte sich, schüttelte alle Nachdenklichkeit ab.

Und Apfelmütze, der dabei gewesen war, ein Strandgrasbüschel auszurupfen, schüttelte sich auch.

Anna musste fast lachen. Diese beiden Wilden! Sie waren wie Zwillinge.

»Jetzt komm«, sagte Tariq. »Jetzt zeig ich dich, wie man reitet.«

»Aber ich … meinst du … ich kann?«, fragte Anna zögernd und stand auf. »Wir haben keinen Sattel und keine Zügel und …«

»Wir haben ein *Pferd*«, sagte Tariq fest. »Apfelmütze? Kann Anna reiten?«

Apfelmütze warf den Kopf zurück und schnaubte.

»Er sagt: Los«, meinte Tariq. »Also los.«

Und dann führte Tariq ihn zu einem Felsen, und Anna kletterte auf den Felsen und von da auf Apfelmützes Rücken, weil man in einer solchen Nacht keine Angst haben kann.

»Jetzt du lernst«, sagte Tariq. »Guck? Die Beine sind dein Gaspedal. Und dein Lenkrad. Du musst die Kraft in deinen Beinen anmachen.«

Anna schluckte. Sie fragte sich, ob sie Kraft *hatte.*

»Klar hast du Kraft«, sagte Tariq.

Und so gingen sie, ganz langsam, in der winzigen Bucht auf und ab, auf und ab. Tariq führte Apfelmütze, indem er ihm eine Hand an den Hals legte, und Anna rief die Kraft in ihren Beinen. Es war schwer. Nicht so wie in den Filmen.

»Jetzt du allein!«, sagte Tariq schließlich und trat zurück.

Anna schluckte. Sie schloss die Augen, presste die Beine an Apfelmützes riesigen Bauch. Und Apfelmütze machte … exakt gar nichts.

»Bitte«, flüsterte Anna in eines seiner weichen Ohren. »Bitte geh los.«

Da fühlte sie seine Antwort. »Na gut«, sagte er. »Wenn es unbedingt sein muss.«

Dann setzte er sich langsam in Bewegung.

Tariq klatschte. »Gute Arbeit mit den Beinen!«, rief er. »Jetzt links!«

Anna sagte ihm nicht, dass sie die Beine gar nicht benutzt hatte. »Links, Apfelmütze«, flüsterte sie in Apfelmützes Ohr. »Geht das? Links ist da, wo ich meine Hand auf deinen Hals lege.«

Apfelmütze überlegte kurz, dann bog er links ab. Tariq klatschte wieder.

Und Anna fühlte etwas Großes, Goldenes in sich, etwas wie eine Sonne innen drin.

Tariq führte Apfelmütze zurück zu dem Aufsteigefelsen und kletterte zu Anna hinauf, und Anna sagte leise: »Du bist ein guter Lehrer.«

Sie drehte sich zu ihm um und sah ihn an, und er lächelte im Mondlicht.

»Mein Vater war Lehrer«, sagte er.

Anna spürte, dass da mehr war, da waren Worte hinter diesem Satz, aber Tariq sagte sie nicht.

Stattdessen schnalzte er, und Apfelmütze preschte los, ins Meer hinein, sodass silberne Tropfen daraus aufstoben wie kleine Sternschnuppen. Einen Moment lang dachte Anna: Jetzt dreht er wieder durch, jetzt lässt er Apfelmütze bis ins Tiefe laufen, aber sie kehrten um, ehe es zu tief wurde, und ritten zurück zum Strand. Und weiter, den kleinen Weg hoch.

Oben blieb Apfelmütze stehen und schüttelte sich, und dann wieherte er ganz kurz.

Wie eine Warnung. Als würde er sagen, dass er jetzt nach Hause ginge. Dann schüttelte er sich stärker und warf Anna und Tariq ab. Sie landeten hinter der Bank im weichen Gras, weit genug weg von der Abbruchkante.

Apfelmütze sah noch einmal zu ihnen hinunter, ein wenig entschuldigend fast, und galoppierte davon, zurück über die Wiesen.

»Mistvieh«, sagte Tariq und rieb seinen Knöchel. »Das ist das dritte Mal, dass ich den Fuß kaputt mach.«

»Das erste und dritte habe ich mitgekriegt«, sagte Anna. »Aber das zweite?«

»Das war Dustin und der große Mohammed«, knurrte Tariq.

»Sind das ... Pferde?«, fragte Anna.

Tariq schüttelte den Kopf. »Leider keine Pferde«, sagte er. »Sind Mensch. Mensch sind dumm. Besser, es gibt gar kein Mensch auf der Welt.«

Und auf einmal klappte sein Deutsch wieder in sich zusammen.

»Aber wir?«, fragte Anna.

»Okay, du und ich und Jamal und meine Mutter«, sagte Tariq. »Und dein Vater. Fünf Mensch auf Welt reicht.«

Und dann gingen sie nach Hause. Tariq humpelte schlimmer als beim letzten Mal. Anna stützte ihn und brachte ihn bis zum Heim. Sie sagten nichts mehr zueinander in dieser Nacht.

Zu Hause stand das Fenster noch offen, und sie kletterte zurück und kroch wieder in ihr Bett.

Sie träumte, dass Apfelmütze mit ihnen über das Meer trabte. Er konnte auf dem Wasser laufen. Das wunderte Anna ein bisschen.

Als sie sich umdrehte, war Wackelpo hinter ihnen. Und da sprang Anna hinüber auf ihren Rücken, und Wackelpo wackelte mit dem Po und preschte los.

Anna fragte sich, wohin.

Tariq träumte. Er träumte, dass Apfelmütze mit ihnen über das Meer trabte. Er konnte auf dem Wasser laufen. Das wunderte Tariq kein bisschen.
Als er sich umdrehte, war Wackelpo hinter ihnen, und Anna sprang einfach hinüber und preschte los. Überholte Tariq.
Doch da türmten sich plötzlich Wellen vor ihnen auf, riesige Wellen wie ein Gebirge, und der Himmel war dunkel geworden. Blitze zuckten darüber. Und Wackelpo wieherte angstvoll und stieg mit den Vorderbeinen hoch in die Luft. Dann raste sie eine der gigantischen Wellen hinauf.
»Warte!«, schrie Tariq. »Halt sie an!«
Aber Anna konnte nicht anhalten, das hatte er ihr nicht beigebracht, und Wackelpo hatte sowieso zu viel Angst, um auf irgendwen zu hören.
Tariq trieb Apfelmütze an, er musste Anna und Wackelpo einholen, und Apfelmütze strengte sich an, er gab sein Bestes, Tariq konnte seine Gedanken fühlen.
»Wir schaffen es nicht!«, dachte er. »Ich bin kein Rennpferd! Ich bin ein Arbeitspferd für das Feld, für den Pflug, gemächlich und stark und groß, ich bin …«
»Du bist ein Wunderpferd!«, schrie Tariq über das Getöse des Sturms. »Du musst nur daran glauben!«
Und da raste Apfelmütze los, schnell wie das Licht. Sie holten Wackelpo ganz oben auf der Welle ein, und Tariq griff hinüber … Es war Bushkazi. Aber es gab keine tote Ziege. Es gab die sehr lebendige Anna. Und er zog sie

zu sich hinüber. Sie war leicht wie eine Feder. Und jetzt war sie in Sicherheit.

Doch in dem Moment, in dem sie vor ihm auf Apfelmütze saß, verwandelten sich die Wogen in echte Berge, es waren die Berge des Hindukusch, die er so gut kannte. Er drehte sich um und sah zurück, und da unten lag die Ebene.

Rote Mohnfelder, wunderschön, soweit das Auge reichte, dazwischen die Häuser.

»Schau«, sagte er zu Anna, und in seinem Traum verstand sie die richtige Sprache, seine Sprache.

»Da unten ist mein Dorf. Da habe ich reiten gelernt, von meinem Vater.«

»Zeig es mir«, bat Anna. »Von Nahem.«

Aber Tariq schüttelte den Kopf. »Das geht nicht«, sagte er ganz leise. »Sie holen mich, wenn ich zurückkomme. Sie haben gesagt, sie holen mich und Jamal. Deshalb hat unsere Mutter uns weggeschickt. Deshalb hat sie gesagt, wir müssen über die Berge gehen.«

»Wer?«, fragte Anna. »Irgendwelche Bösen? Schwarze Ritter?«

»So ähnlich«, sagte Tariq.

»Und hier in den Bergen ist es nicht gefährlich?«, fragte Anna.

»Doch«, sagte Tariq. »Ich dachte nur, wir sehen vielleicht meine Mutter. Das kleine Haus da, am Rand des Dorfes, neben dem großen Orangenbaum, das ist unseres. Vielleicht kommt sie heraus …«

Und auf einmal fiel ihm ein, dass er Annas Vater schon ein paar Mal gesehen hatte, weil er sie manchmal von der Schule abholte, aber Annas Mutter nie.

»Wo ist deine?«, fragt er. »Deine Mutter?«

Ehe sie antworten konnte, sah Tariq hinter einem Felsen eine Bewegung, und dann hörte er es: Dort kamen Reiter heran. Eine ganze Gruppe. Sie hatten raue Stimmen, einer brüllte einen Befehl, und da wusste er, dass *sie* es waren und dass sie gekommen waren, um ihn zu finden. Dann sah er sie, fern noch, sah die Tücher, die sie sich wegen des Staubs um die Köpfe geschlungen hatten, sah die Gewehre über ihren Schultern.

»Wir müssen hier weg«, sagte er und wendete Apfelmütze. Die Reiter kamen schon näher.

Da rief jemand seinen Namen.

»Tariq!« Und er fuhr herum und sah, dass es Jamal war. Sein Bruder.

Er saß auf Wackelpo. Deshalb hatte er Anna von ihrem Rücken heben müssen, dachte er. Damit Wackelpo Jamal holen konnte. Woher auch immer.

Jamal winkte Tariq und raste los, den steilen Bergkamm hinauf, Apfelmütze folgte, und dann waren sie oben, ganz oben. Die Reiter waren dicht hinter ihnen, ein Schuss zerriss die Luft – und Wackelpo und Apfelmütze sprangen. Vom höchsten Punkt des Berges hinaus in die Luft.

Aber sie fielen nicht. Sie flogen. Frei wie Vögel.

Tariq fragte sich, wohin.

Der alte Hansen träumte.

Er träumte davon, dass er mit den Pferden das Feld bestellte, aber auf einmal wuchsen zwischen den Erdschollen lauter kleine neue Pflanzen heraus, die sich am Ende kringelten. Sie wuchsen so schnell, dass man ihnen zusehen konnte. Und dann bildeten sie dicke grüne Knospen, die aufplatzten und leuchtend rote Blütenblätter entfalteten.

»Mohnblüten«, murmelte der alte Hansen verwundert. »Die habe ich doch gar nicht angepflanzt!«

»Nein«, sagte die Stute. »Das waren wir.«

Und der Hengst sagte: »Es ist ein Garten. Ein Garten wie zu Hause.«

Aber dann sah der alte Hansen, dass nicht das Pferd gesprochen hatte, sondern der Junge auf seinem Rücken. Es war dieser abgerissene Junge von neulich, der aus dem Küchenfenster gesprungen war. Und auf der Stute saß das Mädchen, das ihm nachgesprungen war.

Das Mädchen kannte er vom Sehen. Sie war die Tochter vom Holz-Matthias, dem mit der Werkstatt. Den Jungen kannte er nicht.

»Du!«, sagte er im Traum zu ihm. »Du bist gekommen und hast angefangen, alles zu verändern! Mein Pferd büxt nachts aus, und auf meinem Feld wachsen Blumen statt Kartoffeln!«

Der Junge nickte und lächelte. Und dann wendeten die Kinder die Pferde und ritten davon.

Der alte Hansen fragte sich, wohin.

6. KAPITEL,

in welchem Anna sich Kräuterquark zum Geburtstag wünscht und Fahrräder nicht so leicht auszuleihen sind wie Apfelkuchen

Am nächsten Tag war Samstag.

Als Anna sich anzog, war Papa schon aufgestanden. Draußen schien die Sonne golden auf den Garten. Anna schnappte sich ein Rosinenbrötchen vom gedeckten Tisch und lief hinüber in die Werkstatt – und da stand Papa, Sägemehl in den Haaren, und schraubte an einem Schrank herum.

»Guten Morgen, Murmeltier«, sagte er, hob sie hoch und setzte sie auf einen Holzstapel. »Du warst ja nicht erweckbar. Hast du nachts ein Abenteuer erlebt?«

»Ich … ich hab nur ziemlich wirr geträumt«, murmelte Anna und biss in das Brötchen. Es schmeckte jetzt ein bisschen nach Sägemehl.

»Das hier muss bis nächste Woche fertig sein«, sagte Papa und seufzte. »Ich weiß gar nicht, wie wir das schaffen sollen. Theo war schon heute früh um sechs Uhr hier, aber es ist trotzdem zu viel ...« Er nickte zum hinteren Teil der Werkstatt hin, wo Theo dabei war, ein Regal abzuschleifen. Theo war Papas einziger Angestellter, er hatte einen Wuschelkopf voll schwarzer Locken und Sommersprossen und war jünger als Papa, er kam jeden Tag mit dem Moped aus der Stadt, und manchmal musste er frei haben, um tanzen zu gehen.

»Die Sachen sind für eine Kneipe in der Stadt, die nächste Woche aufmacht«, sagte Papa. »Ich wünschte, wir hätten noch jemanden hier, der mit anpackt.«

Anna sprang von dem Holzstoß, ging zu der Bank hinüber und fuhr mit der Hand über die Lehne.

Das Holz war wunderschön, es glänzte glatt und honigfarben, und die Ecken der Bank waren keine Ecken, sondern Rundungen, wie bei den meisten Möbeln, die Papa herstellte, alles war immer ein bisschen unregelmäßig, ein bisschen so, wie die Bäume eben gewachsen waren.

»Streichelmöbel«, flüsterte Anna. So hatte sie sie genannt, als sie klein gewesen war. Dann sah sie Papa an. »Ich kann helfen.«

Papa lachte. »Das ist lieb von dir, aber ich glaube, ich bräuchte eher noch einen zweiten Theo.« Er zuckte die Schultern.

»Mama hat auch geholfen«, sagte Anna. »Mama war kein Theo.«

»Nein, nein, natürlich«, sagte Papa. »Mama war eine große Hilfe. Sie hat mit dem Holz gesprochen. Sie konnte Wunder vollbringen. Sie ...« Er verstummte.

»Was glaubst du, wo sie jetzt ist?«, fragte Anna ganz leise.
Papa zuckte die Schultern. »Weit weg.«
»Tariqs Mutter ist auch weit weg«, sagte Anna. Aber in diesem Moment machte Theo irgendeine Maschine an, die losdröhnte, und Papa rief: »Was?«, weil er sie nicht verstanden hatte, und dann: »Komm! Wir gehen spazieren! Ich brauch eine Pause!«

Draußen duftete es nach den tausend Blumen des Gartens, und Papa pflückte eine kleine rote und steckte sie in Annas Haar, als sie durch die Pforte nach draußen gingen. »So. Hier können wir reden«, sagte er. »Was hast du vorhin gesagt?«
Und Anna holte tief Luft, um ihm von Tariq zu erzählen und von der verzauberten Nacht, in der sie geritten war. Von Wackelpo mit ihren sanften Augen, die sich so leicht erschreckte.
Aber dann sah sie Papa an, der sich das Sägemehl aus dem Haar schüttelte, und schwieg.
»Es war irgendwas mit Mama, oder?«, fragte er. Er legte einen Arm um sie und lächelte, aber sein Lächeln sah traurig aus. »Wir können ruhig über sie reden«, sagte er.
Und Anna wollte sagen: »Ich wollte doch gar nicht über Mama reden«, aber sie bekam es nicht heraus. Sie hatte fast ein schlechtes Gewissen, weil sie nichts über Mama hatte sagen wollen.

»Ich kenne übrigens jemanden, der in zwei Tagen Geburtstag hat«, sagte Papa. »Ich habe dich vor einer Weile schon gefragt, was du dir wünschst, aber du warst nicht sicher.«
»Ach …«, sagte Anna und zuckte die Schultern.
Sie hätte ihren Geburtstag fast vergessen.
»Ich glaube, ich habe ein geheimes Geschenk«, sagte Papa. »Aber vielleicht gibt es noch eine Kleinigkeit …«
»Ich denk drüber nach«, versprach Anna. »Können wir bei dem Bauern vorbeigehen, wo du immer die Kartoffeln kaufst? Dem mit den beiden großen Pferden? Ich glaube, wir brauchen Kartoffeln.«
»Tun wir das?«, fragte Papa erstaunt. »Okay. Gehen wir beim alten Hansen vorbei.«

Der alte Hansen war mit den Pferden auf dem Feld, als sie an der Mauer ankamen. Dieses Jahr hatte er Kartoffeln, Karotten und Erdbeeren auf den Feldern gepflanzt, und all das verkaufte er an seinem Gartentor, zusammen mit dem Gemüse aus seinem Gemüsegarten. Papa lehnte sich über die Mauer aus alten runden Feldsteinen und winkte. »Haaansen!«, rief er.
Hansen und die Pferde waren dabei, das alte Erdbeergrün unterzupflügen.
Als Papa rief, drehte Wackelpo den Kopf und sah zu ihnen hinüber, und als sich ihre Blicke trafen, wurde Anna ganz heiß und kribbelig. Sie hatte Wackelpo früher oft gesehen, wenn sie beim alten Hansen etwas gekauft hat-

ten, aber sie hatten sich nicht gekannt. Jetzt war es, als hätten sie ein Geheimnis.
Auch Apfelmütze sah zu Anna, und er schüttelte den Kopf und schnaubte und ließ seine Mähne herumfliegen, als erinnere er sich an den wilden Wind am Meer, in dem seine Mähne auch geflogen war: anders. Freier.
Erst letzte Nacht.
Jetzt sah auch der alte Hansen hinüber – und Anna duckte sich und murmelte etwas von »nur eben meinen Schuh neu binden«. Ihr Herz hämmerte. Vielleicht war es doch riskant gewesen, herzukommen. Was, wenn der alte Hansen Papa fragte, weshalb seine Tochter durch die Küchenfenster anderer Leute sprang? Wusste er, dass sie Papas Tochter war?
Er war jetzt an der Mauer und brummte: »'wollen Sie denn?«
»Zwei Kilo Kartoffeln, bitte«, sagte Papa.
»Hm, hm«, sagte der alte Hansen, und dann schlurfte er zu seinem Haus, und Anna atmete auf. Er hatte sie nicht gesehen. Und er hatte nichts wegen der Fenstersache gesagt.
»Papa, kannst du ihn was für mich fragen, wenn er wiederkommt?«, flüsterte Anna von unten herauf. »Über seine Pferde? Kannst du ihn fragen, ob es etwas *Ungewöhnliches* gibt, was sie am allerliebsten fressen? Ich brauche das für … ein Schulprojekt.«
Papa nickte. »Stimmt etwas mit deinem Schuh nicht?«, fragte er. »Soll ich dir helfen?«

»Nein, nein«, sagte Anna. »Der Schnürsenkel ist nur irgendwie vertüdelt …«

Sie hörte Hansens Schritte wieder heranschlurfen.

»Schnürsenkel«, murmelte Papa verwundert. »Aber deine Turnschuhe haben einen Klettverschluss.«

»Hier«, sagte der alte Hansen, und Anna sah von unten, wie Papa bezahlte und einen kleinen Sack Kartoffeln nahm, den Hansen über die Mauer reichte.

»Ich wollte noch etwas fragen, für ein Schulprojekt meiner Tochter«, sagte Papa dann. »Ihre Pferde. Gibt es etwas … etwas Ungewöhnliches, was sie gerne fressen?«
Da lachte der alte Hansen, und Anna zuckte zusammen, denn sie hatte ihn noch nie lachen hören. Es klang wie eine rostige Gießkanne, in der eine hustende Maus sitzt, aber eine freundliche Maus.
»Ja«, sagte er. »Das gibt es in der Tat. Der Hengst frisst am liebsten Apfelkuchen, völlig verrückt, immer, wenn meine Schwiegertochter mir Apfelkuchen mitbringt, ist er kaum zu halten. Kommt ans Fenster geschlichen und streckt seinen Kopf rein. Mein Sohn sagt ja, das mit den Pferden ist sowieso verrückt, ich soll endlich auf Maschinen umstellen … Und die Stute, ob Sie's glauben oder nicht, die schwärmt für Knäckebrot mit Kräuterquark.«
»Woher wissen Sie das?«, hörte Anna Papa sagen.
»Zufall. Meine Schwiegertochter ist ständig auf Diät, und da hat sie ihr Knäckebrot mit Kräuterquark einmal auf dem Gartentisch liegen lassen, als sie hier war – schwupp, war es weg, und meine Stute steht da und leckt sich die Lippen.«
Er lachte wieder, dann entfernte sich sein Lachen, und Anna stand ganz langsam auf und lugte über die Steinmauer. Wackelpo und Apfelmütze zogen eben den Pflug wieder an.
Hansen sah nicht herüber. Da hob Anna den Arm und winkte ganz zaghaft.

Und Wackelpo winkte zurück. Mit den Ohren. Jeder Erwachsene hätte natürlich gesagt, dass das Unsinn war, aber Anna sah es genau. In ihr wurde alles ganz warm und sonnig.

Sie pflückte eine kleine gelbe Blume aus der Steinmauer und steckte sie Papa ins Knopfloch.

»Mir ist eben eingefallen, was ich mir wünsche«, sagte sie. »Zum Geburtstag. Kräuterquark. Einen ganzen Eimer voll.«

»Quark?«, wiederholte Papa erstaunt.

Sie nickte. »Ja, das hat auch etwas mit dem Schulprojekt zu tun«, sagte Anna. »Ich sage dann das über die Pferde, was du eben rausgefunden hast, und dann dürfen alle den Kräuterquark probieren.«

Papa nickte langsam.

Erst, als sie langsam weitergingen, fiel Anna ein, dass sie natürlich keinen Vortrag hätte halten können. Weil sie nie, nie, niemals vor der Klasse etwas sagen würde. Und dass Papa das genau wusste.

Aber er sagte nichts dazu.

Er schlenkerte mit dem Kartoffelsack, und Anna nahm seine Hand.

»Ich hab dich lieb«, sagte sie. »Komm, wir rennen. Nach Hause. Und machen Kartoffelpuffer.«

»Mit Kräuterquark«, sagte Papa.

Als der Sommertag sich dunkelgelb gegen Abend neigte, wanderte Anna mit einem Rucksack durch die Wiesen in Richtung Wald. Papa und Theo hatten in der Werkstatt zu tun. Sie hatte einen Zettel auf dem Küchentisch hinterlassen: »Mache noch einen kleinen Spaziergang. Bin zum Abendessen zurück. Anna.«

Der Wald duftete und summte und zwitscherte, als sie ihn betrat. Wie zur Begrüßung.

Jetzt hatten die Pferde sicher Feierabend, jetzt standen sie auf ihrer Waldweide.

In Annas Rucksack steckte eine Dose voller Knäckebrot mit Kräuterquark. Der ganze Eimer Quark musste noch etwas warten, aber immerhin, den Rest aus der Packung vom Mittagessen hatte sie auf die Brote geschmiert. Da lugte schon die Lichtung durch die Zweige! Helle Sonnenflecken tanzten auf dem Gras.

Und inmitten der Sonnenflecken standen Wackelpo und Apfelmütze und grasten. Als wäre es das Licht, das sie mit ihren weichen Mäulern abzupften und fraßen: Lichtpferde.

Annas Herz klopfte wieder, wie an der Natursteinmauer beim alten Hansen. Sie holte das Kräuterquark-Knäckebrot heraus und kletterte auf den Zaun.

»Wackelpo!«, rief sie leise. »Komm! Ich hab dir etwas mitgebracht!«

Wackelpo hob den Kopf und schnaubte zur Begrüßung, dann trottete sie, etwas zögernd, zu Anna herüber. Anna hielt ihr ein halbes Knäckebrot mit Kräuterquark auf der flachen Hand hin. Wackelpo sah es kurz an, machte HAPS – und leckte sich die weichen braunen Lippen. Das Knäckebrot war weg. Anna konnte sich ein Lachen nicht verkneifen. Sie holte das nächste Stück Knäckebrot heraus und das übernächste – und danach stupste Wackelpo sie ungeduldig mit dem Kopf an, denn sie wollte noch ein viertes. Leider stupste sie etwas zu sehr, und Anna fiel vom Zaun. Nach innen.

Sie landete im Gras neben Wackelpos Hufen. Und Anna dachte: Wenn diese Hufe auf mich treten, ist es aus mit mir.

Sämtliche Knäckebrotstücke waren aus der Dose gefallen und lagen jetzt weiß und quarkig auf Anna verstreut, und Wackelpo schnaubte wieder, als sagte sie. »Wie siehst du denn aus!«

Dann beugte sie den glänzend braunen, seidigen Hals und begann, die Knäckebrotstücke sorgfältig von Anna abzuessen. Am Ende leckte sie den Quark von Annas Hals, und es kitzelte, aber Anna strengte sich an, nicht laut loszulachen, denn dann hätte sich Wackelpo womöglich erschreckt, und sie wäre aus Versehen doch noch auf Anna getreten.

Schließlich stand Anna vorsichtig auf und kletterte wieder auf den Zaun.

Wackelpo ging nicht weg, sie sah Anna erwartungsvoll an. Sie hatte einen Kräuterquark-Bart.

»Bitte«, sagte Anna ernst. »Kann ich auf dir reiten? Tariq hat es auch geschafft, mit Apfelmütze. Es war schön. Ich glaube, es hat Apfelmütze auch gefallen.«

Apfelmütze wieherte von Weitem, als hätte er alles gehört und verstanden. Und vielleicht hatte er das. Vielleicht wartete er, dass Tariq zurückkam und wieder mit ihm am Strand entlanggaloppierte.

»Bitte«, wiederholte Anna. »Lässt du mich?«

»Du musst dich nur trauen«, sagte Wackelpo.

Aber sie sagte das natürlich nicht laut, sie sah nur so aus, als sagte sie es.

Anna holte tief Luft – und kletterte vom Zaun auf den breiten braunen Pferderücken. Breit wie ein Sofa, dachte sie. Und dann schaukelte das Sofa los. Es zuckelte gemütlich am Zaun entlang, um die Weide herum. Einmal im Kreis.

»Danke«, flüsterte Anna in Wackelpos samtiges Ohr. »Du weißt, dass ich es erst lernen muss, was?«

Und Wackelpo wusste es und ging noch einmal mit Anna im Kreis, ganz so, als führte ein Reitlehrer sie am Zügel. Annas Beine gewöhnten sich daran, auf Wackelpo zu sitzen, und in der dritten Runde fühlte sie sich schon sicherer.

Apfelmütze guckte ihnen die ganze Zeit nach, er drehte den Kopf im Kreis, und Anna spürte, wie das Lachen schon wieder in ihr aufstieg, wie etwas Perlendes, Prickelndes: vielleicht Zitronenbrause. Sie setzte sich ganz aufrecht hin, wie eine Königin.

»Wenn Papa das sehen könnte!«, sagte sie zu Wackelpo.

»Dann wüsste er, dass er sich keine Sorgen machen muss! Dass ich mutig bin! Auch wenn ich nicht mit Menschen rede.«

Und da geschah es. Eine große, schillernd blaue Libelle brauste heran wie ein kleiner Hubschrauber – und Wackelpo erschrak. Sie stieg mit den Hufen hoch in die Luft, Anna krallte sich an ihrer Mähne fest, und dann galoppierte Wackelpo los, quer über die Weide, und sprang über den Zaun. Anna hätte nie gedacht, dass sie das überhaupt konnte. Es sah sicher toll aus. Von Weitem.

Von Nahem fühlte es sich eher fürchterlich an. Sie hing halb über Wackelpos Hals, die Äste des Waldes fegten an ihr vorüber, zerzausten ihre Haare, und sie klammerte sich weiter fest und hatte schreckliche Angst, dass sie fallen und sich beide Beine brechen würde.

Und dann würde irgendjemand sie finden und ins Krankenhaus bringen, und dort würden sie ihr Fragen stellen und wollen, dass sie antwortete. Das war eine so unangenehme Vorstellung, dass sie sich noch etwas besser festhielt und nun nicht mehr schief hing. Und auf einmal war der Waldrand da, und die Felder, und dann die ersten Häuser des Dorfes. Wackelpo hetzte eine Straße entlang, ihre Hufe klapperten auf dem Asphalt – und dann sah Anna den einzigen Menschen, der sie retten konnte.

Der Wackelpo zur Vernunft bringen konnte.

Tariq. Er war plötzlich da, als hätte jemand ihn herbeigezaubert.

Aber etwas war komisch: Er lag auf dem Boden. Und neben ihm stand ein sehr großer blonder Mann in einem weißen Hemd und hielt ihn fest, hinter ihnen lag ein Fahrrad, und irgendwie stand da auch Stefan aus der Schule. Anna begriff gar nichts. Sie raste durch den wunderschönen Abend auf Tariq zu und sah, wie er den Arm ausstreckte, und da begriff sie doch etwas. Nämlich, dass er selber Hilfe brauchte.
Aber was konnte sie tun?

Tariq hatte eigentlich schnell noch mal bei Apfelmütze vorbeigehen wollen. Kurz vor dem Abendessen. Er wollte das Essen nicht noch einmal verpassen, wie neulich, er legte es wirklich nicht auf Ärger mit Malte an. Das Problem war der Fuß.
Er hatte den ganzen Tag über schon mit dem blöden Fuß gekämpft, aber er war nicht sehr viel gelaufen, und jetzt, als er *schnell noch mal* zum Wald wollte, merkte er, dass das nicht ging. Das gezerrte Band hielt Joggen für eine ausgesprochen schlechte Idee.
»Aber ich muss!«, keuchte Tariq. »Ich muss zu ihm!«
Er hatte den ganzen Tag an Apfelmütze gedacht, an die Nacht am Strand, an seinen Traum. Ein Teil von ihm wollte Apfelmütze einfach dringend sehen, ein anderer Teil von ihm machte sich Sorgen.
Vielleicht bedeutete der Traum etwas. Vielleicht gab es irgendeine Gefahr, die ihm und Apfelmütze auflauerte.
Als er vor der Bäckerei neben der Kirche war, tat der Fuß

so weh, dass er Tränen in den Augen hatte. Verärgert blinzelte er sie weg und lehnte sich einen Moment gegen die Mauer neben dem Bäckereischaufenster. Die Kuchenstücke dahinter sahen verlockend aus, aber Apfelkuchen war nicht dabei. Dafür standen zwei Fahrräder vor dem Schaufenster, ein schwarzes Herrenrad und ein rotes Mountainbike. Die Bäckerei war auch ein Cáfe, und Tariq sah durch die Scheibe, dass drinnen ein Mann und ein Junge saßen und Kuchen aßen. Sein Herz zog sich kurz zusammen. Ein Vater mit seinem Sohn. Er sah den Jungen nur von hinten, es war einfach irgendein Junge.

In seinem Kopf formte sich ein Plan. Er würde diesmal keinen Apfelkuchen leihen.

Er würde das rote Fahrrad leihen.

Und er würde blitzschnell zur Waldweide fahren, das ging mit dem Fuß sicher besser als Joggen. Ehe der Junge und sein Vater mit ihrem Kuchen fertig waren, hätte er das Rad schon zurückgebracht, bestimmt. Überhaupt war es ungerecht, dass dieser Junge da drinnen Kuchen hatte und einen Vater und ein Fahrrad und er nichts von alledem!

Blöderweise war das Rad abgeschlossen. Aber es war eines dieser billigen Zahlenschlösser, bei denen man nur auf eine gewisse Art ruckeln und drehen musste, bis sie sich quasi von selbst richtig einstellten. Jamal hatte es ihm gezeigt.

Ein paarmal hatten sie in den Monaten ihrer Wanderung

Schlösser geknackt. Sachen geliehen, ohne sie zurückzugeben. Es war notwendig gewesen.

Tariq ruckelte an dem Schloss, schaffte es, kletterte auf das Rad und fuhr los, etwas wackelig, wegen des blöden Fußes.

Er kam bis zum Ende der Straße.

Da schrie jemand hinter ihm. »Mein Fahrrad!«

Und jemand anderer, jemand Erwachsener: »Haltet ihn fest! Er klaut das Rad!«

Tariq fluchte halblaut. Im selben Moment sprang ganz plötzlich ein Mann auf die Straße, Tariq versuchte, auszuweichen, kam ins Schleudern und landete samt Rad auf dem Asphalt, und einen Moment lang fragte er sich, ob er tot war, weil so vieles an ihm gleichzeitig schmerzte. Er hatte die Augen geschlossen, und als er sie öffnete, beugte sich der Mann über ihn. »Das ist doch das Rad von Stefan Wartke«, sagte er. »Was hast du …?«

»Ich will nur … ausleihen«, keuchte Tariq. Dann war da auf einmal noch ein Mann: der Vater, der mit seinem Sohn Kuchen gegessen hatte. Er war blond, seine blauen Augen erinnerten Tariq an jemanden, und dann tauchte das Gesicht eines Jungen neben ihm auf, und Tariq begriff endlich. Stefan. Natürlich. Stefan aus seiner Klasse. Er hatte Stefans Fahrrad geklaut.

»Mist«, murmelte er.

Stefans Vater zog ihn unsanft auf die Beine, er sah ziemlich wütend aus.

»Man sollte dich verhauen«, sagte er. »Aber so etwas tue ich nicht. Ich rufe die Polizei, die kann dich nach Hause bringen und mit deinen Eltern sprechen.« Er schüttelte den Kopf. »Räder klauen am helllichten Tag.«

Er tippte mit einer Hand etwas in sein Handy, und Tariq knurrte: »Ist besser für Sie, wenn ich klau Räder in die Nacht?«, und dann wand er sich, um sich loszureißen.

Aber Stefan half seinem Vater, ihn festzuhalten. »Dass du komisch bist, wussten wir ja alle«, sagte er. »Aber dass du so was machst! Nee, echt.«

»So sind die eben«, sagte der Mann, der auf die Straße gesprungen war, und seufzte. »Man kennt das doch aus der Zeitung. Die Jugendlichen aus solchen Ländern. Können sich nicht anpassen. Kommen hierher und machen ihre eigenen Regeln. Schlimm, schlimm.«

»Ich wollte Rad nur ausgeleih!«, fauchte Tariq.

»Haha«, sagte Stefan.

»Lassen Sie doch den Jungen los, er blutet ja!«, sagte irgendwer weiter hinten: eine Frau mit hellen Fisselhaaren, die Tariq irgendwoher kannte. »Sie tun ja, als wäre er ein Schwerverbrecher!«

»Ist er auch«, sagte Stefan. »So einer gehört in den Knast.«

»Arsch«, sagte Tariq und trat Stefan, und Stefan jaulte auf und hielt sein Schienbein. Stefans Vater steckte sein Handy weg und hielt Tariq jetzt mit beiden Armen auf dem Boden fest. So fest wie einen Käfer, den er zerquetschen wollte. Tariq schaffte es nicht, noch einmal zuzutreten.

Wenn die Polizei ihn mitnahm, war alles aus.
Sie würden ihn einsperren, und er würde nie erfahren, ob mit Apfelmütze alles in Ordnung war, und er würde nie losreiten und Jamal finden. Und er würde Anna nie wiedersehen, Anna, die so anders war als alle anderen.
Anna.
Und in diesem Moment sah er sie. Sie war plötzlich da, als hätte jemand sie hergezaubert.
Aber etwas war komisch: Sie saß auf einem Pferd. Auf der Stute, die sich so leicht erschreckte. Wackelpo. Und Wackelpo raste auf Tariq und Stefan und die Männer zu.
In einem verzweifelten Kraftakt bekam er einen Arm frei und hob ihn. »Haalt!«, rief er dem Pferd zu, in der richtigen Sprache. Auf Farsi. Und das Pferd verstand, weil alle Pferde Farsi verstehen, eine Sprache aus einem Pferdeland. Wackelpo wurde langsamer; Schaum troff von ihren Nüstern, jetzt war sie ganz nah, und Stefans Vater lockerte vor lauter Überraschung seinen Griff. Tariq war mit einem Satz auf den Beinen, trotz kaputtem Knöchel, und Anna zog ihn vor sich aufs Pferd.
Dann preschten sie wieder los.
Aber Tariq spürte, wie Wackelpo ein wenig ruhiger wurde.
»Du bist doch ein Pferdemensch«, sagte sie ihm ohne Worte, nur mit dem Spielen ihrer Ohren. »Du weißt, wie Pferde funktionieren. Wie funktioniere ich? Was soll ich tun? Da war etwas, das mich erschreckt hat, ich

habe vergessen, was, aber ich musste rennen, und jetzt? Kann ich jetzt damit aufhören?«

Tariq klopfte ihr den schweißnassen Hals.

»Es ist alles in Ordnung«, sagte er in der richtigen Sprache. »Wir gehen zurück. Zu Apfelmütze.«

Sie ließ sich lenken, und er lenkte sie auf einem Umweg zurück, damit niemand ihnen folgte.

Als sie schließlich in das grüne Licht des Waldes eintauchten, verfiel Wackelpo in gemächlichen, powackelnden Schritt. Apfelmütze sah ihnen von der Weide entgegen.

»Ich habe die große gefährliche Libelle verscheucht«, sagte er. Laut.

Tariq schüttelte verwirrt den Kopf. Da lachte Anna hinter ihm auf Wackelpos Rücken. »Das denkt er, nehme ich an«, sagte sie. »Es war eine Libelle, weißt du.«

Und da begriff Tariq, dass Anna für Apfelmütze gesprochen hatte. Wackelpo stand jetzt am Zaun und begrüßte Apfelmütze über die Holzlatten hinweg mit einem Nasenstüber.

»Ich bin geritten«, sagte Anna. »Alleine.«

Tariq nickte. Streckte die Hand aus und berührte Apfelmützes weiche Nüstern, seine Ohren, seine Stirn.

»Alles gut«, flüsterte er erleichtert. »Ich hatte ein Traum, und ich … hatte Sorge. Ganze Samstag, wir machen Aktivitäts mit Heim, nur Abend ich kann kommen zu Pferde.« Er schüttelte den Kopf. »Und jetzt, ich kann nicht zurück zu Heim. Polizei. Sie wartet.«

»Warum?«

Tariq seufzte. »Wegen blöde Fahrrad.« Dann sah er Anna an. »Die sperren mir ein. Und dann, sie schicken zurück. Mir. Zu den Reitern aus Traum. Mit Gewehre. Sie warten. Oben in Berge. Sie wollen mir und Jamal.«

Anna nickte langsam. Obwohl er fast sicher war, dass sie nichts verstand. Sein Deutsch war schon wieder völlig kaputt, wahrscheinlich war es bei dem Sturz in ganz kleine Stücke zerbrochen in seinem Kopf.

Anna ließ sich von Wackelpos Rücken gleiten, sprang ins Gras und sah zu ihm auf. »Du blutest«, sagte sie. »Dein Gesicht sieht … schlimm aus.«

»Bitte«, sagte Tariq. »Du kannst helfen? Für sie mir nicht finden?«

»Okay«, sagte Anna.

7. KAPITEL,

in dem Anna eine unendlich lange Leiter hochklettert und durch ein Labyrinth geht und überhaupt sehr mutig ist, doch dann nützt es nichts

Papa war in der Küche. Einen Moment lang standen Anna und Tariq draußen im sommerhellen Abend und lauschten der Musik, die von drinnen kam, hörten Papa mitsummen.

Es duftete so gut aus der Küche.

Anna wünschte, sie hätte einfach hineingehen und Papa alles erzählen können.

»Das ist Tariq«, hätte sie gesagt. »Kann er mit uns essen?«

Aber dann hätte Papa gefragt, wo Tariq wohnte, weil er vernünftig war, und er hätte ihn nach dem Essen zurück nach Hause bringen wollen ins Heim, und die Polizei hätte Tariq geholt. Und sie hätten ihn irgendwohin zurückgeschickt, wo Leute mit Gewehren warteten. Anna hatte nicht wirklich verstanden, was Tariq ihr erzählt

hatte, vielleicht war es auch Unsinn, aber es klang gruselig.
Sie zeigte nach oben. »Wir haben einen Dachboden. Komm.«

Es gab eine Klappe zum Dachboden, im ersten Stock im Flur. Aber sie klemmte seit Jahren. Papa benutzte einen anderen Weg, er hatte eine ungefähr unendlich lange Leiter außen ans Haus gestellt, an den Giebel, also die Seite vom Haus, die schmaler war und hinten. Da störte keinen die lange Leiter, die nach oben zu der kleinen Tür im Dachboden reichte und inzwischen halb von Wildem Wein zugewachsen war.
Zuletzt hatte er irgendwelche alten, kaputten Gartenkissen dort hinaufgebracht, die er irgendwann einmal reparieren wollte.
Sie schlichen geduckt unter dem Küchenfenster vorbei und um das Haus herum, und dann griffen Annas Hände die unterste Sprosse der Leiter. Sie hatte diese Leiter nie benutzt, es war ihr immer zu gefährlich erschienen.
Sie schluckte. Dann begann sie zu klettern.
Tariq folgte ihr, sie hörte ihn atmen – ein wenig schmerzverzerrt, wegen des Knöchels. Nicht hinuntersehen, sagte Anna sich. Nicht hinuntersehen … Oben musste sie die Leiter mit einer Hand loslassen, um mit der anderen die kleine hölzerne Tür aufzuziehen. Früher hatten die Leute hier oben Heu oder Äpfel gelagert, und es hatte eine Seilwinde für Lasten gegeben.

Anna kletterte durch die Öffnung hinein und ließ sich auf den Boden plumpsen, und gleich darauf plumpste Tariq neben sie. Sie spürte, wie ihr Herz klopfte, und es war, als könne sie auch seines spüren.

»Meinst du, hier findet mich niemand?«, fragte er zweifelnd. »Weil, wenn einer mich findet, kann ich nicht wegrennen. Nur mit Flügeln fliegen.« Er hob die Arme. »Aber ich hab keine Flügel.«

Anna lachte. »Wer sollte dich hier finden?«, fragte sie. »Ich bringe dir nachher was zu essen.« Sie fand eine Rolle Schnur und einen kaputten Korb zwischen all den alten Sachen, band die Schnur an den Korbhenkel und legte sie über die Rolle der alten Seilwinde. »Hiermit. Man muss nur den Korb hochziehen. Und da auf dem alten Sofa kannst du schlafen.«

Tariq nickte. »Ich bleib nicht für lange. Aber ich brauch meine Sachen. Am Montag sind alle von Heim in der Schule. Ich hole meine Sachen, und keiner merkt es. Dann bin ich weg. Puff – verschwunden. Ich geh und finde Jamal. Meinen Bruder.«

»Allein?«

Tariq schüttelte heftig den Kopf. »Nein! Mit Apfelmütze.«

Als Anna die unendlich lange Leiter wieder hinunterkletterte, war das Licht blau-golden geworden, eine Farbe, die es nur an langen Sommerabenden gibt, und sie hatte ein ganz und gar unwirkliches Gefühl. Wie in der Nacht am Strand. Sie hätte nie, nie gedacht, dass sie einmal Leitern wie diese hinaufklettern würde oder ganz alleine auf ein Pferd klettern.

Dies war ein Abenteuer. Und sie befand sich darin.

Sie hatte nicht das Gefühl, dass Tariq und Apfelmütze allein nach Tariqs Bruder suchen würden.

Sie war unten und sprang ins Gras.

Dann rannte sie geduckt ums Haus herum und zur Vordertür hinein und stand kurz darauf schwer atmend in der Küche. »Ich … ich bin da«, sagte sie.

Papa sah auf. Er hatte gerade ein Butterbrot mit Schnittlauch bestreut und zwei Augen aus kleinen halben Tomaten daraufgelegt. »Ein Glück.«

»Du … hast meinen Zettel doch gefunden?«, fragte Anna. »Ich bin nicht einfach so weggegangen.«

»Nein, ja«, sagte Papa. »Ich habe ihn gefunden. Aber ich hab mir trotzdem Sorgen gemacht. Das Abendessen ist fertig.«

Und dann aßen sie, und sie sagte nichts mehr, obwohl innen in ihr alles überschäumte vor Worten. Aber sie schluckte sie mit dem Schnittlauchbrot herunter. Tariq verließ sich auf sie.

Zum ersten Mal gehörte Papa zu den Leuten, denen sie absolut nichts erzählen durfte.

Als sie im Bett lag, musste sie die ganze Zeit an Tariq denken. Sie hatte ihm in dem Korb Butterbrote nach oben geschmuggelt, während Papa die Küche aufgeräumt hatte.
Und jetzt las Papa ihr vor, und es war sehr gemütlich; sie lag im Bett, und Papa saß daneben auf einem Stuhl und las, aber sie wünschte, er wäre weggegangen, damit sie wieder hinausschlüpfen und Tariq eine Decke bringen konnte.
Die Decke hatte nicht in den Korb gepasst.
Anna merkte, wie ihr die Augen zufielen, wie sie Papas Worte nur noch undeutlich hörte … und sie schlief.
Als sie aufwachte, wurde es draußen gerade hell.
Vier Uhr. Der Stuhl neben ihrem Bett war leer. Sie zog sich ganz leise an und schlich nach draußen, ihre alte Fleecedecke unter dem Arm – die mit den aufgedruckten kleinen Pferden. Mama hatte sie ihr geschenkt, das wusste sie noch, und sie hatte gesagt, dass Anna im Traum auf einem der Pferde reiten könnte.
Auf dem hohen Gras zwischen den Apfelbäumen balancierten Gespenster aus Morgennebel. Anna rollte die Fleecedecke und legte sie sich um den Hals. Dann kletterte sie die Leiter im Wilden Wein hinauf.

Tariq war weg. Der Dachboden war leer. Kisten, kaputte Möbel, Staub – sonst nichts.
Und einen Moment fühlte Anna eine große, eiskalte Traurigkeit in sich aufsteigen.

Es war wie damals.
Damals, als sie mit ihrem Blumenstrauß nach Hause gekommen und Mama weg gewesen war. Man ließ die Leute einen Moment aus den Augen, und sie gingen fort und kamen nie wieder.
»Dann geht doch«, flüsterte sie, mit Tränen der Wut in den Augen. »Geht doch alle! Mir doch egal!«
»Hmm?«, fragte jemand, und etwas regte sich unter dem alten Sofa.
Anna war sofort auf den Knien und lugte darunter. Und da lag er: klein zusammengerollt wie eine Katze. Das verstrubbelte schwarze Haar fiel ihm halb in die Augen.
»Ich dachte, du wärst weg«, sagte Anna. »Ich … hab dir eine Decke mitgebracht!«
»Ich schlaf noch«, murmelte Tariq, nahm aber die Decke und wickelte sie um sich.
»Ist das nicht unbequem da unten?«
»Nee«, murmelte Tariq. »Ist normal. Ich hab überall geschlafen. Zu Hause haben wir in einer Höhle aus Erde geschlafen, damit sie nicht uns finden. Und als wir weggelaufen sind, in einer Mülltonne oder auf der Wiese oder in Autos. Wir haben die Autotüren mit einem Trick aufgemacht, Jamal und ich.« Er gähnte.
»Habt ihr mal … eins geklaut? Ein Auto?«, fragte Anna.
»Nee«, murmelte Tariq wieder. »Nur drin geschlafen.«
Und dann schlief er einfach weiter.
Sie sah ihn eine Weile an, wie er da lag und ruhig at-

mete. Zwischen den verstrubbelten Haaren konnte man die Schürfwunden auf seinem Gesicht sehen, von gestern, als er vom Fahrrad gefallen war. Sie war auch mal vom Rad gefallen, und Papa hatte ihr aufgeschürftes Gesicht mit rotem Jod angemalt und gesagt: »Jetzt siehst du aus wie ein Clown.«

Tariq hatte keinen Vater, der ihn anmalen und mit ihm lachen konnte.

Ich werde die Wunden versorgen, dachte Anna. Ich kann alles: auf Leitern klettern und Wunden versorgen und reiten.

Ich bin mutig.

Und dann kletterte sie wieder hinunter und legte sich ins Bett und schlief weiter.

Den ganzen Sonntagmorgen lang war Anna mit dem Kopf halb bei Tariq und halb bei Wackelpo.

Und zum Glück musste Papa irgendwann wieder in die Werkstatt, wo Theo und er versuchten, den Auftrag fertig zu kriegen, obwohl Sonntag war.

Er war besorgt, weil er Anna alleine ließ.

»Das macht nichts«, versicherte sie ihm. »Ich muss das Projekt für die Schule vorbereiten. Geh ruhig.« Und sie schob ihn in Richtung Tür.

Kurz darauf sah sie zu, wie Tariq das Honigbrot aß, das sie ihm mitgebracht hatte, und die Milch trank, und schließlich sagte sie: »Jetzt halt still, jetzt kommt das Jod. Damit sich nichts entzündet.« Sie pinselte alle

Wunden sorgsam an wie ein Gemälde, und er zuckte manchmal, aber er hielt still.

»Du bist wie eine Mutter«, sagte er.

Anna schüttelte den Kopf. »Nee«, sagte sie. »Mütter sind manchmal plötzlich weg.«

Tariq seufzte. »Ich wünschte, ich könnte zu Apfelmütze. Aber ich muss den ganzen Sonntag hier sitzen. Morgen. Morgen hol ich die Sachen aus dem Heim.«

Da schüttelte Anna den Kopf. »Ich hole die Sachen«, sagte sie. »Wenn sie mich erwischen, ist es nicht so schlimm.«

Er sah sie nachdenklich an. »Das willst du machen?«

»Klar«, sagte Anna. »Ich bin mutig.«

Tariq nickte. »Aber ... du musst am Morgen gehen, wenn alle in der Schule sind. Was ist mit deiner Schule?«

Sie zuckte die Schultern. »Jeder kommt mal zu spät.«

Am Nachmittag besuchte sie Wackelpo auf der Weide und ritt drei Runden innen am Zaun entlang. Obwohl sie die ganze Zeit Angst hatte, dass eine Libelle kommen und Wackelpo wieder durchgehen würde. Aber es passierte nichts. Man kann auch mal Glück haben.

Die Vögel sangen in den Ästen über Anna, und Wackelpo wackelte mit dem Po, und Anna gab ihr ein Brot mit Kräuterquark, und die Welt war gut.

Und dann war Montag.

Und auf dem Küchentisch stand ein Gugelhupf mit

Schokoladenüberzug und elf regenbogengestreiften Kerzen darauf. Papa sang »Happy Birthday«.
»Heute Nachmittag feiern wir richtig«, sagte er. »Da gibt es die Geschenke. Aber eins darfst du schon aufmachen.«
Das Vorgeschenk lag groß und rund neben einem großen Strauß aus Blumen, von der Wiese draußen. Anna zog die Schleife auf.
In dem bunten Papier war ein kleiner Plastikeimer voller Quark.
Anna lachte.
»Für das Projekt«, sagte Papa ernst. »Damit du in der Schule den Vortrag über komische Esssachen halten und Quark mitbringen kannst. Und du kannst ein paar Leute einladen, für heute Nachmittag. Wenn du willst.«
»Ich … nee«, sagte Anna. »Ich kenn doch keinen.«
»Klar kennst du die. Seit der ersten Klasse«, sagte Papa. »Nimm irgendwen. Du musst keine Angst haben. Die ganze blöde Angst schmeißen wir einfach weg, jetzt, wo du elf bist.«
Er lächelte sie aufmunternd an.
»Ich habe keine Angst«, sage Anna.
»Siehst du«, sagte Papa. »Dann lad ein paar nette Mädchen ein. Ich hab Luftschlangen und Eis. Mama hätte …«
Er schluckte. »Mama hätte das auch gefallen. Sie mochte Partys. Sie hätte mit uns getanzt und Quatsch gemacht.«
»Sie ist aber nicht *da*«, sagte Anna.
»Ich weiß«, murmelte Papa und nahm sie in die Arme. »Und ich weiß, du denkst ständig an sie.«

Sie wollte sagen: »Ich habe in der letzten Zeit überhaupt nicht an Mama gedacht«, aber womöglich war das nicht gut, und deshalb sagte sie nur: »Ich muss jetzt los, wir essen den Kuchen heute Mittag, ja? Ich hab vor der Schule noch was vor ... für Tar–, für das Projekt.«
Und dann schnappte sie sich ihren Schulranzen und floh aus der Küche, in der Papa mit den Blumen und dem Kuchen und der Erinnerung an Mama alleine zurückblieb.

Das Heim war ein graues, altes Gebäude am Ende einer grauen, kleinen Straße. Immerhin hatten sie die Fensterläden grün und gelb gestrichen. Es sah nicht gruselig aus wie Kinderheime in Filmen, mehr ... funktionell. Irgendwie war das fast schlimmer.
Es sah aus, als würden dort liebe Leute arbeiten, die sich Mühe gaben und davon über die Jahre müde geworden waren und sich wegwünschten.
Das Tor ließ sich ohne Mühe aufdrücken, sie ging über einen leeren, sauber gefegten Asphalthof mit zwei Fußballtoren und dann durch eine Tür aus mattem Glas, an der ein verblichener Blumenkranz aus Tonpapier hing.
Anna drückte auch diese Tür auf.
Der Flur dahinter war menschenleer und still. Sie atmete auf.
Tariq hatte ihr erklärt, wie sie gehen musste: die Treppe hinauf, den Gang entlang, um die Ecke, und dann war es das letzte Zimmer rechts. Als sie auf der Treppe war, wurden Annas Knie ganz weich. Ihre Schritte hallten

auf dem Stein wie Gongschläge. Um wie viele Ecken sollte sie gehen? Drei? Vier? Dies hier war ein Labyrinth. Sie würde sich verlaufen, plötzlich war sie sich sicher, und dann würde jemand kommen und sie am Kragen packen und auf sie hinunterfragen: »WAS TUST DU HIER?«

Ihre Füße rannten, ehe sie es richtig bemerkte.

Sie rannten die Stufen bis zum Ende hinauf und den Korridor entlang, an tausend Millionen Türen vorbei, um die Ecke, wieder an tausend Millionen Türen vorbei. Und da war sie: die letzte Tür rechts.

Im Zimmer dahinter musste ein Rucksack liegen, oben auf einem Stockbett.

»Es ist ein sehr alter Rucksack«, hatte Tariq gesagt. »Aus Leder. Bisschen kaputt. Er hat die ganze Reise durch die Berge mitgemacht. Als wir weggelaufen sind. Vor den Männern mit den Gewehren. Im Rucksack ist Geld. Für den Notfall. Und Kleider.«

Anna riss die Tür auf. Kletterte auf das Stockbett.

Fand den Rucksack und schnappte ihn sich. Dann saß sie einen Moment lang nur da und versuchte, ruhig zu atmen. Es war gar nichts in dem Rucksack, er war ganz leicht. Sie griff hinein und fand nicht mehr als einen Bleistift, ein paar bekritzelte Stücke Papier mit Pferdeköpfen und, als sie aus Versehen durch einen Riss im Stofffutter griff, einen Pass. Er war dunkelblau, mit goldener arabischer Schrift darauf und einer blätterumkränzten aufgehenden Sonne. Hübsch. Aber sehr zerfleddert. Zum ersten Mal dachte sie darüber nach, dass Tariq in seinem Land nicht einmal die gleiche Schrift geschrieben hatte, die sie hier schrieben. Es musste unglaublich schwer gewesen sein, das alles zu lernen. Sie wollte den Pass öffnen und sich das Passbild ansehen, doch in diesem Moment war da ein Geräusch, draußen im Flur, und sie erstarrte.

Sie ließ den Pass zurück ins Innenfutter des Rucksacks gleiten, es war wie ein Geheimfach, und saß ganz still. Auch über die Wand neben dem Bett galoppierten lauter kleine gezeichnete Pferde. Sie wirkten so lebendig, dass Anna das Donnern ihrer Hufe hörte. Sie spürte den Wind, der durch ihre Mähnen fegte, hörte sie wiehern. Und sie spürte, dass irgendwo hier oben in den Bergen andere Pferde waren, mit Männern darauf, die Gewehre hatten. Männer, die Tariq holen wollten. Es war jetzt wieder alles still, aber die Männer waren da. Versteckten sich.

Sie drückte den Rucksack an sich und machte sich an den Abstieg vom Berg.

Der Pfad war steil, ein paar Mal wäre sie fast gefallen, und sie sah sich immer wieder um, falls die Männer hinter einem Felsen auftauchten. Aber nichts geschah. Nur ein Falke kreiste am weiten blauen Himmel über ihr.

Dann war sie unten, zwängte sich durch eine letzte Felsspalte und merkte, dass sie wieder auf der Straße stand. Es war gar kein Berg gewesen. Nur die Treppen eines Kinderheims.

Sie wickelte den Rucksack in ihre Jacke und rannte los.

»Anna!«, sagte Frau Winterblum erstaunt, als Anna keuchend ins Klassenzimmer stürzte. »Was um alles in der Welt ist passiert?«

Anna ging zu ihrem Platz und setzte sich. Das Jackenpaket legte sie unter den Tisch, neben ihren Schulranzen. Dann holte sie ihr Mäppchen und das Deutschheft heraus und begann, das Gedicht von der Tafel abzuschreiben.

WER WEISS, WO TARIQ IST?

WIR MÜSSEN IHN FINDEN.

Sie stockte. Das war kein Gedicht. Als sie aufsah, guckten alle in der Klasse sie komisch an.

»Du musst das nicht abschreiben, Anna«, sagte Frau Winterblum sanft. »Ich habe den anderen gerade erzählt, dass das Kinderheim mich angerufen hat. Tariq ist offenbar am Samstagabend verschwunden und nicht wieder aufgetaucht.«

»*Sie* weiß es!«, rief Stefan, sprang auf und zeigte auf Anna. »Sie! Sie war auf diesem Pferd, sie ist zu ihm galoppiert und hat ihn zu sich raufgezogen, und dann sind sie wieder weg! Es war ein Riesenpferd, sooo groß, Anna hat Tariq damit entführt!«

Da lachten alle, und Jannis sagte: »Klar, Alter, Anna ist ganz allein auf einem Riesenpferd geritten.«

»War es nicht vielleicht ein Elefant?«, fragte Simone, und alle lachten noch lauter.

»Fragt doch meinen Vater«, knurrte Stefan.

»Anna«, sagte Frau Winterblum und kam zu ihrem Tisch.

»*Weißt* du, wo Tariq ist? Ich meine, die Geschichte mit dem Pferd ist natürlich Quatsch.« Sie lächelte. »Aber *weißt* du etwas?«

Anna sah auf ihr Heft. Auf den Namen TARIQ in dem Satz, den sie begonnen hatte, abzuschreiben.

»Du musst es nicht zu uns sagen, du kannst es aufschreiben«, schlug Frau Winterblum vor. »Weißt du, Tariq hat ziemlichen Mist gebaut, und die Leute im Kinderheim möchten mit ihm darüber reden. Er muss gewisse Dinge lernen, wenn er hierbleiben will.«

Er will ja gar nicht hierbleiben, dachte Anna. Er will seinen Bruder finden.

»Er hat versucht, ein Moped zu stehlen«, sagte Frau Winterblum ganz leise.

Anna sah auf. Dann schüttelte sie den Kopf.

»Doch, leider«, sagte Frau Winterblum. »Und ein Moped ist nicht einfach nur ein Bleistift. Eines Tages klaut er noch ein Pferd.«

Dann stand sie auf und seufzte. »Aber du hast Geburtstag, nicht wahr? Es steht in unserem Kalender. Da stehen alle Geburtstage drin …« Sie sah zum Wandkalender hin und blätterte kurz darin. »Außer der von Tariq. Er hat ihn uns nie gesagt.« Sie seufzte. »Ich hoffe, sie finden ihn, ehe ihm etwas passiert. Weißt du, Anna, er kann nicht alleine da draußen leben, ohne Hilfe.«

Da biss Anna die Lippen fest aufeinander. Nie zuvor war sie Frau Winterblum gegenüber in Versuchung gewesen, etwas zu sagen, aber in diesem Moment war sie es. Beinahe – beinahe hätte sie gesagt: »Natürlich kann er das, er hat schon in Erdhöhlen geschlafen, und er kann Autos knacken und reiten wie der Teufel. Und es war kein Moped, sondern nur ein Fahrrad.«

Die anderen sangen jetzt mit Frau Winterblum.

Viel Glück und vie-hiel Segen auf all deinen Wegen …

Auf all meinen Wegen, dachte Anna. Komisch. Als würde sie sehr bald eine Reise machen, auf der sie Glück gut brauchen konnte.

Tariq hatte den ganzen Tag gewartet. Und warten war nicht leicht, wenn man nur zwischen den Schrägwänden eines Dachbodens hin und her gehen konnte. Wenn man sich fühlte wie in einem Gefängnis. Jamal und er waren im Gefängnis gewesen.

Er hatte den Namen des Landes vergessen. Die Gesichter der Menschen. Aber er erinnerte sich an die Mauern. Die Polizei hatte sie auf der Straße aufgelesen und mitgenommen, Jamal hatte sich gewehrt, hatte sie angeschrien, die Männer in den Uniformen.

Tariq hatte gar nichts gemacht. Er war einfach mitgegangen. Er hatte furchtbare Angst gehabt.

Und dann hatten sie dagesessen, zwischen den Mauern, zusammen mit anderen, es war zu voll gewesen, und alle hatten ihre Geschichten erzählt und manche die Geschichten übersetzt: Geschichten vom Weglaufen. Tariq hatte bis dahin nicht gewusst, dass es so viele Länder gab, aus denen Leute weglaufen wollten. So viele

Länder. Er hatte gedacht, es wäre nur sein Land. Afghanistan. Und dass man woanders frei sein konnte.
Im Gefängnis hatte er angefangen zu verstehen, dass es nicht so war.
Jamal hatte gegen die Wände gehauen und geflucht.
»Deutschland«, hatte er gesagt. »Wir müssen nach Deutschland. Mama hat gesagt, in Deutschland ist es gut ...«
Die Aufpasser im Gefängnis hatten versucht, Jamal Pillen zu geben, damit er sich beruhigte.
Jamal hatte die Pillen heimlich wieder ausgespuckt.
»Die«, hatte Jamal gesagt, »sind das Gefährlichste. Ihre stärkste Waffe. Wenn du sie schluckst, wird dir alles egal, auch die Mauern. Auch die Männer mit den Gewehren zu Hause. Du schläfst. Du sagst Ja zu allem. Dann hast du aufgegeben. Dann hast du kein Ich mehr. Nimm niemals die Pillen, die sie dir geben.«
Und dann waren sie abgehauen. Mit den anderen. Nachts. Sie hatten das Fenster eingeschlagen, und einer, der sehr stark war, hatte das Gitter verbogen. Draußen war alles weiß gewesen. Und eiskalt.
Schnee.
Er hatte sich so sehr gewünscht, er hätte ein Pferd gehabt, um auf seinem Rücken hindurchzupreschen wie durch ein Märchenland.

Tariq blinzelte. Er stand nicht im Schnee. Er saß auf einem kaputten Sofa. Und dann hörte er Schritte. Von unten. Er legte sich flach auf die Dielen und lauschte. Jamal hatte gesagt, wenn man das tat, konnte man Pferde hören, die noch weit weg waren, ihre Hufe brachten den Boden zum Vibrieren.

Aber Tariq hörte keine Pferde, natürlich nicht.

Er hörte die Stimme eines Mannes.

»Aber das Mittagessen ist gerade fertig!«, sagte der Mann. »Frikadellen und Kartoffelsalat. Und zum Nachtisch gibt es den Gugelhupf. Komm, die Geschenke stehen auf dem Tisch, sie sind schon ganz ungeduldig, dass du sie auspackst!«

»Ja, gleich«, sagte eine andere Stimme, und das war Annas Stimme. »Ich muss nur kurz noch mal raus, was erledigen …«

»Was denn?«, fragte die Männerstimme. »Anna? Warte, warum nimmst du diese Frikadelle mit?«

»Ich glaube, ich … habe Durchfall, ich bleibe eine kleine Weile auf dem Klo«, sagte Anna. »Und falls ich Hunger bekomme, habe ich dann etwas dabei.«

Tariq grinste. Dann hörte er Anna draußen auf der Leiter.

Und dann kam Tariqs Rucksack durch die offene Dachbodentür wie von selbst: der liebe alte Rucksack mit den durchgewetzten und tausendmal geflickten Lederriemen. Danach kam Anna, die den Rucksack durch die Tür geschoben hatte. Sie ließ sich auf den Boden plumpsen und brauchte einen Moment, um zu Atem zu kommen.

»Ganz schön ... schwer«, sagte sie schließlich. »Mit dem Rucksack ... die Leiter hoch.« Und sie streckte ihm eine sehr zerknautschte Frikadelle hin.
»Danke«, flüsterte Tariq, legte die Frikadelle auf die Dielen und nahm den Rucksack in die Arme. Er verbarg sein Gesicht einen Moment in dem alten Leder und sog die vertrauten Gerüche von zu Hause ein: die Kräuter seiner Mutter, den Tabak seines Vaters, die Pferde, den Wind. Und die Gerüche der Reise, den Staub, die Angst und Jamals eigenen, unbenennbaren Geruch, einen Geruch, der sagte: Ich bin bei dir, und alles ist gut.
»Jetzt«, sagte er. »Jetzt können wir abhaun und ihn suchen.«
»Du und Apfelmütze«, sagte Anna.
»Ja«, sagte Tariq. »Ich und Apfelmütze. Wir werden frei sein, zusammen. Es wird schön.«
Und einen Moment lang war es still und feierlich.
Dann war da auf einmal ein Geräusch draußen auf der Leiter.
Und dann kletterte ein großer blonder Mann mit Bart durch die Dachbodentür.
»Was um alles in der Welt ...«, begann er, brach ab und musterte Tariq. »Du bist der, den sie suchen, oder? Annas Lehrerin hat angerufen. Und es war im Radio.«
»Papa!«, sagte Anna. »Bitte! Vergiss, dass du ihn gesehen hast!«
Da schüttelte der große blonde Mann den Kopf. »Anna. Die Leute in seinem Kinderheim machen sich Sorgen.

Vielleicht gab es Streit, aber er muss zurück. Dann können sie in Ruhe über alles reden.«
»Die holen ihn mit der Polizei ab!«, rief Anna, und jetzt hatte sie ihren Vater mit beiden Händen gepackt. »Die werfen ihn ins Gefängnis! Wegen des Fahrrades! Und dann … dann schicken sie ihn zurück in die Berge, wo die Reiter mit den Gewehren sind, vor denen ist er weggelaufen, du kannst ihn nicht verraten, Papa!«
»Anna«, sagte der blonde Mann und nahm Annas Hände in seine. »In Deutschland kommen Kinder nicht ins Gefängnis. Es wird alles gut, glaub mir.«

Dann sah er Tariq an, ernst. »Du kannst uns gerne immer besuchen kommen, aber zuerst musst du die Sache mit deinem Heim klären«, sagte er.
Da rappelte sich Tariq auf, ignorierte die Schmerzen in seinem Knöchel und stellte sich ganz gerade hin. »Wenn Sie sagen den Heim, ich bin hier«, sagte er und bemühte sich, stolz zu klingen und nicht ängstlich, obwohl das Deutsch schon wieder hinüber war, »dann ich springe Sprung aus diese Tür.«
»Was?«, fragte der Mann verwirrt.
»Und dann ich bin tot«, sagte Tariq. »Ja. Und ist deine Schuld, Sie Verrater.«
Der blonde Mann musste husten. Und dann ließ er Anna los und packte Tariq am Kragen. »Das lässt du schön bleiben«, sagte er. »Du kommst jetzt ganz ruhig und gesittet mit nach unten.«
»Papa!«, schrie Anna. Sie warf sich auf ihren Vater wie ein Raubtier, Tariq hätte nie gedacht, dass sie so etwas tun würde, und kratzte ihn. »Lass ihn los! *Lass ihn los!*«
»Verdammt noch mal, Anna«, knurrte der blonde Mann. »Hör auf damit, das ist gefährlich! Wenn wir hier alle runterfallen …«
Tariq sah einen Tropfen Blut aus einem der Kratzer auf seiner Wange laufen.
Doch der Mann war stark. Er war stark, wie Tariqs Vater es gewesen war. Und als Tariq das dachte, wusste er, dass es keinen Zweck hatte, sich zu wehren. Er kletterte die Leiter hinunter, den Mann unter sich, der ihn die

ganze Zeit über am Bein festhielt, damit er nicht wieder hochklettern konnte.

Unten sprach der Mann in sein Handy.

Es dauerte nur Minuten, dann waren sie vom Kinderheim da. Malte kam, um Tariq abzuholen.

Und zwei andere. »Was machst du für Sachen«, sagte Malte und schüttelte den Kopf, »Tariq, Tariq. So geht das mit uns nicht weiter. Wir müssen reden.« Er sah den blonden Mann an. »Mein Gott, Sie bluten ja. War er das?«

»Nein«, sagte der blonde Mann grimmig. »Das war meine Tochter.«

8. KAPITEL,

in welchem Anna eine Entscheidung trifft und Tariq einem Betreuer leider die Nase blutig schlägt

»Anna?«, fragte Papa. »Bitte. Komm raus und rede mit mir.«

Nein, dachte Anna. Aber sie schwieg. Ihr Mund hatte keine Lust mehr zu reden.

Sie lag unter ihrer Bettdecke, sie war wieder ein Igel.

Papas Schritte gingen durchs Zimmer und blieben vor dem Bett stehen. »Anna.«

Er schien sich auf den Teppich vor ihrem Bett zu setzen.

»Deine Geburtstagsgeschenke warten noch in der Küche«, sagte er leise.

Anna schwieg.

»Dieser Junge«, sagte Papa. »Ist er dein Freund?«

Anna schwieg.

»Ich ... habe mich ehrlich gesagt gefreut, als ich ihn gesehen habe«, sagte Papa. »Ich habe mich gefreut, dass es jemanden gibt, der dein Freund ist. Aber gewisse Dinge muss man klären«, sagte Papa. »Die Leute im Kinderheim haben sich Sorgen gemacht, furchtbare Sorgen. Wie ich mir um dich, wenn du plötzlich weg wärst. Da draußen kann einem Kind so viel passieren ... Und einfach abhauen ist nie eine Lösung.«

Da hob Anna die Decke ein klein wenig und entrollte sich so weit, dass sie Papa sehen konnte.

»Mama ist einfach abgehauen«, sagte sie.

»Ja«, flüsterte Papa. »Es tut mir leid. Es tut mir so leid, Anna.«

»Ich will keine Geschenke«, sagte Anna und rollte sich wieder ein. »Ich will jetzt schlafen. Lass mich in Ruhe. Bitte.«

Papa seufzte. Sie hörte, wie er aufstand.

»Vielleicht machen wir das mit den Geschenken heute Abend«, sagte er. »Und den Kuchen essen wir dann auch. Schlaf ruhig eine Weile. Aber wir sollten reden. Endlich einmal über alles reden. Auch über Mama.«

Dann ging er.

Reden, dachte Anna, immer wollten alle reden. Mit Tariq hatten sie auch reden wollen.

Wenn sie nichts mehr machen konnten, die Erwachsenen, wenn da ein Riss im Leben war, versuchten sie, ihn mit Worten zuzukleistern.

Papa hatte so hilflos geklungen. Er hatte Geschenke für sie besorgt, er hatte einen Kuchen gebacken. Er hatte sie lieb. Sie hatte ihn auch lieb. Aber er hatte Tariq verraten. Wie konnte sie mit einem Menschen unter einem Dach leben, der so etwas tat? Und sie weinte eine kleine Weile in ihr Kissen, ehe sie einschlief.

Als sie aufwachte, wusste sie, was sie tun würde. Obwohl es wehtat, das zu wissen.

Sie stand leise auf und holte ihre alte grüne Umhängetasche unter dem Bett hervor, auf die Mama ANNA gestickt hatte, als Anna noch ganz klein gewesen war.

»Tariq«, sagte Frau Uhlmann.

Sie saßen in ihrem Büro: Malte, Tariq, Frau Uhlmann und Dörte, die auch zu den Betreuern gehörte und sauer guckte, weil Tariq sie getreten hatte. Was daran lag, dass Dörte ihn sehr fest gehalten hatte, um ihn ins Auto zu bekommen. Dörte war die Stärkste der Betreuer und unterrichtete Kampfsport. Sie war ungefähr das Gegenteil von Frauen in Afghanistan, dachte Tariq. Wobei man das natürlich nicht genau wusste, denn die trugen ja alle ein Kopftuch, vielleicht waren sie darunter Kampfsportlerinnen und sahen aus wie Männer. So wie auch Dörte.

»Tariq, hörst du zu?«, sagte Frau Uhlmann. Sie war die Chefin des Kinderheims und machte ein Chefgesicht.

»Tut mich leid«, sagte er. »Ich nachgedenkt über Kampf-Frauen in mein Land mit Tuch.«

Er sah gleich, dass das niemand verstand, und die Worte waren auch wieder verheddert; war ja klar, so wie ihn alle anguckten, da erschreckten sich die Sätze in seinem Kopf natürlich.

»Das mit dem Fahrrad wäre also erledigt«, sagte Frau

Uhlmann, obwohl Tariq keine Ahnung hatte, was sie über das Fahrrad gesagt hatte. Wann würde die Polizei ihn abholen?

»Und wie bist du auf diesen Dachboden gekommen?«, fragte Dörte. »Hat das Mädchen dich da hochgebracht?«

»Nein«, sagte Tariq schnell. »Sie ist keine Schuld. Sie dürfen nicht werfen Anna in Gefängnis!«

»Ach, Tariq«, sagte Malte. »Niemand kommt ins Gefängnis.«

Tariq kniff die Augen zusammen und sah ihn von der Seite an. »Nein?«

»Quatsch«, sagte Malte. »Aber es ist wichtig, dass du verstehst, dass man nichts nehmen darf, was einem nicht gehört. Eine Menge Jungen, die aus Ländern wie deinem kommen, haben Probleme mit dem Gesetz. Knacken Autos. Machen Dummheiten. Solche Leute bleiben nicht lang.«

»Wir haben Autos nur ge…geknackt für schlafen darin«, knurrte Tariq. »Ich kann gut. Aber hier ich habe nie das gemacht!«

Frau Uhlmann seufzte. »Autos knacken kannst du also auch, wie schön«, sagte sie.

»Soll ich für Sie knacken Auto?«, fragte Tariq zuvorkommend. »Ich kann. Wenn Sie verloren Ihr Schlüssel.«

»Danke, ich habe alle meine Schlüssel noch«, erwiderte Frau Uhlmann spitz.

Malte beugte sich vor und sah Tariq fest in die Augen.

»Versprich mir hoch und heilig, Tariq, dass du nie mehr ein Auto knackst und nie mehr ein Fahrrad klaust und auch nichts anderes.«

Sein Gesicht war freundlich und voller Sommersprossen, aber auf einmal war es viel zu nah, und dann verwandelte es sich: Es wurde das Gesicht eines Mannes mit Gewehr, eines Mannes mit einem Tuch um den Kopf und brennenden Augen.

»Ich bin gekommen, um dich zu holen«, sagte er. In der richtigen Sprache. »Wir brauchen junge Leute. Du wirst schießen lernen. Du wirst uns helfen, das Land zu beherrschen nach Allahs Gesetzen. Dein Vater hat sich uns widersetzt. Jetzt gehören seine Söhne uns. Das ist der Preis.«

Tariq drückte sich an die Felswand. »Jamal kriegt ihr nie!«, flüsterte er. »Er ist nicht hier!«

»Natürlich kriegen wir ihn«, sagte der bärtige Mann und kam noch näher – und da holte Tariq aus, schlug mit aller Kraft zu, schlüpfte unter seinen Armen durch und rannte.

Er kam nicht weit.

Ein anderer hielt ihn fest, und es nützte nichts, dass er um sich trat.

»Tariq, verdammt!«, rief jemand. Auf Deutsch. »Komm zu dir!«

Tariq spürte etwas Kaltes, Nasses im Gesicht. Wasser. Und auf einmal merkte er, dass er noch immer in Frau Uhlmanns Büro stand und nicht in den Bergen. Die Per-

son, die ihn festhielt, war Dörte. Malte saß auf dem Boden. Seine Nase blutete.
Da begriff Tariq, dass er Malte geschlagen hatte. Alles andere war nur in seinem Kopf gewesen.
»Jetzt ist es aber genug«, sagt Frau Uhlmann und schlug mit der flachen Hand auf den Tisch.

Als die Nachmittagssonne in den Hof des Heims schien, kniete Tariq auf den Pflastersteinen und kratzte mit einem Buttermesser Moos und Gras aus den Ritzen. Frau Uhlmann hatte gesagt, das wäre wenigstens eine sinnvolle Strafe.
Die Sommersonne schien auf Tariqs bloßen Rücken, er hatte sein T-Shirt ausgezogen, weil er schwitzte. Er wartete auf die Polizisten. Er hatte Malte die Nase blutig geschlagen, sie würden ganz bestimmt kommen.
»Hey du!«, sagte jemand, und er sah auf. Aber es waren keine Polizisten. Es waren Dustin und der große Mohammed, die auf der Mauer saßen. Drei andere Jungs, deren Namen er immer vergaß, kletterten eben zu ihnen hinauf und setzten sich auch in die Reihe – wie Vögel auf einer Leitung saßen sie alle da und guckten zu Tariq hinunter.
»Ist schön, dass du vor uns kniest, so gehört sich das«, sagte Dustin.
Der große Mohammed nickte.
»Hör mal, uns is' langweilig«, sagte Dustin. »Haste was dagegen, wenn wir 'n bisschen unsere Feinmotorik üben?«

Er hob die Hand und warf etwas. Einen kleinen Stein. Er traf Tariq am Bein. Es tat nicht sehr weh, aber gleich darauf flog noch ein Stein, diesmal aus Mohammeds Hand, und Tariq spürte, wie der Ärger in ihm aufstieg. Und eine Erinnerung an sein Dorf.
Steinewerfen war nichts Gutes.
Er wandte sich wieder dem Unkraut zu und versuchte, die Steine zu ignorieren. Sie warfen sie nur ab und zu, mit Pausen dazwischen. Falls Malte oder Dörte aus dem Fenster guckten, merkten sie nichts.
Er biss die Zähne zusammen und zwang sich, ruhig zu bleiben.
»Hast du echt ein Auto geklaut?«, fragte jemand hinter ihm, und diesmal war es ein Mädchen.
Sie stand mit ihrer Freundin in sicherem Abstand und drehte einen ihrer schwarzen Zöpfe um ihren Zeigefinger. Ihre Augen waren groß vor Neugier – und vor Furcht.
»Lass den lieber!«, sagte ihre Freundin. »Der ist gefährlich. Hat Malte die Nase gebrochen. Der wird später mal ein echter Verbrecher, ich hab gehört, wie Dörte das gesagt hat.«
Die Mädchen verzogen sich, und dann prasselte ein ganzer Hagel aus Geschossen auf ihn nieder. Da hielt er es nicht mehr aus. Er sprang auf, die Fäuste geballt.
»Oh, 'tschuldigung, mir sind meine Hagebutten runtergefallen«, sagte Dustin und grinste. »Könntest du so lieb sein und sie aufsammeln? Ich brauch die für ein integratives Schulprojekt.«

Tatsächlich, es waren gar keine Steine. Tariq schnappte sich ein paar der unreifen grünen Dinger. Dann kletterte er auf die Mülltonnen, obwohl der Knöchel dabei wieder verflixt wehtat. Er sah, wie die kleinen Jungen auf der Mauer seitwärts rückten, von ihm weg.

Und jetzt war er oben.

»Da hast du Hagebeeren«, sagte er und warf Dustin die Hagebutten mitten ins Gesicht.

Dann stieß er ihn mit aller Kraft nach hinten, es ging ganz schnell, und Dustin kippte einfach von der Mauer. Mohammed, den Tariq ebenfalls überraschte, kippte hinterher.

Sie landeten draußen in der Hecke. Es war nicht sehr hoch, aber sie guckten sehr dumm.

Eine Viertelstunde später stand er mit Malte im Essensraum.

»So«, sagte Malte, »ich habe verstanden, dass du vorhin jemand anderen gesehen hast, als du mich geschlagen hast. Einen von den Taliban, die deinen Vater …«

»Psst«, sagte Tariq schnell und spürte, wie ihm seltsam heiß wurde. »Nicht die Wort sagen! Bringt Unglück!«

»Gut, aber was ist mit Mohammed und Dustin? Hast du die auch für Ta–, für Kämpfer gehalten, die hinter dir her sind?«

Tariq überlegte kurz, ob er »ja« sagen sollte. Doch das wäre eine Lüge gewesen. Er überlegte auch, ob er etwas

von den Steinen erzählen sollte. Doch das wäre Petzen gewesen und feige.
»Nein«, sagte er. »Ich hab nur gehalten für Mohammed und Dustin, die Superidioten-Arschlochs.«

In dieser Nacht schlief Tariq allein in einem Zimmer, in einem Bett ohne gezeichnete Pferde an der Wand, seinen Rucksack in den Armen. Es war ein gutes und weiches Bett, und er hatte sogar ein eigenes Klo nebenan.
Aber die Tür zum Flur war abgeschlossen. Sie hatten gesagt, sie könnten es nicht *verantworten*, ihn mit den anderen in einem Zimmer zu lassen. Er müsste sich erst mal beruhigen. Er hatte schon beim Abendessen allein an einem Tisch gesessen.
Das war ihm recht gewesen, so hatte niemand gemerkt, dass er nichts gegessen hatte.
Er hatte alle Brotscheiben und Karotten und Radieschen heimlich in seine Tasche geschoben.

Jetzt befanden sie sich in seinem Rucksack. Er brauchte Proviant.

Er wartete, bis alle schliefen. Was nicht einfach war, weil er selbst sich so zerschlagen fühlte, dass er am liebsten auch geschlafen hätte.

Aber er zwang sich, wach zu bleiben. Es war wie mit Jamal, in den Nächten, in denen es zu gefährlich gewesen war zum Schlafen – in großen fremden Städten, in denen Nachtgestalten herumliefen und Leute wie sie überfielen, oder in den Bergen, wo die Männer mit den Gewehren waren und später, weiter im Norden, Wölfe.

Schließlich stand er auf und setzte seinen Rucksack auf. Angezogen war er sowieso.

Er holte das alte Seil aus seinem Rucksack und hängte die Schlaufe über den Fenstergriff. Zum Glück war in diesem Land alles sehr stabil gebaut. Und so brach der Fenstergriff nicht ab, als er sich daran abseilte. Er zog das Seil mit einem Ruck vom Griff und stopfte es wieder in den Rucksack. Atmete tief durch.

Ehe er ging, musste er noch etwas erledigen. Er musste wissen, *wohin* er ging.

Er schlich zurück zur Tür des Heims, die nicht abgeschlossen war.

Es war riskant, doch er öffnete sie und betrat das Heim ein letztes Mal.

Malte hatte Wachdienst. Er saß in dem kleinen Büro mit dem Glasfenster zum Flur und … schlief. Mit dem Kopf

auf dem Tisch. Tariq lächelte. Maltes Handy lag neben Maltes Kopf auf dem Tisch.
Und Tariq kannte den Code, er war ein guter Beobachter. Zehn Minuten später kletterte Tariq draußen über die Mauer, lautlos über den Knöchel fluchend.
»Apfelmütze!«, flüsterte er in die Nacht. »Ich komme.«

9. KAPITEL,

in welchem eine grüne Umhängetasche, eine wilde Nacht und ein Fisch mit Flügeln vorkommen. Außerdem tun Anna und Tariq etwas Verbotenes, das man nicht nachmachen darf, und werden von Raps gerettet

Es war eine dunkle Nacht, bewölkt und ohne Mondschein. Zum Glück schien eine Taschenlampe.

Sie schien in einem Garten zwischen hohen Sonnenblumen und einem Gebäude mit der Aufschrift »HOLZWERKSTATT«, und sie bewegte sich einen kleinen Pfad entlang bis zu einem Gartentor.

Dann öffnete jemand das Tor, und der blasse Lichtkegel wanderte weiter.

Eine gute halbe Stunde später erreichte das Licht eine Natursteinmauer.

Dort verschwand es. Denn neben der Natursteinmauer stand eine Straßenlaterne.

Und man konnte endlich sehen, wer die Lampe getragen hatte, und da war es ein Junge mit verstrubbeltem schwarzem Haar und einem alten Lederrucksack. Neben ihm stand ein blondes Mädchen mit einer grünen Umhängetasche.

»Bist du sicher?«, fragte Tariq.

Anna nickte. »Absolut.« Sie zog kurz die Nase hoch, dachte an Papa und nickte noch einmal.

»Echt, ich bin vorhin nur zu eurem Garten gekommen, weil ich Auf Wiedersehen sagen wollte«, wisperte Tariq mit einem kleinen Lachen. »Und dann warst du einfach da mit deiner Tasche, schon ganz schön sehr verwunderbar.« Er schüttelte den Kopf. »Was hättest du gemacht, wenn ich nicht gekommen wär?«

»Ich wusste, dass du kommst«, wisperte Anna. »Ich habe es gefühlt.«

Tariq nickte. »Dann los«, sagte er.

Einen Augenblick standen sie vor der Stalltür und lauschten. Drinnen hörte man das Hin-und-her-Schlagen eines Schweifes und ab und zu ein Schnauben.

»Vielleicht träumen sie«, wisperte Anna. »Tariq! Wenn wir jetzt die Tür öffnen, und Wackelpo erschreckt sich …«

»Sie erschreckt nicht«, wisperte Tariq.

Er schob den Holzriegel des Stalltors beiseite, und Tariq öffnete es ganz langsam.

Apfelmütze schlief nicht. Er stand in der halbdunklen Stallnacht und sah ihnen entgegen.

»Mein Freund«, flüsterte Tariq. »Heute Nacht wir gehen. Es ist Zeit von Freiheit.«

Er streckte die Hand aus, und da kam Apfelmütze zu ihm und schnupperte an der Hand. Es war ein irgendwie feierlicher Moment. Tariq legte seinen Kopf gegen Apfelmützes Hals, sie standen nur so da, und Anna dachte, dass diese beiden zusammengehörten. Sie würden ab jetzt immer zusammen sein, bis zum Ende der Welt, so war es in den Pferdefilmen auch.

»Jetzt du«, flüsterte Tariq, und er nahm Apfelmütze mit hinaus, oder Apfelmütze nahm Tariq mit.

Anna stand allein in der Dunkelheit. Nein. Zu zweit. Dort, vor ihr, schlief Wackelpo im Stehen, sacht hin und her wankend.

»Wackelpo!«, flüsterte sie. »Ich bin es, Anna. Ich ... bin keine Libelle, du musst dich also nicht erschrecken.«

Wackelpo zuckte mit den Ohren. Sie schlief noch immer.

»Ach, Schlafmütze«, wisperte Anna und musste dann lachen. »Nein. Schlafpo. Bitte, wach auf! Wir müssen weg. Tariq muss weg, weil ihn die Polizei vielleicht holt und weil er seinen Bruder sucht, und ich, weil ich nicht bei jemandem bleiben kann, der Leute an die Polizei verrät, die nichts getan haben. Und du musst auch weg. Euer Bauer, der alte Hansen, der will sich Maschinen anschaffen. Landmaschinen, die eure Arbeit machen, weil sich Maschinen nie erschrecken. Er muss dringend Geld verdienen, sonst geht sein Minibauernhof nämlich pleite, wie es aussieht, verstehst du, und das geht mit Maschinen besser, das Geldverdienen, und ... ich kenn so was aus den Filmen ... dann verkauft er euch vielleicht an einen Schlachter. Deshalb musst du mitkommen!«

Da öffnete Wackelpo die Augen und schüttelte verschlafen den Kopf. Und nickte schließlich, oder es sah jedenfalls so aus. Als hätte sie alles verstanden.

Anna legte eine Hand auf ihren Hals, wie sie es bei Tariq gesehen hatte, und Wackelpo ging mit ihr zusammen durch das Stalltor. Sie zuckte nervös mit den Ohren und schlug mit dem Schweif, aber sie kam. Draußen sah sie sich um, sah Apfelmütze an und schien zu fragen: »Sollen wir wirklich weggehen?«

Und Apfelmütze sagte ohne Worte zu ihr: »Ja. Das ist die Freiheit.«

Tariq führte ihn zu einem Apfelbaum, der neben den Gemüsebeeten stand, kletterte hinauf und ließ sich auf seinen Rücken gleiten. Anna kletterte ihm nach und saß gleich darauf auf Wackelpo.

Es war wie immer ein beängstigendes und zugleich wunderbares Gefühl, so weit oben zu sein und auf den Rest der Welt hinunterzublicken.

»Auf Wiedersehen, Bauer«, sagte Tariq. »Auf Wiedersehen, Dorf.«

Dann schnalzte er mit der Zunge und drückte die Beine an Apfelmützes breiten Bauch, und Apfelmütze wieherte und trabte los.

»Wir auch, ja?«, bat Anna höflich, und da trabte auch Wackelpo an.

Verflixt, die Gartenpforte war geschlossen.

Anna wollte sagen, dass einer absteigen musste, um sie zu öffnen, doch in diesem Moment ging in dem kleinen Haus neben dem Gemüsegarten ein Licht an. Sie erstarrte.

Wenn der alte Hansen sie jetzt erwischte, dachte sie, kämen sie wohl wirklich ins Gefängnis. Pferde stehlen ist ungefähr so schlimm, wie ein Auto zu knacken und nicht nur darin zu schlafen, sondern es mitzunehmen.

Die Pferde standen jetzt still wie Statuen, sie verstanden alles.

Hatte der alte Hansen Apfelmütze wiehern hören? Oder ging er nur nachts aufs Klo?

Sie standen ewig. Der Nachtwind griff in die Mähnen und die Haare der Kinder. Sonst rührte sich nichts. Und dann ging das Licht wieder aus.

Da preschte Apfelmütze los und setzte mit einem großen Sprung über die Gartenpforte. Und weil Anna sie höflich darum bat, sprang Wackelpo ihm nach. Eigentlich war es für diese Sorte Pferde ja auch kein großer Sprung.

Sie trabten jetzt über eine Wiese, und Anna roch Salz im Nachtwind: das Meer.

»Ich dachte, wir suchen deinen Bruder?«, rief sie.

Tariq nickte. »Machen wir!«, rief er. »Wir reiten an Küste, immer Küste, dann kann nicht zerlaufen!«

»*Ver*laufen!«, rief Anna. »*Zer*laufen tun nur Eier in der Pfanne!« Sie lachte, plötzlich war die Traurigkeit über die Sache mit Papa wie weggeblasen, sie war nur noch glücklich und aufgeregt. Irgendwie würde alles in Ordnung kommen, mit Papa und mit Tariq und seinem Bruder und überhaupt allem. Der Wind griff in ihr Haar und zerzauste es, und die Wolken am Himmel rissen auf und ließen Mondlicht auf die Wiesen fließen.

Die Luft roch nach wilder Kamille und frisch gemähtem Gras und Seetang, und Anna rief:

»Woher weißt du, wo wir hinmüssen?«

»Jamal hat ein Brief geschrieben«, erklärte Tariq. »Vor zwei Wochen. Frau Uhlmann, sie hat ihn mir gegeben zum Lesen. Sie hat nicht gedacht, dass ich lese auch die Adresse. Sie denkt, ich bin dumm.«

Er griff in seine Hosentasche und hielt einen zerknickten Umschlag hoch. »Hier! Die Adresse! Sie ist von einer Stadt, und ich hab geguckt, im Handy, es ist da lang, die Richtung.« Er zeigte nach links, in die Ferne. »Da lang, an Meer!«

»Du hast ein Handy?«, fragte Anna verblüfft. Die Pferde gingen jetzt langsamer, und dann blieb Apfelmütze stehen, bis Wackelpo neben ihm stand. Sie waren an der Steilküste angekommen. Neben ihnen stand die Bank, auf der Anna so oft mit Papa gesessen hatte. Dahinter führte der Pfad zum Strand hinunter.

Aber es war, als müsse Apfelmütze einen Moment lang einfach da oben stehen, sich den Wind durch die Mähne wehen lassen und auf die unendliche Weite des mondbeschienenen Wassers hinunter sehen, um ganz und gar zu spüren, wie frei er war.

Wackelpo wackelte ein bisschen mit dem Po. Sie sagte vielleicht, in ihrer lautlosen Pferdesprache: Genug jetzt, können wir gehen? Ich möchte endlich los.

»Ich hab *kein* Handy«, sagte Tariq. »Aber Malte. Der Betreuer. Er hat Nachtdienst. Aber er hat geschlafen.« Er lachte. »Ich habe sein Handy geliehen. Einmal hab ich zugesehen, wie er den Code eingetippt hat. Ich kann mir gut Zahlen merken.«

»Du hast es ge*klaut*?«

»Nein, nur geliehen«, sagte Tariq. »Eine Minute! Ich habe nach einer Karte geguckt. Und die Stadt gesucht, wo Jamal ist. Dann hab ich das Handy zurückgelegt.« Er zeigte nach vorn. »Das Internet sagt, wir müssen durch einen großen Wald, an der Küste. Danach kommt eine andere Stadt und danach die Stadt von Jamal. Sie ist an Meer. Und da ist ein Heim. Für Erwachsene. Mühlenstraße 33.«

»Aber er ist … nicht erwachsen«, fragte Anna.

»Nee, hab ich doch gesagt.« Tariq schnaubte. »Er ist vier Jahre mehr als ich. Fünfzehn.« Er klang jetzt grimmig. »Sie haben gesagt, er lügt. Weil alle von anderen Ländern lügen. Alle sagen, sie sind Kinder, damit man sie nicht zurückverschicken kann. Sie können ein Test machen, bei ein Arzt, aber der Test ist nicht genau, und vielleicht sagt der Arzt auch, Jamal ist erwachsen, weil, er ist ziemlich groß? Sie glauben alle, er ist achtzig.«

»Achtzig?« Anna grinste. »Achtzig sind Opas. Meinst du achtzehn?«

»Egal, er ist fünfzehn«, sagte Tariq. »Und wir holen ihn, damit niemand ihn zurückschicken kann. Sonst … die setzen ihn in ein Flugzeug nach Afghanistan, die machen so was, haben sie schon mit anderen gemacht. Komm.«
Er schnalzte wieder mit der Zunge, und Apfelmütze wieherte hell und stob den steilen, schmalen Weg hinunter, als wäre es eine breite Straße. Wackelpo ging langsam und gesittet hinterher, sie setzte jeden Huf behutsam wie eine Seiltänzerin auf einem Hochseil.
Anna streichelte ihren Hals. »Du machst das gut«, flüsterte sie in ihr weiches Ohr. »Wir haben es nicht eilig. Wenn die Jungs sich den Hals brechen wollen, ist das nicht unsere Schuld.«
Da machte Wackelpo ein Geräusch, als lache sie leise, und Anna lachte auch.

Als die Sonne aufging, rund und glühend orange, saßen sie immer noch auf den Pferden.
Der Sandstreifen unterhalb der Steilküste verschwamm vor Tariqs Augen, so müde war er, und an den Stellen, wo sie um Felsen herum durchs Wasser waten mussten, war es Apfelmütze, der den Weg suchte, nicht Tariq.
Er drehte sich zu Anna um, und da sah er, dass sie eingeschlafen war. Sie lag auf dem Bauch auf Wackelpos breitem Rücken, im einen Arm die grüne Umhängetasche.

Tariq hielt Apfelmütze an und ließ Wackelpo zu sich herankommen, dann nahm er Anna die Tasche ab, ehe sie sie im Schlaf losließ.

»Was machen wir jetzt?«, fragte er Apfelmütze, in der richtigen Sprache, und gähnte. »Wir müssen ausruhen. Ihr beiden vor allem, ihr seid die ganze Nacht gelaufen.«

Apfelmütze gähnte auch. Oder vielleicht bildete Tariq sich das ein.

Er ließ sich von seinem Rücken gleiten. »Hier ist so gut wie überall, oder?« Er zog die Schuhe aus, um den weichen Sand unter den Füßen zu spüren, er war noch morgenkalt, und es piekte ein bisschen, wegen der Muschelstückchen.

Auf dem Meer lag das Sonnenlicht in all seinen Farben.

Er würde es malen, eines Tages. Wenn er Zeit hatte, richtig zu malen, nicht nur Pferdeskizzen an Wände. Sein Vater hatte immer gesagt, er wäre gut im Zeichnen, aber Farben, richtige Farben hatte er nie gehabt. In der Schule war ein Raum gewesen, ganz voller Farben in großen Flaschen, und Frau Winterblum hatte gesagt, nächste Woche würden sie damit malen.

»Egal«, flüsterte er. »Ich finde andere Farben. Da, wo ich mit Jamal hingehe. Wenn ich ihn finde, weißt du, Apfelmütze, dann werden wir übers Meer fahren, nach Dänemark. Und da bauen wir uns am Strand eine Hütte aus Zeug, das angespült wird, und ich finde Farben. Jamal kann Fischer werden. Der Vater von Simone ist Fischer, und er ist reich, sagt Simone. Sie haben eine Fabrik für Konserven, ihr Zeichen ist ein Fisch mit Flügeln. Fischer ist ein guter Beruf.«

Er sah das Meer so lange an, bis das Fischerboot aus seinem Wunschtraum dort auftauchte, es war ein schönes Boot, eins für eine ganze Mannschaft von Fischern, und es kam direkt auf sie zu.

»Ich schlafe schon«, flüsterte er und lächelte. »Ich träume, was? Aber guck, Apfelmütze, wie schön es ist, unser Boot …«

Apfelmütze schnaubte und stupste ihn mit dem Kopf an, und da blinzelte Tariq und schüttelte sich.

Das Boot war noch immer da. Es war ein wirkliches, echtes Fischerboot.

Und jetzt erkannte er es, und verdammt noch mal, es hatte einen Flügelfisch auf einer Seite, blau auf weiß, es *war* eines der Boote von Simones Familie. Und der Mann, der da ganz vorn am Bug stand … der Mann kam Tariq bekannt vor.

»Verflixt«, sagte er zu Apfelmütze. »Das ist Simones Vater!«

Der Mann winkte jetzt und rief etwas, was Tariq nicht verstand. Dafür verstand er etwas anderes: Er verstand, dass der Mann ihn erkannt hatte.

»Wir müssen hier weg«, sagte Tariq. »Aber wie komme ich auf deinen Rücken ohne Baum?«

Er versuchte es. Sprang. Krallte sich an Apfelmützes

Mähne fest, was Apfelmütze nicht gefiel. Fluchte. Sprang noch einmal. Nichts half, und Anna schlief noch immer auf Wackelpo, und das Fischerboot kam immer näher.

»Du!«, hörte er jetzt den an Bord schreien. »Du da! Du bist der, der das Rad geklaut hat, oder? Und das ist *nicht dein Pferd*!« Und dann ging ihm auf, warum er den Mann verstand: Der Mann hatte den Motor ausgemacht. Er ließ das Schiff das letzte Stück in Richtung Land treiben. Ein paar flache Felsen reichten hier weit ins Wasser hinaus: eine natürliche Mole, an der das Schiff anlegen konnte.

»Nein!«, schrie Tariq zurück, sinnlos. »Bin ich nicht der! Ich bin anderer!«

Das Schiff lag nun neben den Felsen, Tariq sah jetzt mehr Männer an Bord, die sich Dinge zuriefen, und Simones Vater sprang an Land.

Da passierte ein Wunder.

Apfelmütze verstand. Er verstand alles, in einem einzigen Augenblick.

Und er beugte die Knie, erst vorn, dann hinten, wie ein Kamel, kniete sich in den Sand. Tariq war mit einem Satz oben wie eine Katze, und Apfelmütze erhob sich.

Simones Vater rannte über den Sand. »Haaalt!«, rief er. »Bleib stehen! Verdammt, Junge, du kannst doch nicht …«

Den Rest hörte Tariq nicht mehr, denn Apfelmütze galoppierte mit ihm davon, gefolgt von Wackelpo. Tariq sah gerade noch, wie Anna aufwachte und sich erschrocken festkrallte. Dann stürmten die Pferde die Steilküste hinauf, einen weiteren winzigen, schrägen Pfad. Steine, Grasbüschel, Erdklumpen brachen unter ihnen weg und rollten den Hang hinunter. Der Pfad führte eine ganze Weile parallel zur Küste geradeaus, mitten auf dem Steilhang, genau zwischen oben und unten, vielleicht war es ein Pfad, den Füchse oder Kaninchen oder wahnsinnig gewordene Wildschweine ausgetreten hatten, in jedem Fall war er nicht für Pferde gemacht.

Aber Tariq hatte diesen Pfad nicht gewählt. Es war Apfelmütze gewesen.

Wenn wir abrutschen, dachte Tariq. Wenn wir fallen, wenn Anna sich alle Knochen bricht und die Pferde sich die Beine … Dann bin ich schuld. Ich ganz allein. Pferden mit gebrochenen Beinen kann man nicht mehr helfen. Man muss sie erschießen.

Sein Vater hatte es ihm eingeschärft: Lass niemals ein Pferd unnötig leiden.

Von unten schrie Simones Vater irgendetwas. Und dann tat er etwas so Dummes, dass Tariq sich fragte, ob er übergeschnappt war. Er hob einen Stein auf und warf ihn. Offenbar dachte er, das hielte sie auf, obwohl es ja viel zu weit war, er konnte sie nicht treffen. Aber Wackelpo sah den Stein fliegen, und das reichte. Sie wieherte schrill und stieg mit beiden Vorderhufen in die Luft, mitten auf dem schmalen Steilküstenpfad. Irgend-

wie fand sie Halt auf der Erde oberhalb des Pfades, obwohl es unmöglich schien, ihre Panik trieb sie an, und sie raste an Apfelmütze vorbei, überholte ihn, raste weiter: aufwärts, weg von dem Irren, der Steine warf.
Anna hing, halb schon im Fallen, an ihrem Hals, noch krallte sie sich fest …
Apfelmütze wieherte ebenfalls und folgte ihr; Lawinen aus kleinen Steinchen und Erde stürzten den Hang hinunter.
Dann waren sie oben, ganz oben, auf dem richtigen Küstenweg, es war ein Wunder.
Wackelpo galoppierte ein Stück den Weg entlang und dann mitten hinein in ein Rapsfeld: ein Meer aus braunen Kapseln, die aussahen wie Wasserpflanzen.
Wie schade, dachte Tariq, dass der Raps nicht mehr blühte, es wäre viel schöner gewesen, zwei Pferde durch ein gelbes Rapsfeld galoppieren zu sehen.
Jetzt presste er seine Hacken an Apfelmützes Bauch und bat ihn mit seinem ganzen Körper, schneller zu werden, schneller … Und dann waren sie auf der anderen Seite des Feldes, und Apfelmütze stürmte über eine Wiese, sprang über etwas Unerwartetes und blieb schwer atmend stehen.
Tariq sah sich um. Das Unerwartete waren Bahnschienen gewesen. Sie standen neben einem kleinen Bahnhof, dessen Uhr irgendwann auf fünf Minuten nach zwölf stehen geblieben war. Ein Stückchen weiter erhob sich zwischen hohen Brennnesseln eine alte Halle. Eine Halle

für Züge, dachte Tariq. Von Wackelpo war weit und breit nichts zu sehen.
Doch das Tor der Halle schien sich ganz leicht zu bewegen. Als wäre gerade jemand hindurchgegangen. Ein Pferd zum Beispiel. Ein großes braunes Pferd, das sich in seiner Panik müde gerannt hatte. Ein Pferd mit einer guten Nase für Verstecke.

Zur gleichen Zeit stand der alte Hansen in einem leeren Stall. »Himmel, das gibt's doch nicht!«, knurrte er.
Keine schreckhafte Stute weit und breit. Kein Hengst, der ab und zu nachts ausriss und das Gemüse im Garten fraß. Er war wohl zum letzten Mal ausgerissen. Und er hatte seine Freundin mitgenommen.
»Du verdammter alter Dickkopf«, flüsterte er. »Streckst da draußen deine Nüstern in den Wind und lässt mich im Stich. Ihr beide! Hab ich euch nicht jahrelang gefüttert und gestriegelt? Hab ich euch nicht jeden Abend auf eure Waldweide gebracht? Ja, verdammt. Es ist ja wahr. Ich habe mich über euch beschwert. Ich war nicht nett zu euch in letzter Zeit.«
Er stapfte zurück ins Haus, schnappte sich den Katalog mit den bunten Fotos der Landmaschinen und knallte ihn auf den Küchentisch.
»So, Hansen«, knurrte er. »Jetzt, wo du die Pferde mit deiner eigenen Knurrigkeit vergrault hast, such dir mal eine aus. Kosten wird sie, oh ja, nicht zu knapp. Und angucken wird sie dich auch nicht, und wiehern und

schnauben. Aber die Arbeit wird schneller gehen. Ist doch gut, was? Ist doch wunderbar.«

Er schleuderte dem Katalog das Wort *wunderbar* hin wie eine Beleidigung.

10. KAPITEL,

in welchem der König und die Königin der Waldgeister auf ihr Reich hinabsehen, ein dänischer Reitsport mit toten Fischen erfunden wird und Herr Meyer-Hahnebrecht seinen Kaffee nicht bezahlt

Anna blinzelte.

Ein Streifen Licht fiel schräg durch ein hohes, schmutziges Fenster, Staubkörner tanzten darin wie winzige Ballerinen. Sie setzte sich auf, frierend. Warum hatte sie die grüne Umhängetasche um? Sie fuhr mit den Fingern über die gestickten Buchstaben, die Mama für sie gemacht hatte, vor so langer Zeit. A. N. N. A.

Sie sah sich um. Sie saß in einer hohen Halle mit Blechdach und kahlen Wänden, und hinter ihr standen zwei sehr alte Zugwaggons. Aus einem der Zugfenster wuchs ein kleiner Baum, und davor stand ein riesiges Pferd und fraß seine Blätter.

Und dann fiel Anna alles wieder ein, die ganze Kette verwirrender Ereignisse der letzten Tage: die Waldweide, das Fahrrad, der Dachboden, der Streit mit Papa, ihre nächtliche Flucht. Der Fischer, der sie gesehen hatte, die Steilküste …

Jemand schnaubte ihr in den Nacken, und sie fuhr herum. Wackelpo hatte sich über sie gebeugt, und Anna streichelte ihre weichen Nüstern.

»Guten Morgen«, flüsterte sie. »Das war … wirklich Wahnsinn, dass du diese Halle gefunden hast. Gut geschlafen?«

Wackelpo schnaubte nur wieder und schüttelte sich.

»Mir ist auch kalt«, sagte Anna, stand auf und schlang ihre Arme um Wackelpos Hals. Es tat gut, sich gegenseitig zu wärmen.

Auf dem Zugdach saß Tariq.

»Ich hab Frühstück«, sagte er. »Kommst du? Raus, in die Sonne?«

Er ließ sich vom Zugdach auf Apfelmützes Rücken gleiten, und Apfelmütze trottete zur Tür der Halle. Kurz darauf wurden sie draußen vom Gelärme der Stare begrüßt, die in den verwilderten Obstbäumen neben den Gleisen saßen. Der Bahnhof sah verlassen aus, überwachsen, halb verfallen.

»Man könnte hier wohnen«, sagte Anna. »Keiner würde es merken.«

Sie setzten sich auf die Überreste einer alten Bank, und Tariq holte aus seinem alten Lederrucksack ein paar sehr zerknautschte Brotscheiben. »Ich hab auch Radieschen. Und Karotten.«

Und eine Weile saßen sie nur da und aßen und ließen sich die Sonne ins Gesicht scheinen. Wackelpo und Apfelmütze aßen die Karotten.
»Ich will nicht wohnen in einem Bahnhof«, sagte Tariq schließlich. »Ich geh mit Jamal nach Dänemark. Wir bauen ein Haus da, mit Fischen. Wir verkaufen Konserven und werden reich.«
»Und ich?«, fragte Anna. »Was mache ich, wenn wir deinen Bruder gefunden haben? *Ich* könnte hierher zurückkommen und hier wohnen. Mit Wackelpo.«
»Quatsch«, sagte Tariq. »Du kommst mit uns.« Er stand auf. »Komm. Wir müssen los.«

Sie folgten der Küste weiter, aber nicht mehr direkt am Wasser.
»Wenn uns die such, die such da«, sagte Tariq.
Anna dachte, dass das schade war, weil man vom Fernwanderweg an der Steilküste bis in die Unendlichkeit gucken konnte. Wie auf ihren Spaziergängen mit Papa. Andererseits war es nicht ganz so schade, weil man dort immer Angst haben musste, dass Wackelpo einen Satz machte, wenn sie sich erschreckte, und zehn Meter weiter unten landete.
»Hier lang«, sagte Tariq und zeigte in eine bestimmte Richtung. »Es ist palell zum Meer.«
»Meinst du parallel?«, fragte Anna. Und er sagte, dass er das vielleicht meinte.
So gingen Apfelmütze und Wackelpo quer durch Wei-

zenfelder und Gestrüpp, weil Tariq fand, dass das am ehesten parallel war. Wackelpo wackelte mit dem Po und schien ab und zu zu seufzen, aber Anna sagte zu ihr: »Ist doch schön, so ohne Weg. Weißt du, früher gab es auf der Welt überhaupt keine Wege. Dafür gab es viel mehr Natur. Vögel und Schmetterlinge und Blumen. Alles war viel grüner.«

Wackelpo tauchte durch eine Hecke, die weiße Blüten und kleine runde Blätter verlor, und als sie auf der anderen Seite wieder herauskamen, drehte Wackelpo sich zu Anna um und schien zu lachen. Tariq lachte auch. »Ja, alles viel grüner«, wiederholte er. »Jetzt ist auch alles viel grüner. Vor allem du. Du hast lauter grüne Blätter in Haar, wie ein Geist von Wald.«

»Oh?«, fragte Anna, streifte eine Handvoll Blätter von einem Ast und streute sie über Tariqs Kopf.

»Du auch«, sagte sie und kicherte.

»Na warte!«, knurrte Tariq.

Und dann drückte er die Beine gegen Apfelmützes breiten Bauch, und Anna flüsterte: »Lauf!« Und so jagten sie über das nächste Feld wie die Wilden, aber diesmal hatte Anna keine Angst, zu fallen. Sie lachte. Sie lachte laut, gemeinsam mit Tariq, sie teilten denselben Übermut.

So wie sie wohl ab jetzt, dachte Anna, alles teilen würden: sie und Tariq und die Pferde, alle vier.

Hinter dem Feld begann ein Wald. Wackelpo und Apfelmütze preschten einfach hinein, mitten ins Grün, sodass alle noch mehr Blätter abbekamen, die sich in Haaren und Mähnen festsetzten, aber dann ging es ein wenig hinauf, auf einen Hügel, und auf einmal wurde der Wald hoch und licht wie in einem alten Märchenbuch.

Wackelpo und Apfelmütze fielen in Schritt, auch sie spürten wohl die Feierlichkeit dieses Waldes. Er war ganz anders als der Spaziergeh-Wald zu Hause beim Dorf, in dem es nur so wimmelte vor Bänken und Wegweisern und Wegen. Hier gab es all dies nicht. Die Bäume ragten wie die Säulen einer Kirche auf in den Himmel, der Wald war eine Halle aus Licht. Dünnes, helles, hohes Gras bedeckte die Erde wie ein Teppich aus Gold. Anna legte sich auf Wackelpos breiten Rücken und sah in die Baumkronen empor. Kleine Vögel sausten durch die schwindelerregend hohen Zweige und zwitscherten sich Geheimnisse zu.

»Dieser Wald ist ein Zauberwald«, flüsterte Anna. »Wetten? Die Bäume heißen Buchen, und es ist wirklich wie in einem Buch. Wir passen also ganz gut hinein, wenn wir grüne Blätterhaare haben und Waldgeister sind.«

»Zauberwald«, wiederholte Tariq ehrfürchtig. »Guck! Da ist das Meer!«

Wackelpo und Apfelmütze waren stehen geblieben, und Anna setzte sich wieder auf.

Da sah sie es auch: Der Wald brach hier jäh ab, und direkt unter ihnen – sehr, sehr weit unten – begann die blaue Unendlichkeit.

Sie waren wieder an der Steilküste. Weit draußen kreuzten zwei Sommersegler, aber hier zwischen den Bäumen

würde niemand die Pferde entdecken. Es war wahrhaftig ein magischer Ort: Man sah von hier aus alles und wurde von niemandem gesehen.
Sie ließen sich von den Rücken der Pferde auf den Boden rutschen.
Und Anna pflückte eine Handvoll kleiner blauer Blumen und steckte sie sich und Tariq ins Haar. An einem Busch fand sie ein paar Ranken, die süß dufteten. »Geißblatt«, flüsterte sie. Papa hatte ihr die Namen von einer Menge Pflanzen beigebracht. Die Blüten der Ranken waren rot mit schmalen weißen Streifen, Zuckerstangenblumen, dachte Anna, und sie hängte Tariq eine lange, blühende Ranke um den Hals und sich auch und schlang eine andere um den Riemen ihrer grünen Umhängetasche mit Mamas Stickbuchstaben.
Dann nahm sie Tariqs Hand und trat einen Schritt vor, bis dorthin, wo der Hang jäh abbrach.
»Ich bin die Königin der Waldgeister«, sagte sie ernst. »Und du bist der König.«
»Warte!« Tariq klang erschrocken. »Dann müssen wir hochzeiten.«
»Ach was«, sagte Anna und lachte. »Du kannst mein Bruder sein.«
»Gut«, sagte er und atmete auf.
»Wir sind der König und die Königin«, wiederholte Anna, »und das dort unten ist unser Reich. Die ganze Welt. Die Menschen wissen nicht, dass sie von den Waldgeistern regiert werden. Nur wir wissen es.«

»Nicht fallen!«, sagte Tariq. »Komm weg von da. Es ist zu tief.« Und er zog sie von der Kante weg, zu einem Baum, den der Sturm vor langer Zeit geknickt hatte und der nun im Liegen weiterwuchs. »Da! Königssitz!«

Sie kletterten hinauf, und Anna sagte: »Ja, das ist unser Thron. Von hier aus sehen wir auf das Volk hinab, das wir heimlich regieren.« Sie sah das Volk an, das im Moment aus Apfelmütze und Wackelpo bestand. Es war ein sehr braves, grasendes Volk.

»Bei uns, es war so«, sagte Tariq plötzlich. »Es gab eine Regierung in der großen Stadt. Kabul. Und es gab noch eine Regierung, heimlich. Wir hatten die Amerikaner da. Sie haben der Kabul-Regierung geholf. Aber dann, die Amerikaner sind nach Hause gegangen. Und die heimliche Regierung hat genommen die Macht. Ganz für sich.«

»Die heimliche Regierung ... ist sie wie die Waldgeister?«, flüsterte Anna und drehte eine Ranke um ihre Finger.

Tariq schüttelte den Kopf, und ein paar blaue Blüten rieselten aus seinem Haar. »Sie ist wie Bomben und Schießen und Tod«, sagte er. »Wenn du nicht machst, was sie sagen, bist du weg. Viele Leute sind weggelaufen.«

»Die Reiter mit den Gewehren«, flüsterte Anna, und auf einmal war ihr kalt.

»Ja«, sagte Tariq. »Sie sagen, alles muss sein wie früher. Wie in der alten Zeit. Sie sagen, du musst immer lesen den Koran, das heilige Buch, immer beten, du darfst nicht lesen Comicbuchs. Sie verbieten alles, auch Bushkazi-Sport. Rennen mit Pferden. Das ist der beste Sport von der Welt. Sie verbieten alles, was Spaß macht. Und wenn du bist eine Frau, du musst verstecken dein Gesicht, und du kannst nicht reiten oder lesen oder zur Schule gehen. Aber mein Vater, er sagt, es ist falsch. Er sagt, Mädchen können auch lernen. Hier hätte es ihm gefallen. In der Schule mit

den Mädchen. Und die Lehrerin, sie ist eine Frau!« Er zögerte. »*Ist* Frau Winterblum eine Frau?«

Anna nickte. »Warum sollte sie keine sein?«

»Ich weiß, sie heißt *Frau* Winterblum«, sagte Tariq, ein wenig verlegen. »Aber hat sie kurze Haare wie Mann, und Hosen, und nicht so viel, du weißt schon. Busen.«

Anna biss sich auf die Lippen, um nicht loszuprusten. »Glaub mir, sie ist eine Frau.«

»In meinem Land, die heimliche Regierung, sie würde einsperren eine Frau wie Frau Winterblum«, sagte Tariq. »Oder erschießen. Aber sie sperren auch Männer ein. Wenn sie nicht gehorchen. Wenn ein Mann den Mädchen reiten beibringt ... Oder schreiben und lesen ... wenn er ist Lehrer für sie ...« Er stockte.

»Dein Vater«, sagte Anna leise. »Er war Lehrer. Haben die Männer mit den Gewehren ihn deshalb eingesperrt?«

Tariq sagte nichts, blickte nur aufs Meer hinaus.

»Und deine Mutter?«, fragte er.

Anna wickelte die Ranke wieder von ihrem Finger ab. Holte tief Luft. »Mit meiner Mutter habe ich solche Dinge gespielt wie Waldgeister, weißt du? Lange her. Fünf Jahre.« Sie nahm ein blaues Blütenblatt zwischen Daumen und Zeigefinger und hielt es gegens Licht. Ein Juwel. »Wir haben Schätze gefunden. Im Wald. Im Garten. Am Meer. Und sie hat sich immer Geschichten ausgedacht, darüber, wer wir waren. Königinnen oder Prinzessinnen oder Bettler. Aber manchmal habe ich nicht alles verstanden.« Sie schüttelte den Kopf.

»Manchmal war sie furchtbar lustig und dann furchtbar traurig. Oder ganz wach und dann ganz müde. Zu viel, irgendwie. Von allem. Und dann war sie weg.«

»Weg«, sagte Tariq.

»Ja«, sagte Anna. »Ich hatte Blumen gepflückt. Für sie.«

»Sie haben sie abgeholt«, murmelte Tariq. »Die Männer mit den Gewehren.«

»Aber die sind hier doch gar nicht«, sagte Anna. »Deshalb seid ihr doch hergekommen, dein Bruder und du.«

Tariq sah sie von der Seite an. »Und wenn?«, fragte er. »Wenn sie doch hier sind?«

»Vielleicht auf … eine andere Weise. Eine unsichtbare Weise«, flüsterte Anna und sah auf das blaue Meer hinunter. Und auf einmal war es, als könne sie sie sehen, die Männer mit den Gewehren. Sie ritten dicht unter der Oberfläche. Und sie würden die Pferde an Land jagen und ihre Gewehre heben und … Vielleicht hatte ihre Mutter sie gesehen. Die unsichtbaren Reiter.

»Wenn sie hierherkommen, schlägt Wackelpo aus und gibt ihnen mit den Hufen eins auf die Nase«, sagte sie und versuchte zu lachen.

»Ja, und mit Apfelmütze ich bin so schnell, dass sie mich nie einholen«, meinte Tariq. »Deshalb müssen wir Jamal finden. Um ihn zu retten. Vor den Gewehre-Männern. Zusammen wir schaffen Dänemark. In Dänemark, hinter dem Meer, da sind wir sicher. Da können die Männer nicht hin.«

Das war unlogisch, aber Anna verstand die Männer mit den Gewehren nicht, vielleicht hatten sie eine eigene Logik.

Tariq pfiff leise, Apfelmütze stellte die Ohren auf und kam herübergetrottet.

Tariq kletterte mithilfe eines Baumes auf ihn und setzte sich ganz gerade hin.

»In Dänemark, ich reite Bushkazi« erklärte er von dort oben. »Wie mein Vater. Ich schnappe die tote Ziege, ich bringe sie ins Ziel.«

»Oh«, sagte Anna. »Muss es unbedingt eine tote Ziege sein?«

»Ach, nein«, sagte Tariq großzügig und lachte. »Am Meer gibt es vielleicht gar keine Ziegen. Wir können auch nehmen einen toten Fisch.«

Tariq wollte nicht länger an die Männer mit den Gewehren denken an diesem schönen Tag.

Aber als er auf das blaue Meer hinunter sah, da war es, als könnte er sie sehen, die Männer mit den Gewehren. Sie ritten dicht unter der Oberfläche. Und sie würden die Pferde an Land jagen und ihre Gewehre heben und …

»Wir müssen vorsichtig sein«, flüsterte er Apfelmütze in der richtigen Sprache ins Ohr, als sie weiterritten. »Und schnell. Sonst finden sie Jamal vor uns. Sie wollen, dass er ein Gewehr über der Schulter trägt und mit ihnen reitet. Aber sie kriegen ihn nicht.«

Um seinen Hals lagen noch immer die Ranken mit den

rot-weißen Blüten, die so süß dufteten, und vielleicht waren sie wirklich magisch. Vielleicht machten sie ihn wirklich zu einem Waldgeist, unsichtbar wie die Reiter. Irgendwann ging es wieder abwärts, und dann wurde der Wald anders, die Bäume waren hier niedriger, überall wucherte wildes Unterholz, und Anna sagte: »Schau, da sind Himbeerbüsche! Ich hab Hunger, es ist sicher schon Mittag.«

Da hielten sie die Pferde an, denn bei den Himbeerbüschen floss auch ein kleiner Bach mit einem Pferde-Mittagessen aus frischem Gras am Ufer.

»Magst du Fluss-Fisch?«, fragte Tariq und sprang von Apfelmütze. »Ich kann einen fangen!«

Eine halbe Stunde später saß er auf einem Graspolster, wie es sich für einen Waldgeist gehört, und hielt eine Angel ins Wasser, die er aus einem Ast und einer langen Schnur gemacht hatte. Die Schnur bestand aus drei Grashalmen, Anna hatte ihm beim Flechten zugesehen und sich gewundert, weil sie gedacht hatte, Jungen könnten nicht flechten.

»Dein Land ist verwunderlich«, hatte Tariq gesagt. »Frauen sollen lesen lernen, aber Männer nicht flechten.«

Anna hatte ihm als Angelhaken eine Sicherheitsnadel gegeben, die sie noch in der grünen Tasche gefunden hatte. Er hatte ein paar Würmer ausgegraben, und Anna hatten die Würmer leidgetan, und dann fing er drei Fische, und sie guckte weg, als er sie tötete.

»Du bist verwunderlich«, sagte er. »Du willst essen Fisch, aber du magst nicht, ich fange.«

»Nein, du bist verwunderlich«, sagte Anna. »Du bist lieb zu Pferden, aber zu Fischen und Würmern nicht, und dabei sind das alles Tiere.«

»Nee«, sagte Tariq. »Pferde sind Pferde.«

Und schließlich machte er Feuer mit ein paar Ästen und dem Feuerzeug aus seinem Rucksack, das möglicherweise in der Küche des Kinderheims fehlte, und er steckte die Fische auf Stöcke, um sie zu braten. Als sie gar waren, zerlegte er sie mit dem Messer und nahm sie aus, und sie aßen sie mit den Fingern, zusammen mit den Himbeeren, die Anna gepflückt hatte.

Tariq sah Anna an. Sie sah wirklich aus wie ein Waldgeist: mit den Blumen um den Hals und den Blättern im Haar und fettigen Fingern vom Fisch. Da lachte er, und sie lachte auch. Ihr Lachen flog mit dem Wind davon, und Apfelmütze und Wackelpo hoben die Köpfe und sahen ihm nach.

»Und Sie wollen also mein Pferd gesehen haben, ja?«, fragte der alte Hansen.

Der Fisch-Meyer nickte. Alle nannten ihn nur den Fisch-Meyer, obwohl er natürlich eigentlich Herr Meyer-Hahnebrecht hieß. Er besaß die Konservenfabrik.

Der alte Hansen hatte nie verstanden, warum der Fisch-Meyer es für nötig hielt, Fische in riesiger Menge aus dem Meer zu holen und in Dosen zu stecken, er selbst ging ab und zu angeln und aß den Fisch und fertig.

Im Moment saß der Fisch-Meyer an einem Tisch der Bäckerei, trank Kaffee und guckte dauernd auf sein Handy. Moderne Leute wirkten immer so nervös, dachte der alte Hansen.
»Es war Ihr Pferd, garantiert«, sagte der Fisch-Meyer. »Und Ihr Junge. Deshalb habe ich Sie angerufen.« Er sah zu der dritten Person an dem kleinen Tisch: einem jungen Mann aus dem Heim, mit nicht sehr kurzem Haar und einem etwas zu bunten Hemd. Er hieß Maja oder Maike oder so ähnlich. Der alte Hansen hörte nicht mehr so gut, aber er wollte keine moderne Hörsache im Ohr, und die jungen Leute nuschelten immer so.
»Sind Sie sicher, dass es Tariq war?«, fragte der junge Mann namens Maja oder Maike.
Der Fisch-Meyer nickte grimmig. »Ich hab den Jungen oft genug gesehen, wenn ich meine Tochter von der Schule abgeholt habe. Sie hat komische Sachen über ihn erzählt, die Simone, er bekommt Wutanfälle, rennt aus der Klasse, schlägt andere Kinder.«
»Tariq hat ... ein paar Probleme«, sagte der junge Mann namens Maja oder Maike zögernd. »Er hat ... schlimme Dinge erlebt. Er ist mit seinem Bruder aus Afghanistan gekommen und ...«
»Ja ja«, sagte der Fisch-Meyer und winkte ab, »Sie haben

sicher eine Menge solcher Kinder da im Heim, Malte.« Ach, dachte Hansen, Malte. »Aber wenn diese Leute hierherkommen, müssen sie sich in unsere Gesellschaft eingliedern und unsere Regeln anerkennen. Pferde stehlen gehört nicht dazu. Das kann er zu Hause tun, wenn das da so üblich ist, aber dann soll er dahin zurückgehen.« Er schlug mit der flachen Hand auf den Tisch. »Und wenn er seine Hand gegen meine Tochter erhebt, gibt es mal eine richtige Prügelei. Aber dann bin ich es, der ihn verprügelt.«

»Ich wusste nicht, dass er reiten kann«, sagte Malte nachdenklich. Beinahe träumerisch. »Er hat lauter Pferde über sein Bett gemalt, an die Wand.«

»Das Komische ist«, sagte der alte Hansen, »meine Pferde sind überhaupt nicht zugeritten. Das sind Arbeitsgäule, keine Schleifchen-Pferde für Reit-Mädchen. Haben jahrelang mit mir meinen Acker bestellt. Aber in letzter Zeit sind sie verrückt geworden, die Stute scheut dauernd, und der Hengst büxt mir aus.«

»Dann ist er diesmal zusammen mit dem Jungen ausgebüxt«, sagte Malte.

Der Fisch-Meyer sah wieder auf sein Handy und stand auf. »Ich muss jetzt los, hab einen Termin in der Stadt. Eins noch: Sie vermissen *zwei* Pferde, oder?«

Der alte Hansen nickte.

»Als ich sie gesehen hab, wie sie den Steilhang rauf sind, da *waren* es zwei«, sagte der Fisch-Meyer. »Auf dem zweiten saß ein Mädchen. So ein blondes, dünnes.

Ich dachte erst, das ist Anna aus der Klasse von Simone, aber die ist ja etwas seltsam, die redet nicht und hat Angst vor allem. Na, aber ein blondes Mädchen war's. So, Sie haben meine Nummer, Malte, und ich Ihre … Und Sie?« Er sah den alten Hansen an.

»Wie bitte?«, fragte der alte Hansen.

»Können wir Handynummern austauschen?«

Der alte Hansen starrte den Fisch-Meyer an. Glaubte der Fisch-Meyer im Ernst, er hätte so ein lächerliches kleines Taschentelefon?

»Ist schon okay«, sagte Malte. »Wir wohnen doch alle im Dorf. Ich halte Herrn Hansen auf dem Laufenden.«

»Ich überlass es Ihnen, wie Sie das regeln«, sagte der Fisch-Meyer. »Aber ich sag Ihnen was: Fangen Sie diesen Jungen ein und sehen Sie zu, dass er von hier wegkommt. Ich möchte keine Angst haben müssen, wenn meine Tochter draußen spielt. Sonst sehe ich mich gezwungen, der Polizei mitzuteilen, dass Sie Ihre Aufsichtspflicht den Kindern gegenüber recht … entspannt sehen. Guten Tag, die Herren.«

Dann war er weg, und der alte Hansen sah Malte an.

»Das war … eine Drohung«, sagte Malte perplex.

»Und er hat nicht mal seinen Kaffee bezahlt«, sagte der alte Hansen.

»Hören Sie, Herr Hansen«, begann Malte. »Es ist nicht wahr, dass wir unsere Aufsichtspflicht nicht ernst nehmen. Wir haben Tariq tatsächlich letzte Nacht eingesperrt. Obwohl mir das nicht gefiel. Er kann doch nicht aus dem Fenster geklettert sein, er hatte einen verstauchten Knöchel.«

»Manche können manches trotz Verstauchung«, sagte der alte Hansen und nickte, und plötzlich merkte er, wie sich ein Grinsen auf sein Gesicht stahl. »Er *muss* geklettert sein. Danach hat er mein Pferd geklaut. Und er kann es reiten, obwohl es nicht zugeritten ist *und riesig*. Alle Achtung.« Er nickte. »Zäher Kerl.«

»Und das Mädchen«, sagte Malte, »das *war* Anna. Sie hat ihn auf ihrem Dachboden versteckt. Sie redet nicht, aber sie reitet. Wir müssen zu ihrem Vater.«

11. KAPITEL,

in welchem so ziemlich alles vorkommt: Regen, ein Unterschlupf aus Ästen, Erdbeereis, eine Suchmeldung im Radio, ein rosa Strandkorb, schneeweiße und karamellfarbene Pferde, ein Birkenwald, ein Picknick und schon wieder ein Kämpfer mit Gewehr

Die zweite Nacht ihrer Reise war eine Nacht unter Sternen.

Sie waren den ganzen Nachmittag weitergeritten, und Anna war froh, zu liegen. Das Dach über ihren Köpfen war das Firmament, und ihr Bett war das weiche Gras. Das auch ein bisschen pikste. Aber es hörte sich schön an, vor sich hin zu murmeln: »Ihr Bett war das weiche Gras.«

Das Gras wuchs auf einer Waldlichtung, die ein bisschen war wie die Waldweide, nur ohne Zaun und Apfelbaum. Der Wind strich kühl durch die Bäume, und Anna schlang die Decke mit dem Pferdeaufdruck enger um sich, die zusammen mit ein paar Kleidern gerade so in die Tasche gepasst hatte. Tariq hatte eine braun gemusterte Kinderheimdecke.

»Ich frage mich, was mein Vater gerade macht«, flüsterte Anna. »Wahrscheinlich sitzt er im Wohnzimmer und liest ein Buch. Er braucht nicht die Treppe hochzugehen, um mir Gute Nacht zu sagen. Er hat also mehr Zeit zum Lesen.«

»Wetten, er nicht liest«, flüsterte Tariq. »Er steht ans Fenster und guckt raus und macht Sorgen für dich.«

»Ach was«, sagte Anna und schluckte, denn möglicherweise hatte er recht. »Was macht denn deine Mutter?«

»Sie steht auch an Fenster und macht Sorgen«, sagte Tariq. »Machen Erwachsene so. Aber ich sag dich, was macht meine Bruder, Jamal: Er steht an Fenster und macht kein Sorgen. Er weiß, dass ich komm. Dass ich hol ihn.«

Tariq sagte mehr über seinen Bruder, aber Anna hörte ihn nur noch wie aus weiter Ferne, und dann schlief sie. Sie hatte gedacht, sie würde von Papa träumen. Oder von Mama. Sie träumte oft von Mama. Von dem Tag, an dem sie verschwunden war. Von den Blumen. Aber sie schlief tief und traumlos.

Und erwachte davon, dass sie fror. Und dass sie nass war.

Sie fuhr hoch. Die Sterne waren verschwunden, alles war stockdunkel, und aus der Stockdunkelheit fielen

Regentropfen in ihr Gesicht. Die Decke mit dem Pferdeaufdruck war jetzt ein feuchter Lappen.
»Tariq?«, flüsterte Anna. »Tariq!«
Sie tastete, fand seine schlafende Gestalt, rüttelte ihn. »Wach auf! Wir müssen reingehen!«
Aber wo rein?, dachte sie dann. Es gab nichts.
Tariq murmelte etwas in seiner eigenen Sprache, und dann flackerte ein Licht auf: Er hatte seine Taschenlampe gefunden. Der Lichtkegel wanderte über das nasse Gras ... und fand keine Pferde.
»Oh nein!«, flüsterte Anna. »Sie sind weg!«
Am liebsten hätte sie einfach geheult, aber das wäre ja noch nasser gewesen.
Und da sagte Tariq plötzlich: »Nein. Guck! Sie haben ein trockenes Haus für uns gefunden!«
Im gleichen Moment wieherte Wackelpo, als wolle sie die Kinder rufen, und Anna sah sie: Sie stand zwischen den Bäumen neben der Lichtung, an einer Stelle, wo sich die Zweige zu einem Dach verwoben, und neben ihr stand Apfelmütze. Der Wald hatte ihnen einen Stall gebaut mit Wänden aus Brombeerbüschen und einer Tür aus Ranken.
Anna und Tariq sammelten ihre Sachen ein und flohen dorthin, und Tariq sagte: »Wir können das noch besser machen!« Dann steckte er die Taschenlampe in Apfelmützes zerzauste Mähne, und so leuchtete Apfelmütze ihm, während er Zweige sammelte und um den Unterstand herum baute, um seine Wände abzudichten. Anna

half ihm, von der Arbeit wurde ihr wieder warm, und sie sah Tariqs Gesicht voller Regentropfen neben sich, sah ihn grinsen.

»Das wird … das beste Haus von Welt«, keuchte er.

Da war auf einmal nichts mehr schlimm, auf einmal war es ein Spiel, die Zweige aufzuschichten. Am Ende kletterte Tariq ein Stück weit auf einen Baum und dann auf Apfelmütze, und Anna reichte ihm die Zweige hoch, die er im Dach befestigte, so lange, bis es nirgends mehr durchtropfte.

»Und jetzt müssen wir was Trockenes anziehen«, sagte Anna und griff in ihre grüne Tasche, die eigentlich zu klein für alles war, was sie hineingestopft hatte. Sie hätte eine andere Tasche nehmen können, aber diese war wichtig, weil Mama sie bestickt hatte.

»Oh, Mist«, sagte Tariq. »Kleider.«

»Du … hast keine Kleider mitgenommen in deinem Rucksack?«

Er schüttelte den Kopf. »Kann ich wissen, dass wir auf Mode-Event gehen und uns umziehn alle fünf Minuten?«

»Hast du ein Glück, ich hab zwei von allem«, sagte Anna und gab ihm das erste T-Shirt, das sie fand. Auch die Hose passte Tariq, sie waren gleich groß. Und schließlich hängten sie die nassen Kleider in ihrem Unterstand auf und kletterten auf die Rücken der Pferde, weil der Boden feucht war.

»Aber hier oben«, sagte Anna, »ist es wie auf einem

geheizten Sofa.« Und sie schmiegte ihren Kopf an Wackelpo. »Ich hab dich lieb, Sofa«, wisperte sie.
Über ihr prasselte der Regen auf das Blätterdach, Wackelpo schnaubte noch einmal und schien dann einzuschlafen, wie Pferde das so tun, im Stehen, und dann schlief auch Anna wieder, warm, behaglich und geborgen.

Am Morgen war der Regen weg.
Die Sonne schien, und alles dampfte, als ihre Strahlen die Nässe aufleckten. Die Vögel sangen, sie klangen frisch gewaschen, und Anna blinzelte verwundert, denn sie befanden sich gar nicht mehr in ihrem Unterstand. Wackelpo und Apfelmütze trotteten gemächlich durch den Wald. Sie setzte sich auf. Tariq war schon wach, er hatte also beschlossen, weiterzugehen.
Es war, als würde man in einem fahrenden Zug aufwachen.
Es wäre gut, dachte sie, am nächsten Bahnhof ein Frühstück zu kaufen. Mit Papa hatte sie das ein paarmal getan: Sie waren irgendwohin Zug gefahren, durch die Nacht, und hatten am Morgen ein Bahnhofsfrühstück gefrühstückt und eine andere Stadt angeguckt. Sie hatten Museen besichtigt und Pausen gemacht in kleinen Cafés, bei heißer Schokolade und Sandwiches … Annas Magen knurrte.
Sie griff in ihre Umhängetasche, die sie im Schlaf im Arm gehabt hatte, und fand dort eine große Leere. Die

Ersatzkleider hatten sie an, das Essen hatten sie gegessen. Moment. Ersatzkleider?

»Tariq!«, rief Anna. »Was hast du mit den nassen Sachen gemacht?«

Er drehte sich um. »Guten Morgen«, sagte er und lächelte. »Die nassen Sachen? Ich … äh … oh.«

»Sag nicht, die hängen immer noch in unserer Nachthütte.«

»Hm, vielleicht«, sagte er. »Aber ist nicht wichtig. Wir haben trockene Sachen. Das ist besser, oder?«

»Und wenn es wieder regnet? Wenn das Zeug hier nass wird? Oder schmutzig? Wir brauchen doch etwas zum Wechseln …«

Er lachte und winkte ab. »Wenn wir in Dänemark sind, und wir fangen tausend Fische, dann haben wir Geld«, sagte er. »Ich kauf dir einen ganzen Koffer voll Sachen. Abendkleid, Pelzmantel, Faltenrock, Bikini. Kniestrümpfe, Lederhose, Schlips!«

Anna lachte. Es klang wie eine auswendig gelernte Liste aus irgendeinem Buch. Wahrscheinlich war es das.

»Prima«, sagte sie. »Und dann reite ich in Bikini, Schlips und Lederhose in Dänemark am Strand entlang. Da fallen die Fische ganz von selbst tot um.« Sie grinste. »Ich hab Hunger.«

»Ja«, sagt Tariq. »Leider ich auch. Deshalb ich bin losgeritten. Wenn dieser Wald verendet, kriegen wir vielleicht danach eine Stadt. Ich hab kleines Geld für Brot.«

Als sie den Waldrand erreichten, knurrte Annas Magen

so sehr, dass es klang, als hätte sie einen Tiger verschluckt. Aber da lag keine Stadt vor ihnen. Nur eine ganze Menge Felder und Wiesen. Apfelmütze und Wackelpo beschlossen, eine Pause zu machen und zu grasen, und Tariq sagte: »Es ist ungerecht! Pferde können immer Gras essen.« Dann kniff er die Augen zusammen. »Da vorne. Siehst du? Ganz klein? Da sind Häuser.«
Und dann drückte er seine Beine an Apfelmützes Bauch, und Apfelmütze meckerte ein bisschen mit den Ohren, aber schließlich war er fertig mit seinem Grasfrühstück und trabte los. Wackelpo stand einen Moment starr vor Schreck, weil sich ein Schmetterling auf ihre Nase gesetzt hatte.
»Nicht die Nerven verlieren«, sagte Anna. »Bitte. Es ist ein ganz lieber kleiner Schmetterling. Er ist nicht bewaffnet. Nicht die Nerven verlieren …«
Da schüttelte Wackelpo den Kopf und schnaubte, und wer die Nerven verlor, war der Schmetterling.
Er schmetterte erschrocken davon, und fast war es, als ob Wackelpo triumphierend lachte. »Ja, du hast ihn besiegt«, sagte Anna. »Und jetzt lauf Apfelmütze hinterher. Wir sterben vor Hunger.«

Und dann ritten sie durch die Stadt, die Tariq auf der Karte gesehen hatte – eine kleine Stadt am Meer, so winzig, dass sie eigentlich ein Dorf war. Aber immerhin ein Dorf mit einer Tankstelle und einer Reihe Touristenhotels und einem Schild »ZUM HAFEN«. Die Straßen waren sommerlich heiß und still, die Kinder waren in der Schule, die Erwachsenen dösten irgendwo vor ihren Computern. Oder sie waren alle plötzlich verschwunden, dachte Anna, und Tariq und sie waren die letzten Menschen auf der Welt.

»Wenn alle Menschen weg wären«, sagte sie, »könnten wir einfach in einen Supermarkt gehen und alles essen, was wir wollen.«

»Nee, das ist keine gute Idee«, sagte Tariq. »Einmal hab ich das gemacht. Am ersten Tag in Deutschland. Ich hatte Hunger. Ich habe eine ganz hübsche Packung aufgemacht, da war etwas drin, das roch nach Vanillepudding. Aber Leute sind böse, wenn man aufmacht Packung in Supermarkt. Wenn man aufisst, was ist drin. Außerdem war das in der Packung leider Seife. Sie schmeckte nicht gut. Bei uns sieht Seife anders aus, man bricht sie von einer Stange ab, und sie riecht nicht nach Vanille. Na ja. Danach hat uns die Polizei mitgenommen.«

Anna lachte, aber gleichzeitig stellte sie sich vor, wie hungrig Tariq und sein Bruder nach ihrer Reise gewesen waren, und er tat ihr leid. »In Supermarkt, sie haben geschrien«, sagte Tariq. »Meinen Bruder angeschrien. Ihr klaut! Diebe! Und dann, in der Polizei, sie haben gesagt, Jamal, er ist erwachsen. Und sie wollten alles wissen. Wer wir sind, woher wir kommen, warum wir hier sind. Sie hatten einen Übersetzer, aber er hat gesagt, er kann nicht uns helfen, er kann nur übersetzen. Sie haben viele Papiere geschrieben. Viel am Telefon geredet. Und am

Ende sie haben mitgenommen Jamal. Als ich ihn das letzte Mal gesehen habe, hatte ich noch das Geschmack von Seife in Mund, ein bisschen. Und Salz. Von Tränen. Immer wenn ich jetzt Salz schmecke, erinnere ich mich auch, wie Seife schmeckt. Ist es meine Schuld. Wenn ich nicht gegessen hätte die Seife in Supermarkt, die Polizei, sie hätte uns nicht gefangen.«

»Quatsch«, sagte Anna. »Die hätten euch sowieso irgendwann geschnappt. Guck! Der Hafen!«
Wackelpo und Apfelmütze blieben stehen, und sie sahen das Meer an, das um die Boote im Hafenbecken schwappte.
Auf einer Bank saßen drei Möwen und hielten sie für ein Klo.
Auf einer anderen Bank saß eine junge Frau mit einem Kinderwagen, den sie mit einer Hand schaukelte, während sie mit der anderen auf ihrem Handy herumwischte. Sonst war nichts los.
Hinter dem Hafen begann ein Strand mit lauter bunten Strandkörben, aber auch dort waren kaum Leute, die Sommerferien hatten noch nicht begonnen.
Vorn an der Promenade gab es eine Bude mit einem riesigen Reklame-Plastikeis davor. Daneben stand eine Tafel mit einem aufgemalten Fischbrötchen.
»Das ist der schönste Hafen der Welt«, flüsterte Anna. »Komm.«

Und als die Verkäuferin an diesem Sommertag aus ihrer Bude guckte, sah sie, wie ein riesiges Pferd an dem Reklame-Plastikeis leckte.
»Wir möchten bitte zwei Fischbrötchen«, sagte Anna. »Und vier Eiswaffeln mit allen Sorten.«
»Wir haben nur Erdbeer«, sagte die Frau.
»Schön, dann drei Kugeln Erdbeer pro Eis«, sagte Anna.
Die Frau schüttelte verwundert den Kopf und begann, in ihrer winzigen Küche zu werkeln, Zwiebeln zu schneiden und Soße aus einer Tube zu drücken. Das Radio musizierte eine Tanzmelodie, und Wackelpo wackelte im Takt leicht mit dem Po. Apfelmütze versuchte immer noch, das Plastikeis zu essen.
Die junge Frau mit dem Kinderwagen machte ein Handyfoto von ihm.
Die Verkäuferin reichte vier Eistüten über den Tresen, Anna nahm zwei und Tariq nahm zwei. Das Radio brachte Nachrichten. Und plötzlich horchte Anna auf.
»… wiederhole«, sagte der Ansager gerade. »Es wird noch immer nach den beiden Kindern gesucht, die in der Nähe der Küste unterwegs sind. Es handelt sich um ein blondes Mädchen mit hellblauem Pullover und einer grünen Tasche …«
Anna und Tariq sahen sich an.
Ein Glück, dachte Anna, dass die Kleider nass geworden waren. Sie hatte inzwischen ein gelbes T-Shirt an und Tariq … ein rosafarbenes von ihr, mit Rüschen am Kragen. Sie hatte ihm das lieber nicht gesagt, nachts hatte

keiner von ihnen genau hingesehen. Sie versteckte die Tasche ganz schnell hinter ihrem Rücken.

»... Das Mädchen fällt dadurch auf, dass es nicht spricht«, sagte das Radio. »Der Junge hinkt links.«

Tariq legte schnell das Geld auf den Tresen, um die Verkäuferin abzulenken. Sie zählte und schüttelte dann den Kopf. »Das hier reicht für *ein* Eis mit drei Kugeln. Sagt euren Eltern, sie sollen euch mehr Geld geben.«

»Ja, wir ... ja, das machen wir«, sagte Anna schnell. »Ich habe das gleich gesagt, aber sie haben nicht zugehört, weil, sie sagen, ich rede immer zu viel, das stimmt wohl, ich rede einfach gerne, von diesem und jenem, ich rede und rede, na ja, also, dann gehen wir mal los wegen dem Geld, wir kommen gleich wieder!«

Und in Wackelpos Ohr sagte sie ganz leise: »Los!«

Da trabte Wackelpo los, und dann galoppierte sie, weil sie fühlte, wie eilig Anna es hatte, oder weil Apfelmütze auch galoppierte. Sie galoppierten den Hafen entlang, dass das Erdbeereis ihnen nur so um die Ohren spritzte, und dahinter setzten die Pferde über eine Heckenrosenhecke, landeten im Sand und galoppierten weiter, zwischen den bunten Strandkörben durch, an ein paar erstaunten älteren Damen in Badeanzügen vorbei.

Anna hoffte inständig, dass sie alle kein Radio hörten.

Und schließlich kamen sie in eine Gegend, wo die Strandkörbe alle mit Gittern verriegelt und leer waren, und endlich sagte Tariq »Brrrr«, und die Pferde blieben mit bebenden Flanken stehen.

Tariq ließ sich in den Sand plumpsen und lehnte sich gegen das Gitter eines saftig rosafarbenen Strandkorbes. Er passte sehr gut zu den rosa Flecken in seinem Gesicht, dachte Anna, die vom Erdbeereis stammten. Und zu den rosa Blüten der Heckenrosenhecke hinter dem Strand. Und zu dem rosa Rüschen-T-Shirt.
Sie ließ sich neben ihn plumpsen und streckte Wackelpo ein Erdbeereis hin.
»Guten Appetit.«
Tariq gab Apfelmütze auch ein Eis, und dann saßen sie eine Weile still zu viert da und leckten Erdbeereis und versuchten, wieder zu Atem zu kommen.
»Du hast ganz vergessen, zu hinken«, sagte Anna schließlich und wischte sich etwas Erdbeereis vom Ohr. »Dein Knöchel ist besser, was?«
»Und du hast vergessen, nichts zu sagen«, meinte Tariq und grinste.
»Ja, ich … ich habe extra ganz viel geredet«, meinte Anna. »Damit die Frau denkt, wir sind jemand anders.«
Tariq nickte. »Gute Idee«, sagte er. Und Anna dachte, er würde sie jetzt fragen, warum sie auf einmal mit Fremden hatte reden können. Er würde fragen, und sie würde wieder schweigen, weil sie auf diese Fragen keine Antwort hatte.
Aber er fragte gar nicht.

Tariq wollte Anna gerade sagen, dass die Erdbeereisflecken auf ihrer Nase hübsch aussahen, als er die Stimmen hörte. Von hinter der Heckenrosenhecke. Stimmen, die sich näherten, der Wind trug sie herüber. Jemand schien im Gehen zu telefonieren, und es war jemand, den Tariq kannte. Er erstarrte.

»Sind Sie sicher? Bitte? Ja, Sie können mir das Bild schicken und … Das war sehr vernünftig, dass Sie den Radiosender angerufen haben, ja, gut, dass er meine Nummer hatte … Das Bild ist da. Verflixt. Das sind sie wirklich.«

Malte. Das war Malte. Tariq packte Anna am Arm, aber Anna hatte schon begriffen. Auch sie saß da wie versteinert. Und dann hörten sie ihn lachen. »Entschuldigung, es ist nur, dass auf dem Foto … dass das Pferd … es versucht, ein ein Meter großes Plastikeis zu essen. Ja, ja, darum geht es nicht, ich … Vielen Dank.«

»Es versucht was?«, fragte jemand anderer, und auch den kannte Tariq. Es war Annas Vater.

»Ich wusste immer, dass meine Pferde verrückt sind«, sagte eine dritte Stimme. Der alte Hansen. Sie waren alle da. Und sie würden gleich bei ihnen sein. Da war ein Strandzugang in der Heckenrosenhecke, nicht weit weg.

»Wir müssen weg!«, flüsterte Tariq. Doch es war kein Baum in der Nähe, auf den er hätte klettern könne, um auf Apfelmützes Rücken zu kommen. Und diesmal legte sich Apfelmütze nicht hin wie ein Kamel, man wusste nie vorher, was Apfelmütze tat.

»Der Strandkorb«, wisperte Anna.

Tariq begriff. Anna verschränkte ihre Hände ineinander, und er trat hinein, kletterte auf den Strandkorb und zog Anna zu sich hoch. Von hier oben konnten sie gut auf die Rücken der Pferde kommen. Und sie sahen sehr weit. Sie sahen alle Strandkörbe und die Heckenrosenhecke – und die drei, die dort unterwegs waren: Malte, Annas Vater und den alten Hansen.

Annas Vater trug ein Bündel Kleider: einen hellblauen Pullover, ein graues T-Shirt und zwei Jeans. Sie hatten ihr Nachtlager mit den aufgehängten Sachen gefunden.

Als Tariq das dachte, merkte er, dass er Malte in die Augen sah. Denn Malte hatte den Kopf gehoben.

Eine Sekunde lang starrten sie sich an. Und dann zeigte Malte auf Tariq, aber Tariq sprang bereits – sprang auf Apfelmützes Rücken, sah Anna neben sich auf Wackelpo landen, und sie preschten davon, den Strand entlang, schnell wie zwei Blitze mit rosa Eisflecken.

Hinter ihnen blieben die Rufe der Erwachsenen zurück, irgendwer rief: »Zum Auto!«

Der Strand bot keine Deckung, sie preschten jetzt hinauf, sprangen über die Heckenrosenhecke, waren in der Stadt: Häuser, Gärten, Schilder rasten vorbei, in den Autos drehten sich Köpfe nach ihnen, und Tariq dachte: Wir fliegen. Niemand kann uns einholen. Wir fliegen an ihnen allen vorüber, direkt zu Jamal …

Aber ein Pferd, das für den Acker geboren wurde, fliegt nicht ewig, und irgendwann verfiel Apfelmütze in einen gleichmäßigen Trab, dann in Schritt. Da waren sie längst

außerhalb der Stadt, auf einem kleinen Sandweg durch weite Wiesen.
Es gab hier eine Menge Wiesen; Wiesen und kleine Wäldchen und einzelne hübsche alte Häuser, und jetzt säumten hohe Bäume den Weg.
Und dann sah Tariq die Pferde.
Fast alle Wiesen, er sah es erst jetzt, waren eingezäunte Koppeln, die Häuser dazwischen besaßen Ställe. Dies war eine Pferdegegend.
Eine Gegend für wunderschöne, edle Pferde, Pferde, die eher zum Rennen gemacht waren als Apfelmütze. Pferde, die ihre Köpfe hoch trugen, Pferde mit schlanken Beinen und Hälsen, Pferde mit glänzendem Fell: tiefschwarz wie die Nacht, rotbraun wie Blätter in der Herbstsonne, karamellfarben wie Sahnebonbons oder schneeweiß wie … Schnee.
»So ein Pferd«, flüsterte Tariq, »wollte mein Vater. Für so ein Pferd hat er jahrelang Geld beiseitegelegt. Jedes Mal, wenn der Mohn reif war. Er hat ihn gut verkauft, wir hatten prächtigen Mohn, und wenn die Männer mit den Gewehren gekommen sind, um ihren Anteil zu holen, hat er ihnen nie das ganze Geld gezeigt. Ein Teil lag immer schon in der rostigen Kaffeedose hinten im Schrank. Für so ein Pferd. Bis ihn einer verpfiffen hat. Und sie sind ins Haus gekommen und haben ihn verprügelt und sich die Dose geholt. Da hat er zu mir gesagt: Ich muss reiten, Tariq, ich muss gewinnen. Beim Bushkazi dieses Jahr ist der Preis so ein Pferd. Es war weiß. Wie das da drüben.«

Er sah Anna an, die auf Wackelpo neben ihm herschaukelte.
»So ein Pferd«, wiederholte er. »Das wäre anders als die beiden hier. Meinst du, ich kann eines Tages so ein Pferd stehlen?«
Doch Anna schüttelte nur den Kopf.
»Tariq, das war die falsche Sprache«, sagte sie. »Ich habe kein Wort verstanden.«
In diesem Moment blieb Apfelmütze stehen.
Nicht, weil Tariq es ihm befohlen hatte, sondern weil er es wollte. Ein Pferd wie die hinter den Zäunen hätte das niemals getan, es hätte auf Tariqs Anweisungen gewartet. Sich bemüht, eins mit den Wünschen seines Reiters zu sein.
Apfelmütze war im Moment eins mit dem Wunsch, einen bestimmten Apfelbaum näher zu erkunden.
Der Baum stand auf einer Koppel, gleich hinter dem Zaun, und Apfelmütze reckte den Hals und pflückte mit dem weichen Maul einen unreifen Apfel. Dann reckte er den Hals noch weiter, aber an die schöneren Äpfel kam er nicht heran, sie hingen zu weit drüben. Wackelpo war ebenfalls stehen geblieben. Sie schien fast immer zu tun, was Apfelmütze tat.
Aber dann tat sie etwas Eigenes, nämlich ging sie ein Stück zurück, als würde sie Anlauf nehmen, galoppierte auf den Zaun zu und setzte mit einem großen Sprung darüber.
Anna wäre fast von ihrem Rücken gerutscht.

Wackelpo jedoch schnaubte zufrieden und begann, die schönen roten Äpfel zu fressen, die man nur von dieser Seite des Zauns erreichen konnte.
Apfelmütze wieherte hell, dann setzte auch er über den Zaun.
Die anderen Pferde hoben die Köpfe und sahen herüber. Verwundert.
Was, über diesen Zaun kann man springen?, schienen sie zu fragen. Diese Äpfel kann man mit dem Maul pflücken? Aber ist das nicht verboten?
Anna war in den Baum hinübergeklettert, und Tariq klopfte Apfelmütze den Hals und kletterte zu ihr, ins grüne Zwielicht der Apfelbaumblätter. Der Baum war wie ein Versteck, und das war gut so, denn in diesem Moment geschah etwas Unerwartetes.
Auf dem Sandweg, der an der Koppel entlangführte, tauchte ein Auto auf. Ein alter grüner Lieferwagen. Er fuhr den Weg entlang, obwohl der Weg nicht für Autos gemacht war, langsam und holpernd.
»Das … das ist Papas Wagen!«, flüsterte Anna neben ihm.
»Die Pferde!«, wisperte Tariq. Und er sah zu Apfelmütze und Wackelpo hinunter, die noch immer Äpfel zerkrachten. »Ksch!«, machte er und klatschte in die Hände. »Weg mit euch! Ab!«
Apfelmütze sah ihn an, als hätte er sie nicht mehr alle.
»Bitte«, sagte Anna sanft. »Lauft zu den anderen Pferden. Ans Ende der Weide. Lauft!«

Da drehte Wackelpo ab und trabte davon, und Apfelmütze folgte ihr, obwohl er sich ungern von den Äpfeln trennte. Die anderen Pferde begrüßten sie verwundert, dann senkten sie die Köpfe und grasten, alle zusammen. Eine Herde. Zwei Pferde waren zu groß, aber sie waren jetzt alle sehr weit weg, niemand ohne Fernglas würde etwas Verdächtiges bemerken.

Tariq sah wieder zum Weg.

Der grüne Lieferwagen kam näher und näher. Annas Vater saß am Steuer, und neben ihm teilten sich Malte und der alte Hansen den Beifahrersitz.

Dann war der Lieferwagen unter dem Apfelbaum.

Und dann war er vorbei.

Er fuhr einfach weiter, weiter auf dem Sandweg, und Tariq wollte schon aufatmen, da blieb der verflixte Lieferwagen stehen. Keine hundert Meter von dem Baum und der Koppel entfernt. Und dort stiegen die Männer aus, und Malte schien zu fluchen. Er öffnete die Motorhaube und beugte sich darüber, und Annas Vater leistete ihm Gesellschaft.

»Ist er kaputt?«, flüsterte Tariq. »Der Auto?«

Der Wagen stand am Fuß eines kleinen Hügels mit einem hübschen Birkenwäldchen. Dort gab es einen grob gezimmerten Holztisch mit zwei Bänken: ein Picknickplatz für Freizeitreiter. Und jetzt setzten sich die Männer auf die Bank. Malte zeigte auf seine Armbanduhr und sagte etwas, und Anna flüsterte: »Sie warten, glaube ich. Der Lieferwagen ist alt, manchmal will er nicht mehr, irgendetwas ist heißgelaufen, es geht dann später wieder.«

»Mist, wir können nicht an ihnen vorbei«, wisperte Tariq. »Sie sehen uns, wenn wir vorbeireiten.«

Die Männer begannen jetzt, etwas wie ein Picknick auszupacken. Brot, Käse, Gurken, Wurst, Saftflaschen. Und dann saßen sie doch tatsächlich im flirrenden Schatten der Birkenblätter und aßen und tranken.

Tariqs Magen knurrte. Er hörte, dass auch Annas Magen knurrte.

»Komisch«, wisperte sie. »Erdbeereis hält nicht vor. Mein Bauch ist ganz leer.«

Tariq sah zu, wie Malte mit einem Taschenmesser dicke Scheiben von dem Brot, dem Käse und der Gurke schnitt, alles zu einem Sandwich zusammenbaute und hineinbiss.

Die Männer aßen und redeten, aber sie waren zu weit weg, um etwas zu verstehen, und zwischendurch sahen Malte und Annas Vater auf ihre Telefone. Und als Tariq dachte, dass sie sich die Bäuche nun wirklich genug vollgeschlagen hatten und dass der Motor doch jetzt bestimmt abgekühlt wäre und sie weiterfahren könnten, da legten sie sich ins Gras und beschlossen ganz offenbar, dort ein Nickerchen zu halten.

Sogar der alte Hansen legte sich ins Gras, allerdings mit einem Kissen aus dem Auto als Kopfstütze. Es war zum Aus-der-Haut-Fahren. Gut, vielleicht hatten die drei nachts nicht geschlafen. Vielleicht waren sie die ganze

Nacht unterwegs gewesen. Vielleicht waren sie wirklich müde. Aber mussten sie *hier* schlafen?

Auf dem Holztisch lagen die Reste ihres Picknicks.

»Wenn wir mit ihnen nach Hause gehen würden, würden wir auch etwas zu essen bekommen«, flüsterte Anna träumerisch.

»Ja«, sagte Tariq, plötzlich grimmig entschlossen. »Aber wir kriegen auch was zu essen, wenn wir nicht nach Hause gehen. Weil ich es hole.«

Eine Minute später stand er mit seinem alten Rucksack auf dem Sandweg.

»Tariq!«, flüsterte Anna erschrocken. Doch sie sagte nicht: »Tu das nicht«, denn dazu war sie wohl zu hungrig.

Tariq schlug einen großen Bogen, damit sie nicht sahen, wie er näher kam. Er ging außen herum um die ganze Wiese und tauchte von der anderen Seite in das Birkenwäldchen. Schlich sich über den Hügel an, gut getarnt zwischen den schwarz-weißen Stämmen. War eins mit den Schatten, pirschte sich näher und näher an den Picknicktisch, der gleich hinter den letzten Bäumen stand …

Nur noch eine Birke trennte ihn von einem halben Laib Brot und einem großen gelben Käsestück.

Die Männer im Gras hatten die Augen geschlossen. Malte schnarchte.

Tariqs Herz klopfte. So laut, als müsste jeder es hören.

Dann sprang er vor, schnappte sich das Brot und den

Käse, sprang wieder zurück in den Schatten und stopfte alles in seinen Rucksack.
Der Rucksack war mit gestreiftem Stoff gefüttert, uralt und brüchig, und im Futter war ein Riss. Irgendetwas steckte da, in diesem Futter, ganz unten, und er fragte sich, was es war – aber er hatte jetzt keine Zeit, es sich anzusehen.
Denn in diesem Moment fiel ihm auf, dass der alte Hansen nicht mehr auf der Wiese lag, da lag nur noch, verlassen, das Autokissen.
Tariq zog die Rucksackkordel zu, drehte sich um und schlich zurück, rascher, nicht mehr ganz so vorsichtig, er musste den verflixten Umweg ein zweites Mal machen, aber das Brot duftete in seinen Händen und lenkte ihn ab. Schon war er oben auf dem Hügel, schon auf der anderen Seite und fast wieder unten – da sagte jemand: »Hey!«
Und er erstarrte und blieb stehen.
Zu seiner Linken, zwischen den Birken, stand der alte Hansen und sah ihn an. »Stehen geblieben!«, bellte er. Und dann hob er – ein Gewehr.
Tariq starrte in die schwarze Mündung.
Aber das war ja gar nicht der alte Hansen. Es war ein Mann mit einem Tuch um den Kopf, gegen den Staub und die Sonne, ein Mann in einer fleckigen Uniform, ein Mann mit brennendem Hass in den Augen, und er hob das Gewehr noch ein wenig höher und zielte. Und da waren plötzlich andere, hinter ihm, Dutzende, sie sahen

alle gleich aus, gleich grimmig, die Birken hatten sie gut getarnt, und sie alle hoben ihre Gewehre.

»Du kommst jetzt mit, Junge«, sagte der Erste von ihnen.

Tariq schüttelte den Kopf. Er musste etwas tun. Irgendetwas. Aber was? Wenn er sich rührte, würden die Kämpfer schießen, und wenn er sich nicht rührte, würden sie ihn packen und mitnehmen, wie sie es seiner Mutter gesagt hatten, als er mit Jamal in dem Versteck unter dem Fußboden gesessen hatte. »Wir holen sie«, hatten sie gesagt und gelacht. »Wir holen deine Söhne, wir kommen wieder.«

Und dann hörte er in seinem Kopf wieder die Stimme seiner Mutter. »Ihr müsst weg«, sagte sie. »Weit weg. Geht über die Berge. Nach Deutschland. Euer Vater kannte einen, der hat es dahin geschafft. Es ist ein gutes Land, hat er gesagt.«

Die Mündungen der Gewehre waren schwarz wie der Tod.

Was hätte Jamal getan?

Tariq machte einen Schritt auf die Kämpfer zu. Tat, als wollte er aufgeben. Mit ihnen gehen. Und als er ganz nah bei dem ersten Kämpfer war, trat er zu, blitzschnell und so kräftig er konnte, trat ihn in den Bauch, sodass er taumelte, dann duckte er sich weg und rannte.

Er wusste ja, die anderen würden jetzt schießen, würden ihn mit ihren Kugeln durchlöchern, wie sie seinen Vater durchlöchert hatten, aber er rannte trotzdem. Er musste es wenigstens versuchen.

Der alte Hansen hatte auf der Wiese nicht schlafen können, er war hundemüde, er hatte in der Nacht kein Auge zugetan, sie waren durch den Regen gefahren und immer wieder ausgestiegen und zu Fuß gegangen, um die Spuren der Pferde und der Kinder zu finden.
Gegen Morgen waren sie dann sicher gewesen, dass sie sich auf dem richtigen Weg befanden, als sie die nassen Kleider der Kinder aus einem Unterstand aus Ästen gepflückt hatten wie reifes Obst. Einem hübschen Unterstand. Als der alte Hansen ein Kind gewesen war, hatte er auch solche Unterstände gebaut, draußen im Wald.
Ein paar Mal war er von zu Hause abgehauen, um Abenteuer zu erleben mit seinem Freund.
In jedem Fall war er hundemüde, aber ein alter Mann kann auf einer Wiese nicht schlafen, nicht einmal mit einem Autokissen, und so hatte er es aufgegeben und vertrat sich lieber die Beine, während der Motor abkühlte. Das Auto war auch alt, dachte er, wie er, und hatte so seine Gebrechen, er verstand es.
Er wanderte in das Birkenwäldchen hinein, fand einen guten, dicken Stock, der ihm beim Gehen in dem unebenen Gelände half, spazierte damit den Hügel hinauf und auf der anderen Seite wieder hinunter, und dann hörte er ein Rascheln. Wie von einem großen Tier.
Ein Reh, dachte er. Oder … ein Pferd? Für einen Moment hatte er die Vision, dass da seine Pferde vor ihm stünden, wenn er sich umdrehte, einfach so, zwischen den

Birken. Dass sie zu ihm kämen und an seinen Händen schnuppern würden wie früher.
Er würde ihnen sagen, dass die Landmaschinen Unsinn waren. Dass er das mit dem Geld irgendwie anders schaffen würde. Dass er sie vermisst hatte und …
Aber da standen überhaupt keine Pferde zwischen den Birken.
Sondern ein Junge. *Der* Junge.
Der Wilde.
In seinem schwarzen Haar hingen grüne Blätter, und er trug einen sehr alten, abgewetzten Lederrucksack, aber ein Mädchen-T-Shirt mit Rüschenkragen. Hatte er versucht, sich zu verkleiden?
»Hey!«, sagte er, und der Junge fuhr herum und starrte ihn an. Der alte Hansen starrte zurück. Dann hob er den Stock, der ihm beim Gehen geholfen hatte, und deutete damit auf den kleinen Wilden. »Du kommst jetzt mit«, sagte er fest. Ein Satz, der keine Widerrede duldete.
Dachte er. Aber da war etwas in den Augen des Jungen. Panik. Panik wie in den Augen eines Raubtiers.
Er machte einen Schritt auf den alten Hansen zu. Und dann trat er ihn plötzlich in den Bauch, und der alte Hansen schrie auf und krümmte sich, während er den Jungen rennen sah.
»Verdammter Verrückter«, knurrte der alte Hansen. »Wo sind die Pferde?«

12. KAPITEL,

in welchem Apfelmütze besser ist als alle Rennpferde der Welt, Tariq Anna in einem grünen Käfig findet, Wackelpo fast von einem Mühlrad hochgehoben wird und jemand ganz überraschend auftaucht

Es war, als hätte Apfelmütze einen Telefonanruf bekommen. Anna sah von ihrem Baum aus, wie er den Kopf hob, die Ohren drehte und lauschte – er lauschte in Richtung des Birkenhügels. Da war kein Geräusch. Vielleicht war es mehr ein Gefühl. Etwas war passiert, und Apfelmütze spürte es. Auf einmal stieß er ein schrilles Wiehern aus und raste los, und Wackelpo erschrak und raste erst in die andere Richtung und dann, nach einer hektischen Kehrtwende, hinter Apfelmütze her.

Sie rasten beide auf den Baum zu. Apfelmütze sprang direkt neben den Ästen über den Zaun, Wackelpo setzte ihm nach – doch dann tat sie etwas Überraschendes. Sie blieb stehen. Obwohl sie sich erschreckt hatte. Sie blieb stehen, sah nach oben und wieherte leise. Sie rief Anna. Da kletterte Anna aus den Ästen auf ihren breiten Sofarücken, und erst, als sie saß, galoppierte Wackelpo weiter.

Apfelmütze war bereits beinahe beim Birkenhügel. Er raste an den Schläfern im Gras vorbei, und natürlich wachten die Schläfer auf. Da war Apfelmütze schon fort, und Wackelpo raste vorbei. Für den Bruchteil einer Sekunde sah Anna in Papas Augen, und darin lag nichts als Erstaunen.

Dann war der Sekundenbruchteil vorbei, und ihrem Herzen wuchs etwas komisches Kleines, das stach, als hätte es Dornen, doch sie konnte sich nicht darum kümmern, sie hatte damit zu tun, sich festzuhalten. Sie waren fast an dem Hügel vorbei, doch plötzlich bogen die Pferde ab, galoppierten in das Wäldchen hinein, und noch plötzlicher standen sie still.

Da sah Anna Tariq zwischen den Birken auf sie zutaumeln.

»Gewehre!«, keuchte er. »Männer mit Gewehre! Schnell!« Er presste die Arme gegen seine Brust, und Anna dachte: Mein Gott, er ist verletzt, er ist angeschossen worden. Dann sah sie an der Stelle, von der Tariq wegtaumelte, jemanden auf dem Boden knien, gekrümmt. Noch jemand, der angeschossen worden war? Es war, sie bemerkte es jetzt, der alte Hansen, er rief irgendetwas, und dann tauchten weiter hinten zwischen den Birken Papa und Malte auf. Sie rannten.

Papa beugte sich über den alten Hansen, besorgt, aber Malte rannte einfach weiter, rannte auf Tariq zu …

»Hierher!«, schrie Anna Tariq zu. Sie konnte die Arme nicht ausstrecken, um ihm hochzuhelfen, sie wäre gefallen, aber Tariq machte einen Satz, packte ihren Fuß und zog sich hoch, und ein Stück weit schleiften seine ausgetretenen Turnschuhe auf dem Boden entlang, während Wackelpo mit ihm davonpreschte. Dann packte Apfelmütze Tariq im Galopp mit dem Maul und hob ihn hoch, und Anna bekam ihn zu fassen und bugsierte ihn vor sich aufs Pferd.

So preschten sie davon, über die nächste Wiese, der Birkenhügel war längst ein winziges grünes Ding in der Ferne, und Tariq sagte, in nervös zerfetztem Deutsch: »Die Männer! Die Männer mit Gewehre! Ich hab getret ein Mann und bin gelauf, aber sie ist viele … sie schießen …« Und dann sagte er Dinge in seiner eigenen Sprache, die Anna nicht verstand, es war ein Wasserfall aus Worten, der aus ihm herausstürzte wie Tränen; er weinte Worte, dachte Anna, und sie hielt ihn fest und ließ ihn weinen.

Der Grund dafür, dass er die Hände auf die Brust gepresst hatte, sie sah es jetzt, war keine Wunde, sondern der Umstand, dass er seinen Rucksack festhielt.

Schließlich sagte sie, ganz leise: »Sie sind weg, Tariq. Die Männer mit den Gewehren.«

Tariq sah sich um. »Weg?«

»Weg«, bestätigte Anna. Sie sagte nicht: Sie waren nie da. Oder: Es war nur der alte Hansen.

Sie wusste, das hätte nichts genützt. *Weg* war besser.

»Danke«, flüsterte Tariq. Und dann kletterte er hinüber auf Apfelmütze, legte seinen Kopf auf Apfelmützes Mähne und flüsterte noch einmal: »Danke. Ich dachte, andere Pferde, sie sind mehr schön. Mehr schnell. Aber *du* hast gerettet mir.« Er drehte sich um, und Anna sah, dass er am ganzen Körper zitterte. »Und jetzt zeig, wie schnell bist du. Da ist grüne Auto. Los.«

So galoppierten Apfelmütze und Wackelpo weiter, obwohl es nicht in ihrer Natur lag, dauernd zu galoppieren. Aber sie verstanden, dachte Anna: Sie verstanden, dass der grüne Lieferwagen gefährlich war. Er holperte jetzt quer über die Wiese.

Sie mussten ihn loswerden. Er musste, endgültig, ihre Spur verlieren.

»Jetzt!«, keuchte Tariq schließlich. »Jetzt sie sind weit weg genug, sie sehen nicht mehr uns. Da rein!«

Und er lenkte die Pferde hinab in einen Bachlauf, der sich zwischen den Wiesen und Wäldchen tief ins Land hineingefressen hatte.

»Hier, die Hunde verlieren Geruch. In Wasser«, sagte Tariq.

»Gut«, sagte Anna. »Warte. Sie haben gar keinen Hund dabei.«

»Gewehrmänner, sie haben immer auch Hunde«, sagte Tariq.

»Aber ... Tariq? In dem grünen Lieferwagen, das ist dein Betreuer. Und der alte Hansen, und mein Vater.«

»Und die Gewehrmänner«, sagte Tariq störrisch, »vielleicht sie sind weg, wie du hast gesagt. Aber vielleicht auch nur du kannst nicht sehen sie.«

Am Ufer des Baches wuchsen Schilfhalme und gelbe Wasserlilien, Anna sah Vögel dort nisten und ab und zu Frösche ins Wasser springen, und alles war wieder friedlich und schön. Nach und nach wurde Tariq wieder ruhiger. Sie ließen die Pferde jetzt langsam gehen, sie teilten das Brot und den Käse aus Tariqs Rucksack, und die Sonne machte alles warm und golden. Die Böschung war so hoch, dass nur die Hälse und Köpfe der Pferde herausragten und, wenn sie sich sehr reckten, die Köpfe der Kinder. An einer Stelle spielte ein kleiner Junge in einem Garten neben dem Bach, und Anna hörte ihn rufen.

»Guck mal, Mami! Da laufen Pferdeköpfe mit Hälsen durchs Schilf!«

»Natürlich«, sagte die Mutter des Kindes, aber garantiert guckte sie nicht richtig hin, denn sie kam nicht zum Fluss.

So wackelten und apfelten sie durch die Landschaft, und Tariq sagte: »Ich glaube, die nächste Stadt an Meer, die kommt bald.« Er lachte. »Jamal wird staunen! Wenn ich auf so einem großen Pferd ankomme!«

»Wie … ist er eigentlich?«, fragte Anna. »Jamal? Wie ist er … zu Fremden? Und zu Mädchen?«

Tariq pflückte eine Blume vom Bachufer, steckte ihren Stiel in den Mund und schien nachzudenken.

»Ich weiß nicht«, sagte er schließlich. »Zu Hause, da war er verliebt. Zweimal, dreimal. Aber das waren alte Mädchen.« Er machte eine wegwerfende Handbewegung. »Vierzehn oder fünfzehn. Kleine Mädchen … waren auch da. In der Schule. Von meinem Vater.«
»Er war ihr Lehrer, ja?«, sagte Anna.
Tariq nickte. »Die Schule war in unserer Küche. Jamal war auch in unserer Küche.«
»Und wie war er zu den kleinen Mädchen?«, fragte Anna.
»Normal«, sagte Tariq. »Aber normal ist viel. Verstehst du? Andere Jungen sagen, es ist nicht gut, wenn Mädchen lernen schreiblesen. Sie sollen nur Mütter werden, für Kinder. Jamal hat gesagt, es ist okay, dass sie lernen.« Er zuckte die Schultern. »Unser Vater hat gesagt, alle Menschen sind gleich viel wert. Frauen, Männer, Kinder, alle. Und unsere Mutter kann lesen. Niemand sollte das wissen. Sie hat gesagt, wenn ich in Deutschland bin, soll ich ihr schreiben. Einen Brief.«
»Und? Hast du?«, fragte Anna.
Tariq schüttelte den Kopf. »Was kann ich schreiben? Dass ich Jamal verloren habe? Dass ich viele Feinde habe, aber keine Freunde? Dass ich ein Fahrrad geklaut habe und ein Pferd und Brot und Käse? *Das* kann ich schreiben?« Er schnaubte, ein bisschen wie Apfelmütze. »Sie fällt um.«
»Aber du hast doch einen Freund«, sagte Anna, »mich. Das kannst du ihr schreiben.«

»Okay«, sagte Tariq. »Wenn wir in Dänemark sind mit Fisch und Jamal und reich.«

In diesem Moment fiel ein Tropfen auf Annas Nase, und sie sah zum Himmel hoch. Er war grau geworden, das Himmelblau wie weggewischt von einer Tafel. Noch ein Tropfen landete auf ihrer Wange, ein dritter auf ihrer Stirn – und dann pladderte es los wie aus tausend Gießkannen.

»Dieser deutsche Sommer«, sagte Tariq. »Warum ist er immer nass? Der Regen war doch fertig!«

Anna lachte, doch dann lachte sie nicht mehr, dann spülte der Regen das Lachen von ihrem Gesicht, es war einfach *zu viel* Regen, innerhalb von Sekunden wurden die Ufer des Baches rutschig wie Seife.

»Wir müssen raus hier!«, rief Tariq und trieb Apfelmütze an, der seine Mühe hatte, an dem steilen Ufer des Bachs Halt zu finden. Wackelpo mühte sich genauso ab, ängstlich wiehernd.

»Du schaffst es!«, sagte Anna ihr ins Ohr. »Wir müssen aus dem Bach raus, dann kommen wir wieder voran …«

Und Wackelpo warf den Kopf zurück, wieherte noch einmal, gab sein Äußerstes – und da schaffte sie es.

Sie standen oben, auf einer Wiese.

In der Ferne sah Anna etwas wie eine Tankstelle und eine Reihe windgepeitschter Bäume, wahrscheinlich entlang der Straße. An Tankstellen, dachte sie, kann man sich unterstellen. Apfelmütze war schon unterwegs, trabte mit gesenktem Kopf durch die Windstöße und den peitschenden Regen.

Da rollte etwas Dumpfes über den Himmel, Wackelpos müde Ohren stellten sich auf.

Und jetzt spaltete ein greller Blitz den Himmel, nicht weit von ihnen entfernt. Anna zuckte zusammen.

Aber Wackelpo zuckte nicht nur. Sie stieg mit den Vorderbeinen hoch in die Luft auf, wieherte schrill, warf den Kopf nach hinten, und dann raste sie los. Anna klammerte sich krampfhaft an ihre Mähne. Sie schossen über die Wiese wie eine Rakete, an Apfelmütze und Tariq vorbei, und Anna schrie, obwohl sie gar nicht wusste, was sie schrie. Halt, vielleicht. Oder Hilfe. Aber niemand konnte ihr helfen.

Ein weiterer Donnerschlag rollte durch das Grau, ein weiterer Blitz erhellte den Himmel, die Wolken waren jetzt schwarze: brodelnd schwarz wie Teersuppe.

Da! Da waren die Bäume! Direkt vor ihnen! Und da zur Linken die Tankstelle …

Anna sah eine Reklamefahne mit aufgedrucktem Eis im Sturm flattern, und plötzlich sehnte sie sich nach der bunten Plastikwelt dort: einer Welt ohne Abenteuer, in der man Türen öffnen und ins Trockene gehen konnte.

Doch Wackelpo dachte nicht daran, bei der Tankstelle anzuhalten.

Vielleicht erschreckte das Flattern der Eisfahne sie noch mehr, jedenfalls bog sie in die andere Richtung ab und raste an den windzerzausten Bäumen entlang. Sie stan-

den gar nicht an einer Straße, die Straße zur Tankstelle musste woanders sein. Diese Bäume standen an einem Fluss.
Er war viel breiter als das Bächlein von eben. Sicher wäre es ein hübscher Fluss gewesen, wenn man an einem Sonnentag hier entlangspaziert wäre, aber im Moment war es ein schneller und dunkler Fluss, er hatte beim letzten Regen eine Menge Wasser abbekommen, und er rauschte nur so dahin,
Vor langer Zeit hatten die Menschen sein Bett begradigt und versucht, ihn zu zähmen.
Dies war der Tag, an dem er keine Lust mehr hatte, gezähmt zu sein.
Er war angeschwollen und leckte an den Ufern, riss Grasbüschel und Erdklumpen mit sich, und Wackelpo raste direkt an diesem Ufer entlang, während Blitze über die Wiese zu ihrer Rechten zuckten.
Irgendwo hinter ihnen waren Apfelmütze und Tariq, aber Anna konnte sich nicht umdrehen. Und dann näherten sie sich wieder einem Stückchen Wald. Ein Glück, dachte Anna, im Wald musste Wackelpo langsamer werden wegen all der Baumstämme und Sträucher.
Hier war der Fluss nicht mehr begradigt, er sprang über Felsen und schlängelte sich um Ecken, und Wackelpo galoppierte noch immer an seinem Ufer entlang. Der Donner hallte im Wald wider wie in einem Raum, der Sturm warf mit Ästen, der Blitz ließ die Bäume feucht glänzen wie Geister.

Da war etwas wie eine Lichtung, eine Wiese am Fluss, mit einer hübschen Bank darauf für Spaziergänger, und mitten auf dieser Wiese stand ein Baum, eine einzelne, hoch aufragende Eiche.

Und dann geschah es.

Anna sah den Blitz über den Himmel zucken, als Wackelpo auf die Lichtung hinausraste, die einzelnen Zweige des Blitzes liefen durch den gewitterdunklen Himmel wie Risse auf einer Eisfläche, es geschah alles wahnsinnig schnell, und Anna wusste, ehe es passierte:

Dies ist der Baum.

Der Baum, den der Blitz ausgewählt hat. Der Baum, höher als alle anderen.

Und sie sah, wie der Blitz ihn in der Mitte spaltete. Sie würde den Moment nie vergessen, er brannte sich in ihr Gedächtnis, sie spürte die Hitze, obwohl es vielleicht nur Einbildung war, sie hörte den Baum schreien.

Nein. Es war Wackelpo, die schrie. Schrill wieherte sie, panischer als je zuvor, stieg in die Luft, aber es war, als hätte jemand auf einmal eine Art Zeitlupe angeschaltet. Alles passierte unendlich langsam und plötzlich lautlos, wie unter Wasser.

Der Baum fiel. Nein, nicht der ganze Baum, nur ein Teil von ihm, der Teil, den der Blitz abgespalten hatte, die Hälfte seiner Krone, ein Gewirr von Ästen wie eine riesige Hand.

Er fiel auf sie zu.

Wackelpo stieg mit den Vorderhufen in die Luft, als wolle sie sich dem Baum entgegenrecken, als könne sie ihn beiseite schleudern.

Doch das Einzige, was sie davonschleuderte, war ihre Reiterin.

Anna.

Sie spürte, auch das in Zeitlupe, wie sie sich von Wackelpos Körper löste und durch die Luft flog, und dann kam sie hart auf der Erde auf, und sie fühlte, wie sie in eine große schwarze Leere sank.

Mitten in der Leere stand Mama.

Sie sah genauso aus wie damals, als Anna fünf Jahre alt gewesen war: Ihr blondes Haar war zerzaust, das bunt gemusterte Sommerkleid wehte um ihren schlanken Körper, und sie war wunderschön.

Anna fühlte, wie sie auf Mama zuschwebte, und während sie schwebte, begann sich die Leere mit Blumen zu füllen, mehr und mehr Blumen, gelb und weiß und lila, Mama stand auf einer Wiese. Einer Wiese am Waldrand.

Sie breitete die Arme aus.

»Anna«, sagte sie. »Anna.«

»Bist du nicht mehr böse auf mich?«, fragte Anna. »Du hast gesagt, ich bin zu laut. Ich rede zu viel. Und du hast Kopfweh, und du hältst es mit uns nicht mehr aus. Aber wir haben doch nur gespielt.«

»Komm«, sagte Mama. »Komm zu mir.«

»Ich habe Blumen für dich gepflückt«, flüsterte Anna. »Als du geschlafen hast, mit den Tabletten. Ich habe ganz viele Blumen gepflückt, zusammen mit Teddy ... Und dann bin ich nach Hause gekommen, und du warst nicht mehr da.«

»Jetzt bin ich da«, sagte Mama und strich ihr übers Haar, und da merkte Anna, dass sie nicht mehr schwebte, sie stand neben Mama. »Ich bin zurückgekommen.«

Tariq sah den Baum fallen. Er hörte Wackelpo wiehern. Sah, wie Anna durch die Luft flog.

Und dann sah er, wie die Krone des Baumes auf Wackelpo und Anna stürzte, sie unter sich begrub.

Der Blitz hatte den Baum zerstört, aber nichts brannte, der Regen prasselte noch immer auf den Wald ein.

Wackelpo und Anna waren unter dem grünen Durch-

einander der Eichenkrone verschwunden, als hätten sie nie existiert.
Tariq wollte schreien. Aber er schrie nicht.
Er musste etwas tun, das wusste er, etwas Gutes und Vernünftiges, er durfte nicht in Panik verfallen.
Er biss die Zähne zusammen und trieb Apfelmütze durch den Regen auf die Baumkrone zu, auf die wippenden, wogenden grünen Äste. Er hatte Angst, wahnsinnige Angst davor, was er zwischen den Ästen finden würde. Etwas, das vielleicht nicht mehr lebte. Etwas Furchtbares.
Apfelmütze blieb vor den Ästen stehen und reckte den Hals und wieherte. Da erwiderte jemand seinen Ruf. Und Tariq wischte sich den Regen und die Angst aus dem Gesicht und sah Wackelpo.
Sie lebte. Es ging ihr gut. Sie stand mitten zwischen den Blättern, aufrecht, und rief um Hilfe.
Der Baum war auf sie gefallen, aber die größten seiner Äste waren links und rechts von ihr zu Boden gegangen, keiner hatte sie verletzt. Nun befand sie sich in einem grünen Käfig aus Zweigen, scharrte mit einem Vorderhuf sinnlos in der Luft, suchte einen Ausweg.
»Du musst drübersteigen!«, rief er, in der richtigen Sprache. »Es ist ganz leicht!«
Aber die Äste, die der Wind noch immer bewegte wie Lebewesen, die in die Luft griffen wie Hände, ängstigten Wackelpo zu sehr.
Und wo war Anna?
Tariq ließ sich von Apfelmütze gleiten, holte tief Luft

und kletterte im regengepeitschten Chaos in die Baumkrone hinein. Stieg über Äste, kroch unter Ästen durch, bog Äste beiseite. Dann war er bei Wackelpo. Er sah die Furcht in ihren Augen, sah sie wieder ausschlagen.

»Ruhig, ganz ruhig, meine Gute!« sagte er. »Komm. Komm zu mir. Weißt du noch, wie damals, als du mit Anna durchgegangen bist. Der Tag, an dem ich das Fahrrad geliehen hatte. Wir haben uns getroffen, und wir sind beide ganz ruhig geworden.«

Es war schwer, ruhig zu sprechen in so viel Durcheinander, aber er zwang sich dazu. Und Wackelpo verstand. Sie sah ihn an, nur ihn, nicht mehr den Baum, nicht mehr den Sturm, und sie stand still, mit bebenden Flanken. Sie würde nicht mehr steigen, sie würde ihn nicht verletzen, sie vertraute ihm.

»Wo ist Anna?«, flüsterte er. Und alle Angst der Welt lag in dieser Frage, die niemand hörte im Sturm.

Wackelpo las die Frage dennoch, sie wandte den Kopf, und vielleicht entdeckten sie Anna gleichzeitig: Da lag sie, ein paar Meter hinter Wackelpo am Boden, bedeckt von einem großen Ast voll grünem Eichenlaub wie von einer seltsamen Decke.

Wackelpo stand ganz still, während Tariq um sie herum kletterte.

Anna lag auf der Seite, so still, so still. Tariq schob das Laub beiseite. Sah Blut an ihrer Stirn, beugte sich näher zu ihr.

»Anna?«, fragte er, dicht neben ihrem Ohr. Doch sie antwortete nicht. Er hielt eine Hand vor ihren Mund, versuchte zu spüren, ob sie atmete. Spürte nichts.

»Nein!«, hörte er sich selber flüstern, und er wusste nicht einmal, in welcher Sprache. »Nein, nein, nein!« Und er wusste, man darf Unfallopfer nicht schütteln, sie hatten in der Schule bei Frau Winterblum einen Kurs gehabt darüber, wegen Fahrradunfällen, aber er schüttelte Anna trotzdem, es ging nicht anders, und jetzt schrie er sie an.

»Verdammt!«, schrie er. »Das darfst du nicht! Du darfst nicht tot sein! Hörst du? Du darfst das einfach nicht! Hier sind nicht mal irgendwelche schwarzen Reiter, nur ein Baum, und du kannst mich nicht allein lassen, das geht nicht! Irgendwann kommen sie, die Reiter, und wie soll ich alleine mit ihnen fertigwerden? Wie soll ich alleine Jamal vor ihnen retten? Wie?«

Da schlug Anna die Augen auf.

»Tariq«, flüsterte sie, er hörte es, weil er sein Gesicht ganz nahe bei ihrem hatte. »Warum brüllst du so herum?« Sie sah verwirrt aus. »Sie war da«, murmelte sie. »Mama ...« Sie setzte sich auf. »Warum bin ich ... in einem Baum?«

»Egal«, sagte Tariq, und er spürte, wie Tränen sich mit dem Regen auf seinem Gesicht mischten. »Du lebst.«

Sie griff sich an die Stirn. »Ja. Warum nicht, ich ... oh.« Sie sah ihre Hand an, die voller Blut war. Dann grinste sie schwach. »Dachtest du, ich wäre ...? Oh, Tariq, das ist nur ein blöder Kratzer, fühlt sich jedenfalls so an, ein blöder Kratzer von einem Ast. Ich … ich muss kurz weg gewesen sein, es geht jetzt wieder …«

Da nahm er sie in die Arme und hielt sie fest. Und zog sie auf die Beine und sagte rasch: »Weißt du, ist es besser, ich halte dir fest. Für Gleichgewicht. Nur deshalb.«

»Klar, nur deshalb«, flüsterte sie, und einen Moment standen sie da und hielten sich gegenseitig fest, und eine große Erleichterung hüllte sie ein.

Dann gingen sie um Wackelpo herum, die sich in dem Blätterkäfig nicht umdrehen konnte, und Tariq legte ihr eine Hand auf den Hals. »Ruhig, ganz ruhig«, sagte er. »Komm. Hier entlang. Hier ist Weg durch Labyrinth.«

Und er führte sie, ließ sie über Äste steigen, hielt andere Äste für sie beiseite wie Vorhänge, bahnte ihr einen Weg durch das wogende grüne Chaos, an seiner Seite Anna. Sie kletterten zusammen aus dem Käfig der zerstörten Eiche.

Draußen auf der Lichtung wartete Apfelmütze, und er warf den Kopf zurück und wieherte freudig, als er sie sah.

Und alles wäre gut gegangen.

Wenn nicht in diesem Moment eine weitere Sturmbö den Rest der Eiche geknickt hätte. Der Rest, allein, war nicht mehr standhaft genug, und das Holz kreischte, als es brach.

Wackelpo stieg nicht in die Luft wie sonst. Sie wandte

sich ab und galoppierte los, über die Wiese in den Wald, am Flussufer entlang, aber sie passte nicht auf, wohin sie ihre Hufe setzte, sie war erschöpft.
Sie sahen beide, wie sie abrutschte. Wie sie wild und angstvoll mit den Augen rollte.
Dann verschwand sie im sturmzerwühlten Wasser des Flusses.
»Wackelpooooo!«, schrie Anna. Sie machte einen Schritt auf den Fluss zu, mit ausgestreckten Armen. Der Wind zerwühlte ihr regennasses Haar, und das Blut aus dem tiefen Kratzer auf ihrer Stirn leuchtete seltsam im Licht der Blitze.
»Nein!«, schrie Tariq. »Nicht du! Ich hole sie!«
Und er stürzte sich an ihr vorbei und war mit einem Satz im Fluss.
Natürlich, sagte er sich, konnte Wackelpo schwimmen. Alle Pferde können schwimmen. Aber Wackelpo war mehr Panik als Pferd. Und der Sturm zerwühlte das Wasser, machte es dunkel und seltsam, feindselig, formte Wellen und Strudel.
Er musste Wackelpo einholen. Für Anna.

Anna stand einen Moment ganz still im Wind und sah zu, wie der Fluss Tariq mitnahm, nachdem er Wackelpo mitgenommen hatte. Sie sah seinen dunklen Kopf auf den Wellen. Und sah ihn nicht mehr. Sie wusste nicht, ob er freiwillig tauchte oder ob der Fluss ihn mit seinen nassen Fäusten gewaltsam gepackt hatte. Sie sah auch

Wackelpo nicht mehr. Es war Wahnsinn gewesen, in diesen Fluss zu springen, Tariq war verrückt.

In Annas Kopf hing noch immer die Erinnerung an die Stimme ihrer Mutter.

Komm. Komm zu mir.

Vielleicht, dachte sie, hätte sie einfach in der Dunkelheit bleiben können, in die sie gefallen war. Bei Mama. Es wäre so viel einfacher gewesen. Sie war furchtbar müde, und ihr Kopf schmerzte noch immer. Etwas schnaubte ihr warmen Atem in den Nacken, und sie sah sich um. Da stand Apfelmütze und sah sie an mit seinen sanften, dunklen Augen.

»Was ist? Kommst du nicht?«, fragten seine Augen. »Wir müssen ihnen nach. Wir müssen ihnen helfen.«

Sie streckte ihre Hand aus und streichelte seinen nassen Hals, und er kniete sich hin. Da kratzte sie den Rest ihrer Kraft zusammen und kletterte auf seinen breiten Rücken.

»Wir finden sie doch?«, flüsterte Anna, als Apfelmütze lostrabte, am Fluss entlang. »Wackelpo? Sie wird doch nicht … ertrinken? Und Tariq?«

Apfelmütze antwortete ihr mit seinem ganzen Körper. Er antwortete ihr, indem er weiterlief. Zielstrebig, immer weiter geradeaus. Es geht ihnen gut, sagte sein Körper, und wir werden sie finden.

Der Fluss war wild, war außer Kontrolle, er ließ es Tariq spüren, rang mit ihm. Tariq hatte noch immer den alten

Lederrucksack auf dem Rücken, er war hinderlich, aber er schaffte es nicht, ihn abzustreifen. Der Fluss war ein rasender, ungezähmter Drache geworden, schoss nur so an den Ufern entlang, machte es unmöglich, zu schwimmen, wenn man kein Fisch war.

Da wurde Tariq ein Fisch.

Er tauchte unter den Strudeln durch. Glitt durch die kalten Blasen unter Wasser, durch das Grün von abgebrochenen Ästen. Hier unten, fern von der zerwühlten Oberfläche, konnte er schwimmen. Nur zum Atmen kam er an die Oberfläche, nur kurz, tauchte wieder …

Und dann war da etwas Großes vor ihm: etwas, das kämpfte. Wackelpo. Er sah, wie die Bewegungen der Stute schwächer wurden. Sah, dass sie nahe daran war, aufzugeben. Der Baum, der Fluss, das alles war zu viel gewesen. Er sah, wie sie aufhörte zu kämpfen. Wie sie still wurde und sich einfach sinken ließ.

Aber das durfte sie nicht.

Er musste auf ihren Rücken. Irgendwie.

Er betete. Ein Stoßgebet, einfach so, vielleicht gab es einen Propheten der Pferde, einen, der nicht im Koran vorkam. Vielleicht würde er ihn hören.

Seine Hand fand Wackelpos Hals, und er schlang seinen Arm darum und zog sie nach oben, obwohl sie natürlich zu schwer war. Doch sie begriff. Und sie kämpfte sich wieder zur Oberfläche, um zu atmen.

Er schaffte es, sich auf ihren Rücken zu ziehen, drückte seine Beine an ihren Bauch. Sie war ein freies Wesen, ja, aber in diesem Moment brauchte sie jemanden, der ihr Befehle gab.

»Raus hier!«, schrie er. »Ans Ufer. Los! Du kannst es! Anna wartet auf dich!«

Wackelpo schien etwas sagen zu wollen wie »Nein, es geht nicht!«, aber sein Ton ließ keine Widerrede zu, und sie schwamm. Endlich schwamm sie richtig. Schwamm aufs Ufer zu, angespornt von ihrem unerbittlichen Reiter, und während sie schwamm, trieben sie weiter flussabwärts …

Tariq sah auf.

Und da sah er, dass der Wald nicht mehr da war. Der Fluss floss jetzt wieder durch Wiesen. Er beschrieb eine breite Kurve und floss auf etwas Seltsames zu, etwas Rundes, sehr Hohes.

Dann begriff Tariq, was es war: ein Mühlrad. Ein riesiges, hölzernes Mühlrad.

Daneben stand die alte Mühle, ein Bauwerk wie aus einem Märchenbuch, gebaut aus großen, groben Steinquadern. Das Rad drehte sich mit der Strömung, immer rundherum, und als sie da waren, griff Tariq mit beiden Händen nach dem Holz der Schaufeln und hielt sich fest. Das Mühlrad bewegte sich aufwärts und zog ihn mit. Aber Wackelpo verhedderte sich mit einem Huf zwischen den Schaufeln. Auch sie wurde ein Stück nach oben mitgezogen.

Nur ein Stück. Sie war zu schwer. Das Mühlrad hielt an.

»Halt ganz still«, sagte Tariq in der richtigen Sprache.

»Guck, wir schwimmen nicht mehr. Das Rad hat uns gestoppt. Wir müssen nur noch an Land. Warte, ich befreie deinen Huf …«
Und es gelang ihm tatsächlich. Doch neben dem Mühlrad gab es kein Ufer, sondern nur die Mauer der alten Mühle, steil ragte sie auf und bot keinen Halt. Um an Land zu kommen, würden sie gegen die Strömung schwimmen müssen, flussaufwärts, bis dorthin, wo das Ufer wieder flach und grasbewachsen an den Fluss hereinreichte.
Gegen die Strömung? Unmöglich.
Und dann sah er etwas Komisches.

Genau dort, am Ufer neben der Mühle, stand ein Junge. Ein Junge, der schon fast ein Mann war, ein Junge in einer alten militärgrünen Jacke mit durchgewetztem Kragen und Wanderstiefeln.
Tariq kannte diese Stiefel. Der linke hatte einen Riss in der Sohle, durch den das Wasser kam, und beim rechten löste sich vorn unter dem großen Zeh die Sohle. Er war in Begleitung dieser Stiefel über den Hindukusch gewandert. Er war in Begleitung dieser Stiefel in einer Gefängniszelle gewesen und daraus geflohen. Diese Stiefel waren neben seinen eigenen hergerannt, gewandert, gestolpert. Er träumte, er war sich sicher.
Er konnte es nicht sein, der dort am Ufer, neben der Mühle.
Es konnte nicht Jamal sein.
Und dann begriff Tariq. Er war tot. Er war doch unter-

gegangen, ohne es zu merken, zusammen mit Wackelpo, sie waren beide im Jenseits. So musste es sein, und Jamal war auch tot, denn hier trafen sie seinen Geist.

Der Geist holte ein dünnes Seil aus der Jackentasche, entrollte es und warf.

Tariq fing das Ende in der Luft.

Er schlang das Seil um Wackelpos Bauch, verknotete es und nickte dem Geist seines Bruders zu, und der Geist zog. Es war ein sehr kräftiger Geist. Das Seil gab Wackelpo Vertrauen, sie arbeitete sich stromaufwärts, Zentimeter für Zentimeter, am Ende ihrer Kräfte. Doch diesmal gab sie nicht auf.

Da! Da war das Ufer! Wackelpo kam mit den Vorderbeinen an Land, dann mit den Hinterbeinen. Und dann stand sie auf dem Trockenen. Tariq saß noch immer auf ihrem Rücken, triefend, und sah zu seinem Retter hinunter.

»Jamal«, sagte er und ließ den Rucksack ins Gras fallen. Tote brauchen keine Rucksäcke mehr.

»Tariq!«, sagte Jamals Geist. »Tja, das hätte man auch nicht gedacht. Dass man seinen kleinen Bruder so hoch zu Pferde trifft, wenn man ihn wiedersieht. Wie groß ist dieses Pferd? Zwei Meter?«

»Kann sein«, sagte Tariq und klopfte Wackelpos Hals. »Es ist aber nicht meins. Das hier ist Annas Pferd.« Er sah auf, und da kam sie, was ja ganz klar war, denn so sind die Dinge im Jenseits: Sie kam auf Apfelmütze am Ufer entlanggeritten.

Es hatte aufgehört zu gewittern. Es hatte sogar aufgehört zu regnen.
»Eigentlich schade, dass wir tot sind«, sagte Tariq.

»Also, ich weiß nicht, ob wir die noch einholen«, sagte der alte Hansen. »Die sind ja völlig verrückt! Der Junge jedenfalls.« Er zuckte die Schultern. Ertappte sich plötzlich bei einem Grinsen. »Vielleicht sollten wir sie noch einen Tag in Freiheit lassen, ehe wir sie einfangen? Jeder braucht ein bisschen Freiheit. Überhaupt, die Pferde … vielleicht sollte ich sie laufen lassen. Ich bin sowieso pleite. Lohnt nicht mehr mit dem kleinen Hof. Die größeren machen alles billiger, wer kauft schon was bei *mir*? Mein Sohn sagt, ich muss auf Maschinen umstellen. Modernisieren. Aber ich bin zu alt. Vielleicht verkauf ich den Hof. Kann jemand ein paar Reihenhäuser auf dem Land bauen, hab ich meine Ruhe.«
»Ich«, sagte der Vater des Mädchens. Matthias, er hieß Matthias, der alte Hansen wusste das inzwischen.
»Sie – was?«
»Ich kaufe bei Ihnen. Kartoffeln«, sagte Matthias und lenkte den grünen Lieferwagen um eine Katze herum, die störrisch auf der Landstraße schlief. »Und ich finde, die Kinder hatten genug Abenteuer. Es kann … alles passieren! Da draußen!«
»Egal, wo sie jetzt sind«, sagte Malte-vom-Heim. »Wir kriegen sie.«
»Ach ja?«, fragte der alte Hansen.

Malte nickte grimmig. »Ich weiß, wo sie hinwollen. Tariq hat einen Brief bekommen, vor ein paar Wochen. Von seinem älteren Bruder. Ich … habe mir erlaubt, die Adresse zu kopieren. Man weiß nie, wann man so was braucht.«

»Und?«, fragte Matthias und setzte sich gerader hin.

Malte zuckte nur die Schultern. »Asylbewerbersammelunterkunft Mühlenstraße 33«, sagte Malte. »Es müsste der nächste Ort sein. Der nächste Ort am Meer. Wir könnten vor ihnen da sein. Mit dem Bruder sprechen. Auf sie warten.«

»Es wäre eine Falle«, sagte der alte Hansen. »Ist das fair?«

»Darum geht es nicht, fürchte ich«, meinte Malte und seufzte. »Es geht darum, die Kinder einzufangen. Sie sind Kinder, wir haben die Aufsichtspflicht. Es ist unsere Pflicht, sie zu vernünftigen jungen Menschen zu erziehen.« Und ganz leise fügte er hinzu: »Leider.«

Aber der alte Hansen hörte es, auch ohne Hörgerät.

13. KAPITEL,

in dem Jamal endlich auch reitet, Fotos von blühenden Feldern angesehen werden und nachts etwas Unheimliches in der Dunkelheit lauert

Anna saß auf Apfelmütze und sah Tariq an und sah Wackelpo an und war so froh – so froh, dass sie lebten! Sie wollte vom Pferd springen und zu ihnen laufen, sie umarmen, am besten beide zugleich, tausend Worte sagen, *Gott sei Dank, ihr habt es geschafft! Und das Gewitter ist vorbei, und die Sonne scheint, und irgendwo habe ich die Tasche mit Mamas Buchstaben drauf verloren, aber es macht nichts, weil wir leben!*

Aber neben Tariq stand dieser Junge. Ein großer Junge, fünfzehn vielleicht.

Er hatte das gleiche tiefschwarze Haar wie Tariq. Nur kürzer und weniger zerzaust. Die gleichen Augen. Und diese Augen sahen Tariq an und glänzten, leuchteten. Und alles an Tariq glänzte und leuchtete zurück.

Hier waren zwei, die sich gefunden hatten. Die glücklich waren.

Für Annas Glück war kein Platz.
Und sie fühlte, wie alle Worte in ihrer Kehle verdorrten und sich ihr Mund zu einem dünnen Strich verschloss. Sie drückte ihr Bein gegen Apfelmütze, wie Tariq es ihr gezeigt hatte, und schnalzte leise; es war diese Sache, die bei Wackelpo nie funktionierte. Doch Apfelmütze setzte sich in Bewegung und wendete. Und dann ließ sie ihn zurück in den Wald gehen.
Und sie legte sich auf seinen Hals und fühlte sich leer, vollkommen leer.
Sie hörte, wie Tariq ihren Namen rief. »Anna! Anna?«
Aber sie rührte sich nicht. Sie würde hier so liegen bleiben und mit Apfelmütze bis ans Ende der Welt gehen, einfach weg von allen, die sich lieb hatten und glücklich waren. Sie hatte niemanden. Zu Papa konnte sie nicht zurück, er war sicher sauer, dass sie abgehauen war, und er wollte, dass sie Dinge tat, die sie nicht konnte. Und dass Mama wiedergekommen war, war nur ein Traum gewesen.
»Anna?«
Ja, und dann blieb Apfelmütze stehen.
Denn Apfelmütze konnte zwar gehorchen, wenn man Dinge mit Beinen tat oder schnalzte, aber er gehorchte nur, solange er zufällig auch das wollte, was sein Reiter wollte. Er war ein freies Wesen. Er hatte zurückgewollt in den Wald, denn hinter der Mühle hatte eine laute und lärmende Stadt gelauert, die ihm nicht gefiel. Dort hatte er nicht hingehen wollen.

Aber jetzt waren sie im Wald, und das war gut, und jetzt wollte er nicht mehr weitergehen. Er wollte auf Tariq warten. Und auf Wackelpo.

Also blieb er stehen.

Da ließ Anna sich von seinem Rücken gleiten und streichelte ihn und flüsterte: »Dann muss ich wohl alleine weiter, denn ich gehe jetzt, weißt du?«

Apfelmütze schnaubte. »Bleib hier«, schnaubte er, ohne Worte. »Dummes kleines Mädchen! Du bist müde, du weißt nicht, was du tust.«

»Doch«, sagte Anna. »Versteh doch, die wollen mich alle nicht!« Sie legte die Arme um Apfelmützes Hals, und auf einmal brach alles aus ihr heraus, die ausgestandene Angst, die Müdigkeit, die Enttäuschung, und sie weinte in Apfelmützes Fell, weinte und weinte und weinte.

So fand Tariq sie.

Er legte eine Hand auf ihre Schulter und stand plötzlich hinter ihr, und er sagte: »Was ist passiert? Der Regen ist fertig, muss du jetzt regnen mit den Augen?«

Anna drehte sich zu ihm um und sah ihn an, durch einen Tränenschleier, und sein Gesicht war besorgt und voller Flussschlamm. Da lachte sie. Ein bisschen.

»Warum du bist weggegangen?«, fragte er.

Der größere Junge stand hinter Tariq, und hinter ihm stand Wackelpo.

»Das ist Jamal. Er auch ist weggegangen. Vom Heim.«

»Wie? Wann?«, fragte Anna und wischte sich die nasse Nase mit dem nassen Ärmel ab. Wackelpo hatte sich zu ihr vorgedrängelt und schnaufte warmen Atem in ihren Nacken, und Anna umarmte sie, wie sie Apfelmütze umarmt hatte, auch wenn Wackelpo genauso nass war wie der Ärmel und die Nase.

»Wann Jamal weggegangen? Oh, eben«, sagte Tariq.

»Wir sind dort nicht eingesperrt«, sagte Jamal. »Du verstehst. Ich war ... spazieren gegangen, hier und da, weil ich hatte gehört im Radio, dass es gibt ein Junge mit Namen Tariq, der hat ein Pferd gestohlen und ist unterwegs zu sein Bruder.«

Anna nickte. Jamals Deutsch war so wie das von Tariq, wenn Tariq nervös war. Er sah ernst aus: ein ernster Junge, fast erwachsen, aber nicht ganz, und beim Sprechen fuhr er sich dauernd mit den Händen durchs Haar, von vorne nach hinten, als müsste er es glätten: nervös. Dabei war es zu kurz, um strubbelig zu sein.

»Du bist ... Anna?«, fragte er.

Anna nickte.

»Jamal«, sagte Jamal und schüttelte ihr die Hand, ganz steif und offiziell.

Irgendwie konnte sie nicht mehr so richtig nervös sein, weil Jamal schon nervös war, und sie sagte: »Ich bin das Mädchen aus dem Radio, das nicht mit Leuten spricht.«

»Ist klar«, sagte Jamal.

»Wir entführen dich«, sagte Anna. »Hat Tariq dir das erklärt?«

»Noch nicht«, sagte Jamal, noch immer ernst, aber ein kleines Stück seines linken Mundwinkels zuckte.
»Glauben sie wirklich, du wärst achtzehn?«, fragte Anna. Da seufzte Jamal, der linke Mundwinkel zuckte nicht mehr, und er sagte: »Du glaubst das nicht?«
»Nein«, sagte Anna. »Leute mit achtzehn werden nicht nervös, weil sie ein Mädchen mit einem Pferd im Wald treffen.«
»Du siehst, da ist die Beweisung!«, rief Tariq. »Aber der Richter, er wird es nicht glauben, bestimmt, und dann schicken sie Jamal zurück in die Berge, Hindukusch. Da sind die Männer mit den Gewehren, und deshalb gehen wir alle nach Dänemark zu den Fischen. Jetzt.«
Er kletterte blitzschnell auf einen Baum und von da aus auf Apfelmütze, und Anna kletterte auf einen Baum und von da aus auf Wackelpo. Sie konnte es fast so schnell wie Tariq.
»Warte!«, sagte Jamal. »Wir gehen? Ohne Brief, ohne Erklärung, ohne … Sachenpacken?«
»Vielleicht bist du doch zu sehr erwachsen«, sagte Tariq. »Zu viel Vernunft! Komm. Der grüne Lieferwagen sucht uns. Besser, wir verschwinden von hier schnell-schnell.«
»Du musst auf den Baum klettern und dann auf das Pferd«, erklärte Anna, weil Jamal noch immer sehr unentschlossen aussah.
»Aber ich kann nicht … einfach …«
»Doch, du kannst«, sagte Tariq. »Der Ast da, guck, er ist ganz untig.«

»Das meine ich nicht«, sagte Jamal. »Hier auch es gab nette Leute, die geholfen haben. Ich muss ihnen sagen, dass ich …«

In diesem Moment hupte ein Auto, von der Mühle her, und sie zuckten alle zusammen.

»Das ist Papa«, flüsterte Anna. »Nein. Das ist der Lieferwagen.«

Von der Mühle her hörte man jetzt Stimmen. Leise, weit weg. Aber Anna war sich ziemlich sicher, dass eine davon Papa gehörte. Und da waren mehr Stimmen, fremde Stimmen, die durcheinanderriefen. Ein paar riefen nach Jamal.

»Ist das Heim hinter der Mühle?«, fragte Anna.

Jamal schüttelte den Kopf. »Das Heim *ist* Mühle – umgebaut. Schönes Gebäude. Nur sehr kalt.« Er seufzte. »Sie suchen mir. Ich muss gehen.«

»Wir gehen *alle*«, sagte Tariq. Und da begriff Apfelmütze wieder mehr als irgendwer anders und machte das Kamelkunststück: Er ging erst vorne und dann hinten in die Knie. Und Tariq nahm die Hand seines Bruders und zog ihn zu sich hoch. Jamal ließ sich ziehen. Oder vielleicht kletterte er eigentlich selbst hinter Tariq aufs Pferd. Vielleicht wollte er doch lieber nach Dänemark als zurück in die Mühle.

Apfelmütze stand auf, und jetzt raschelte es am Waldrand, jetzt wurden die Rufe lauter, vielleicht hatte jemand sie gesehen, und Tariq sagte: »Die Männer mit den Gewehren! Sie verfolgen uns, es gibt sie auch hier,

verstehst du?« Er schnalzte mit der Zunge, und Apfelmütze und Wackelpo trabten an.
Anna machte sich klein, schmiegte sich an Wackelpo und verbot sich, an Papa zu denken. Dänemark, dachte sie, war nicht mehr weit, und wenn sie erst da waren, würde sie zu tun haben mit Fischefangen und Ein-Haus-Finden und ganz von selbst aufhören, Papa zu vermissen.

An diesem Abend hatten sie ein Feuer. Ein richtiges Feuer, dessen Flammen hoch in den Himmel schlugen.
Wie früher, dachte Tariq: früher zu Hause.
Es war natürlich gefährlich, ein Feuer zu haben. Ihre Verfolger konnten es sehen. *Irgendjemand* konnte es sehen. Aber Jamal sagte, *irgendjemand* wäre weit weg, egal, wer es war, denn sie hatten die Umgebung der Stadt verlassen und wären im Nirgendwo, und da wäre wohl niemand sonst.
Das Feuer brannte auf einer Wiese zwischen zwei Stückchen Wald, neben einem großen, verfallenen Herrenhaus, zu dem vielleicht einmal eine Menge schöner, edler Pferde gehört hatten. Nun lag es verlassen da, und es war ein bisschen unheimlich, aber auch gut, weil es Windschutz bot.
Als es dämmerte, saß Tariq in Jamals Jeansjacke am Feuer, und Anna trug Jamals Hemd.
Am Feuer trockneten auf Stöcken ihre eigenen Sachen, und die Pferde grasten ein wenig abseits und trockneten von selbst.

»Die können wir ja schlecht übers Feuer hängen«, sagte Anna, und Jamal lachte.
Tariq kuschelte sich in die Jeansjacke und roch Jamals Geruch, einen Geruch nach Rauch und Wiese und nach Deo, das nur fünfzehnjährige Brüder brauchen, und nach zu Hause.
Er hatte den Rucksack im Wald vergessen, aber jetzt war es egal. Alles war egal, es war nur wichtig, dass Jamal da war.
»Dänemark, hm«, sagte Jamal, der nur noch ein Unterhemd zu seiner Hose trug, und spuckte einen Apfelstiel in die Flammen. Hinter dem alten Haus wuchsen zum Glück eine Menge Obstbäume mit Obst für hungrige Reisende. »Und du meinst, da wollen die uns haben?«
»Ich hatte nicht den Plan, sie zu fragen«, sagte Tariq und grinste. »Vielleicht sie merken nicht, dass wir sind da. Bis wir sind reich. Wir verdienen das Geld mit Fischen. Dann wollen sie uns haben. Jeder mag Reiche.«
»Du meinst, die Leute, denen wir die Fische verkaufen, merken nicht, dass wir da sind?«, fragte Anna.
Da wurde Tariq fast ärgerlich. »Ach, keine Ahnung, Mann. Du mach einen besserer Plan! Vielleicht erfinden wir einen Fisch-Automaten. Geld rein, Fisch raus. Oder so.«
Und da lachten sie alle zusammen, und er spürte, wie der Ärger verflog. Der Abend war zu schön, um ärgerlich zu sein. Ihre Sachen trockneten, sie zogen sich wieder

an, was gut war gegen die Mücken, und Tariq legte sich ins Gras neben das Feuer.

»So viele!«, sagte er. »So viele Sterne!«

»Vielleicht guckt mein Vater gerade jetzt zum Himmel und sieht sie auch«, wisperte Anna.

»Und unsere Mutter«, flüsterte Jamal. »Ich weiß, sie schläft nicht. Sie sieht die Sterne, sie denkt an uns.« Er holte sein Handy heraus, und Tariq fragte, in der richtigen Sprache: »Hast du mit ihr geredet?«

Jamal schüttelte den Kopf. »Ich kann sie nicht erreichen. Ihr Telefon ist tot. Ich weiß nicht, was das bedeutet, Tariq. Ich weiß es nicht.« Und auf Deutsch, für Anna, fügte er hinzu: »Guck, das ist zu Hause.«

Dann klickte er sich durch die Fotos von damals, vom Dorf, von den Bergen, von den Häusern, den Gassen, von Freunden, die cool taten für die Fotos. Es kam Tariq vor, als wäre das alles vor tausend Jahren gewesen. Sie sahen Jamal über die Schulter, er auf der einen und Anna auf der anderen Seite, und es war gut, so eng beieinanderzusitzen in der Dunkelheit.

»Rote Blumen«, sagte Anna. »Schön.«

Jamal lachte. »Felder. Mohn, alles Mohn. Verkauft sich gut.«

»Als Blumensträuße«, sagte Anna.

»Nein, zum Schlafen«, sagte Jamal. »Morphium. Es ist auch gegen Schmerzen. Und macht glücklich. Es ist teuer. Sehr teuer. Die Regierung in Kabul hat verboten, aber die Tali...«

»Psst«, sagte Tariq schnell. »Die Männer mit den Gewehren, die meint er.«

»Ja, sie … kriegen ein Anteil, wenn wir pflanzen Mohn. Sie wollen, dass wir machen das, weil sie brauchen Geld Früher, es war für ihre Kampf. Jetzt gehört ihnen wieder ganze Land. Aber sie wollen immer noch Geld von uns, sie mögen Geld. Wenn wir kein Mohn anbauen und sie kein Geld kriegen …«

Tariq fuhr sich quer über den Hals wie mit einem Messer. »Dann passiert das hier«, sagte er.

Anna schüttelte sich. »Dahin dürft ihr nie zurück! Auch wenn es schön ist.«

»Sehr«, sagte Tariq, und Jamal klickte sich schweigend durch mehr Bilder: die Gipfel des Hindukusch-Gebirges, Ziegen, ein schickes Auto, das aber kaputt war und ohne Räder herumstand. Jungs mit modernen Sonnenbrillen, Mädchen mit kunstvoll geschminkten Augen, von denen man sonst nichts sah unter ihren sorgsam festgesteckten Tüchern.

»Jamal war verliebt in die da!«, sagte Tariq und zeigte auf eines der Mädchen, und Jamal gab ihm einen freundlichen Knuff. »Halt Mund! Jetzt wir schlafen!«

»Ja«, sagte Tariq, »weil morgen reiten wir zum Meer. Morgen leihen wir ein Boot.«

»Wir leihen es … wie den Apfelkuchen … und die Pferde …«, murmelte Anna. Aber sie schlief schon halb. »Ich träum von den Blumenfeldern«, murmelte sie noch. »Oder Apfelkuchenfeldern …« Da schlief auch Tariq.

Mitten in der Nacht wachte er davon auf, dass etwas ganz in der Nähe raschelte. Das Geräusch kam aus der Richtung des alten Herrenhauses. Aus den Büschen dort. Er setzte sich auf – und eine Hand legte sich über seinen Mund.

Er wusste, wessen Hand es war. Sie gehörte dem Mann, der zu ihrer Mutter gesagt hatte, er würde wiederkommen und ihre Söhne holen. Er erinnerte sich an sein Gesicht, er hatte es aus ihrem Versteck heraus gesehen, durch ein Astloch in den Bodenbrettern, ein wettergegerbtes Gesicht ohne Lachfalten, mit einem Sternenhimmel voller Pockennarben auf der rechten Wange. Tariq drehte den Kopf, doch jemand hatte den Mond gestohlen, es war zu dunkel, um das Gesicht richtig zu erkennen, und das war vielleicht gut so.

»Wie kommen Sie hierher?«, wollte Tariq fragen, konnte aber nicht, so fest presste sich die Hand auf seinen Mund. »Wie haben Sie es geschafft, uns den ganzen Weg bis nach Deutschland zu folgen?«

Es raschelte wieder in den Büschen beim Herrenhaus. Waren da die anderen? Der Rest der Männer? Er sah Annas schlafende Gestalt neben sich liegen, nichts ahnend.

Noch ein Rascheln. Näher jetzt. Etwas kam durch die Büsche auf sie zu.

Verzweifelt sah Tariq sich um – und fand die Pferde nicht. Die großen schwarzen Schatten, die im Stehen schliefen, fehlten. Vielleicht war es ein Albtraum.

Er versuchte mit aller Macht, aufzuwachen, doch es ging nicht.
»Jemand ist da«, wisperte eine Stimme ganz leise hinter ihm. »In den Büschen. Beweg dich nicht. Vielleicht sieht er uns nicht, wenn wir ganz still sind.«
Es war Jamals Stimme. Und plötzlich begriff Tariq: Es war auch Jamals Hand. Jamal hielt ihm den Mund zu. Er wehrte sich nicht mehr gegen die Hand, lehnte sich leicht nach hinten und spürte Jamals warmen Körper dort. Und auf einmal sah er auch die Pferde. Nein, sie standen nicht wie sonst und schliefen. Sie schliefen im Liegen auf dem Boden, was Pferde selten tun. Die Flucht und der Kampf im Fluss hatten ihnen die letzte Kraft geraubt.
Es raschelte noch näher.
Jamal nahm die Hand von Tariqs Mund und schien nach etwas zu suchen, und plötzlich stand er, obwohl er doch gesagt hatte, sie sollten sich nicht rühren. Und gleichzeitig fand sich über ihm irgendwo der Mond wieder, er kam hinter einer Wolke hervor, sodass Tariq seinen Bruder sah wie von einem Scheinwerfer erleuchtet:
Da stand er, aufrecht, ein Messer in der erhobenen Hand, auf dem das Mondlicht sich spiegelte.
Und er sprang ebenfalls auf und stellte sich neben ihn.
»Wenn sie kommen«, knurrte Jamal leise, »dann geben wir nicht kampflos auf.«
»Sie sind es, oder?«, wisperte Tariq. »Sie sind hier. In diesem Land. Ich habe es dir ja gesagt.«

»Ich weiß es«, flüsterte Jamal. »Seit Langem.«
Er machte einen Schritt vorwärts mit seinem Messer, auf das Rascheln in den Büschen zu. Es sah gefährlich aus, dieses Messer, es war die Sorte, die per Knopfdruck aufschnappte und die im Kinderheim verboten war.
Wenn die Männer aus den Büschen kamen, dachte Tariq, würde sein Bruder gegen sie kämpfen. Aber sie hatten Gewehre und er nur ein Messer. Sie würden sie in das große alte Haus schleifen und dort einsperren, so lange, bis Tariq und Jamal sagten, sie würden mit ihnen kommen und kämpfen. Diese Männer waren gut darin, Leute einzusperren und sie von etwas zu überzeugen, das sie eigentlich nicht tun wollten. Er kannte solche Geschichten von anderen Jungen.
»Du kannst nicht gegen sie gewinnen«, wisperte er. »Jamal. Wenn sie wirklich da sind, musst du uns töten. Mit deinem Messer. Uns beide. Damit sie uns nicht kriegen.«
Er spürte, wie die Tränen in seine Augen traten, und er dachte an Anna und Apfelmütze und Wackelpo und Dänemark und dass er alles, was er vorgehabt hatte, nie erleben würde. Er dachte an Mama zu Hause und die roten Mohnblüten. Rot wie Blut.
Und da spien die Büsche beim alten Haus das Rascheln aus, und es trat auf die Wiese vor ihnen.
Es war winzig. Es war … Tariq kniff die Augen zusammen … es war ein Igel.

»Tariq«, wisperte Jamal.

»Jamal«, wisperte Tariq.

Und dann lagen sie sich in den Armen und lachten, leise, um Anna nicht zu wecken, sie lachten und lachten, wie nur Brüder es können, die beide denken, sie müssen sterben, um dann einen Igel zu treffen.

»Unglaublich!«, prustete Jamal. »Irgendwer hat mir mal erzählt, dass Igel manchmal so einen Lärm machen, dass man denkt, es sei mindestens ein Hirsch, aber ich dachte nicht, dass es wahr ist ... Was ist das nur für ein Land! Ein Land mit kleinen Igeln, die einen zu Tode erschrecken!«

Der Igel schnüffelte und gab etwas wie ein Grunzen von sich. Dann wackelte er davon, um anderswo nach Würmern oder Schnecken zu wühlen – oder jemanden zu erschrecken.

»Der hat das absichtlich gemacht«, knurrte Tariq.

Dann ging er hinüber zu Apfelmütze, setzte sich neben ihn und lehnte seinen Kopf an Apfelmützes warmes Fell. Jamal setzte sich neben Tariq, sie saßen angelehnt wie an eine beheizte Sofalehne.

Und Tariq sagte: »Du siehst sie auch, ja? Die Männer mit den Gewehren?«

Jamal nickte. »Ich weiß nicht, ob sie wirklich sind. Vielleicht nicht. Vielleicht ist es nur unsere Erinnerung. Weißt du noch, Papa ...«

»Ich will nicht darüber reden«, sagte Tariq. »Aber ich könnte dir andere Dinge erzählen. Abenteuerliche Dinge.

Ich habe dir noch gar nichts erzählt, weil wir deutsch reden mussten, was gut ist, für Anna, aber auch anstrengend, findest du nicht? Vielleicht kann sie in Dänemark Farsi lernen.«

Jamal lachte wieder. Und dann erzählte Tariq ihm in der Mondnacht bei dem Pferdesofa alles: von der Schule und den anderen, von der Weide im Wald und dem alten Hansen, der sein Feld mit Pferden bestellte wie die Leute zu Hause und nicht mit den großen, glänzenden Maschinen wie die Leute in Deutschland sonst. Und davon, wie Apfelmütze ihn abgeworfen und wie Anna ihn einmal gerettet hatte. Und von Annas Worten.

»Sie hat einen ganzen Vorrat«, sagte er. »Aber sie wirft nicht so damit herum wie andere. Es ist eigentlich gut.«

»Aber wenn man gar nicht redet, ist es schlecht«, sagte Jamal. »Wenn man zu viel Angst hat.«

»Angst? Meinst du, sie hat Angst?«

»Jeder hat Angst«, sagte Jamal. »Wir auch. Du hast es gesehen.«

»In meiner Schule denken alle, ich hätte vor gar nichts Angst«, sagte Tariq. »*Sie* hatten Angst vor *mir*. Weil ich zugeschlagen habe und verrückte Dinge gemacht, abgehauen bin, aufs Dach geklettert, so was.«

»Du hast ihnen nie erzählt, dass du zuschlägst und abhaust, *weil* du Angst hast?«

»Natürlich nicht, bin ich blöd?« Tariq schnaubte. »Dann hätten sie mich ausgelacht. Und wenn ich ihnen erzählt hätte, dass ich die Männer mit den Gewehren sehe …

Vergiss es. Sie hätten gesagt, ich spinne, Stefan und Simone und die.«

»Vielleicht nicht«, sagte Jamal. »Du bist anders, als sie denken. Aber vielleicht sind sie auch anders, als *du* denkst. Jeder hat ein Vorne und ein Hinten.«

Tariq lachte.

»Anna auch«, sagte Jamal. »Du hast gesagt, du wusstest früher nicht, wie mutig sie ist.«

»Du redest schon wie Malte aus dem Heim«, knurrte Tariq. Und eine Weile schwiegen sie.

»Tariq«, sagte Jamal schließlich. »Wenn sie uns kriegen. Ich meine, dein Malte und die. Sie werden mich zurückschicken, das weißt du. Zwei, die mit mir im Zimmer waren, haben sie auch zurückgeschickt. Sie sagen, Afghanistan ist kein gefährliches Land. Sie denken, weil es in der Hauptstadt eine Regierung gibt, ist alles gut. Es kann dauern, aber ich werde wohl gehen müssen.«

»Machst du aber nicht«, sagte Tariq fest.

»Nein«, sagte Jamal. »Du hast es selber gesagt: Die kriegen uns nicht, die Tali–, du weißt schon. Ich habe das Messer. Wenn die Polizei uns kriegt, werde ich es benutzen, und du darfst mich nicht daran hindern. Ich werde lieber sterben als mich zurückschicken lassen.«

»Quatsch«, sagte Tariq. Er gähnte. »Morgen finden wir ein Boot nach Dänemark.«

Der alte Hansen schlief schlecht in dieser Nacht. Sie hatten sich in einer hübschen kleinen Pension eingemietet, aber er schlief trotzdem schlecht.
Matthias, der Vater des Mädchens, hatte überhaupt nicht schlafen wollen, sondern weitersuchen, sie hatten ihm gesagt, dass er schlafen musste. Aber vermutlich tigerte er irgendwo unten im Flur auf und ab.
Hansen träumte davon, dass ein Igel mit einem Gewehr zwei Jungen bedrohte.
»So ein Unsinn«, knurrte er, als er aufwachte. Draußen brannte ein Außenlicht und beschien die kleinen weißen Blumen auf der Tapete. Sie erinnerten ihn an die kleinen weißen Blumen in seinem Kräuterbeet. Er vermisste sie.
Er vermisste die Eidechsen, die sich auf der Natursteinmauer sonnten.
Er vermisste die krümelige Erde zwischen seinen Händen.
»Teufel auch«, murmelte er in die Nacht. »Wie soll ich denn den Hof verkaufen? Es war immer so. Die Erde und die Pflanzen und ich.«
Er schüttelte den Kopf und legte die Stirn an die kühle Fensterscheibe. Irgendwo dort draußen in der Nacht standen seine Pferde.
Er vermisste auch sie. Und er fragte sich, ob sie ihn vermissten.

14. KAPITEL,

in welchem zwei Pferde auf einem Fischerboot reisen. Aber dann gerät alles außer Kontrolle

Als Anna aufwachte, hielt Jamal ihr eine blau-weiße Keramiktasse hin, aus der es dampfte.

»Tee«, sagte er und lächelte. »Kräuter. Gekocht über dem Feuer.«

Anna setzte sich auf und nahm die Tasse dankbar. Auch Tariq hielt eine Tasse in der Hand, eine Tasse mit einem Sprung. »Woher …?«, begann Anna.

Tariq nickte zu dem verlassenen Gutshaus hin. »Von da. Wir haben ein bisschen gesucht. Niemand braucht mehr diese Tassen. Also – das sind unsere erste Sachen für das neue Leben!« Er wies auf eine kleine Sammlung an ziemlich kaputtem Geschirr neben dem Feuer.

»Du weißt, Tariq macht auf ein Fisch-Imbiss.« Jamal lachte. »Hat er keine Fisch, zumindest er hat Teller!«

»Klar«, sagte Tariq. »Und jetzt trinken wir den Tee und reiten nach Dänemark.«

Das Meer wartete auf sie.

Sie erreichten es zwei Stunden später. Das Geschirr hatte Tariq in einen alten geblümten Vorhang eingebunden, den er ebenfalls im Herrenhaus gefunden hatte, und er sah aus wie aus einem Märchen, dachte Anna, wie er da mit dem Vorhang-Sack über der Schulter über die Wiese ritt: ein Held, der auszog, um drei Prüfungen zu bestehen und reich zu werden.

Der Himmel war voller Wolken, aber die Sonne schien durch ein paar Lücken, und der Wind griff in Annas Haare und zerzauste sie. Es roch nach Tang und Ferne und Abenteuer.

Irgendwo saßen die anderen in der Schule bei Frau Winterblum, und sie schrieben und rechneten und würden mittags nach Hause gehen, um Hausaufgaben zu machen.

Aber sie, Anna, würde das nie mehr tun.

Sie war genauso Teil des Märchens wie Tariq.

Sie dachte an all die Bücher, die sie gelesen hatte, zu Hause auf der Hollywoodschaukel zwischen den Obstbäumen. Sie hatte immer Bücher gelesen, während die anderen die richtigen Sachen erlebt hatten.

Jetzt war es umgekehrt.

»Ich glaub nicht, wir finden Boot«, sagte Jamal.

Er saß mit Anna auf Wackelpo, damit nicht immer Apfelmütze zwei Leute tragen musste. »Boot, auf das passen zwei große Pferde, wo willst du finden? Tariq glaubt, aber wir finden nicht.«

»Und was willst du tun?«, fragte Anna.

»Ich weiß nicht«, sagte Jamal. »Diese Reise … Dänemark … es ist ein schönes Traum. Aber denk nach. Glaubst du, man kann einfach gehen nach Dänemark und werden reich?« Er lachte. »Tariq denkt, es geht, aber es geht nicht.«

»Doch!«, sagte Anna. »Die Sachen, die Tariq sich ausdenkt, gehen! Er hat gesagt, er klaut ein Pferd und haut ab, und er hat ein Pferd geklaut und ist abgehauen. Er hat gesagt, er findet seinen Bruder, und er hat ihn gefunden.«

In diesem Augenblick drehte Tariq sich auf Apfelmütze um und rief: »Da vorne! Da ist es! Unser Boot!« Und er duckte sich und ließ Apfelmütze galoppieren, sie jagten nur so über den Sand, und Wackelpo wieherte und jagte ihm nach.

Das, worauf Tariq zujagte, war ein Steg. Ein Steg, der weit hinausführte ins Meer, und an diesem Steg lagen drei Boote vertäut, Fischerkähne mit Bündeln von roten Fähnchen an Bord, um die Netze zu markieren. Etwas alt, aber hübsch. Hinter dem Deich gab es hier ein paar Häuser, man sah nur die Dächer. Es war niemand beim Steg an diesem windigen Vorferientag.

Tariq bremste Apfelmütze in einer Sandfontaine.

»Hier!«, keuchte er. »Wir nehmen eins von diesen!«

Apfelmütze schüttelte sich. Dann buckelte er plötzlich und warf Tariq ab. Nur so zum Spaß. Es sah aus, als lachte er.

»Du!«, sagte Tariq und wischte sich den Sand aus dem Gesicht. »Du bist über…mutelig?«
»Übermütig«, sagte Anna und lachte und sprang von Wackelpo. »Er ist übermütig. Ja. Denn jetzt reisen wir übers Meer.«
Sie fühlte sich so hellwach wie noch nie, der kühle Wind ließ ihre Wangen glühen. Sie legte eine Hand an Wackelpos Hals, und Wackelpo ließ sich auf den Steg führen, sie musste die großen Hufe vorsichtig setzen, aber sie schaffte es bis zu seinem Ende, ohne zu scheuen.
Hinter ihr kam Apfelmütze.
»Aber diese Boote, sie sind verschlossen«, sagte Jamal. »Tariq, hör zu. Du siehst die Häuser da in Mitte von Boote. Da drin ist Lenkung. Mit Schlüssel. Wir …« Und dann sagte er sehr viele Dinge auf Farsi, und Tariq sagte auch sehr viele Dinge auf Farsi, und Anna sprang auf das erste Fischerboot und drückte die Klinke an der Kajüte hinunter. Die Tür quietschte und ging auf.
Sie drehte sich nach den anderen um und grinste.
»Aber der Motor hat Schloss«, sagte Jamal und sprang ebenfalls hinüber.
»Du kannst doch auch ein Autoschloss aufmachen«, sagte Tariq vom Steg aus.
Jamal nickte. Schüttelte dann den Kopf. »Wenn ich klaue Boot wie dies, es ist wirklich Verbrechen! Wir können das nicht machen.«
»Die kriegen uns nicht«, sage Tariq. »Wir sind weg. In

Dänemark. Schnell, Jamal, mach, bevor einer merkt, dass wir hier sind!«

Da seufzte Jamal und beugte sich in der Kajüte über das Steuerrad des Bootes, und in diesem Moment wackelte das ganze Boot fürchterlich. Er fiel hin, und Anna fiel auf ihn.

Sie fiel so, dass ihr Gesicht sich genau neben etwas befand, das aussah wie die Stelle, wo man den Zündschlüssel hineinstecken musste. Und da, kurz über dem Boden, steckte ein Schlüssel.

»Jamal«, sagte sie. »Guck. Jemand hat den vergessen.«

Jamal nickte ungläubig. »Wahnsinn.«

Anna rappelte sich auf und sah aus dem Fenster der Kajüte. Jemand kam über den Deich. Jemand, der vielleicht ein Fischer war.

»Der hat den Schlüssel stecken lassen, weil er gleich wiederkommen wollte und weil ja sonst niemand hier war«, sagte Anna. »Los!«

»Aber wir können nicht einfach klauen den Boot …«, begann Jamal noch einmal und stand auf.

Dann sah er aus dem anderen Kajütenfenster.

Er sah in das Gesicht eines Pferdes.

Apfelmütze stand da draußen und guckte hinein, etwas verwundert, wahrscheinlich darüber, dass der Boden schwankte. Anna trat aus der Kajüte – und kam nicht weiter, denn dort stand noch ein Pferd im Weg. Wackelpo. Deshalb hatte das Boot so geschaukelt: weil die Pferde an Bord gekommen waren.

»Mach Motor an!«, rief Tariq nervös. »Wir sind alle da! Schnell, Jamal!«
Der Fischer hatte jetzt gesehen, dass etwas mit seinem Boot nicht stimmte, und er winkte und rannte auf den Steg zu.
»Die sperren mich ein«, sagte Jamal verzweifelt. »Die sperren mich ein. Ich mach so was nicht.«
Und da wusste Anna, dass es nur eine Lösung gab.
Sie schob Jamal sanft beiseite und drehte den Schlüssel selbst. Der Motor sprang mit einem Röhren an, das Boot machte einen kleinen Satz nach vorne, Wackelpo wieherte vor Schreck, und dann packte Anna das Steuerrad mit beiden Händen und drehte es, und die Nase des Bootes wandte sich dem offenen Meer zu.
»Du kannst dann sagen, wir haben dich entführt«, erklärte sie Jamal.
Jamal griff sich an die Stirn. »Oh, Allah«, sagte er. Aber dann fand er einen Hebel, der mit der Geschwindigkeit zu tun hatte, und er tat irgendetwas damit, jedenfalls wurde das Boot schneller, was gut war, denn der Fischer, dem es gehörte, stand jetzt auf dem Steg und schrie.
Was er schrie, ging im Motorlärm unter.
Am Bug stand Tariq zwischen Apfelmütze und Wackelpo und sah dem Horizont entgegen, der Wind fegte ihm das zerzauste schwarze Haar aus dem Gesicht: ein wahrer Abenteurer.
Dies war, dachte Anna, das größte Abenteuer aller Zeiten.

Es war so schön, über das Meer zu fahren.
Alles war blau und windig und wellig. Anna streichelte Wackelpo, und dann setzte sie sich aufs Deck, in die Sonne, die wieder durch die Wolken schien, und Tariq setzte sich neben sie, während Jamal steuerte.
»Es wird wunderbar«, sagte Tarik. »Alles wird wunderbar. Wenn wir da sind, schicken wir das Boot zurück, es ist nur ausgeliehen, wir drehen es um und geben ihm einen kleinen Schubs.« Er lachte. »Und dann wir sammeln Holz am Strand und bauen ein kleines Haus. Heute Abend ist es fertig.«
Anna nickte. Aber sie dachte daran, was Jamal gesagt hatte. Dass das alles eigentlich gar nicht ging. Was, wenn er recht hatte?
»Meinst du nicht, die Polizei wird uns in Dänemark einsammeln?«, fragte sie. »Meinst du nicht, der Fischer, der uns gesehen hat, sagt das weiter?«
Doch Tariq schüttelte nur den Kopf und lachte wieder. »Die Dänemarker können doch gar nicht Deutsch«, sagte er. »Mach die Augen zu. Stell dir unser Haus vor. Es hat vorne Sand und hinten Wiese. Wir sitzen auf so einer … wie heißt das … Veranda. Und wir essen Feuer mit Fisch und erzählen uns Sachen. Apfelmütze und Wackelpo essen das Gras hinter dem Haus. Und ich übe. Schnell sein. Mit Apfelmütze. Und eines Tages gewinnen wir ein Rennen, und ich habe viel Geld und kaufe uns einen Fernseher. So wird es sein.«
»Kann ich auch einen Hund haben?«, fragte Anna. »Ei-

nen kleinen, weichen Babyhund, der bei mir im Bett schläft? Und wir brauchen eine Pfanne, damit ich Pfannkuchen machen kann. Pfannkuchen mit Schokocreme und Tomatensoße.«

»Klar, du kriegst eine Pfanne und einen Hund und was du willst«, sagte Tariq. »Jamal kann auch kochen. Zu Hause nur die Frauen kochen, aber er hat es gelernt, von unserer Mutter, er wollte es immer lernen. Du und Jamal, ihr kocht, ich verdiene Geld mit Rennen.«

Anna nickte. »Und wenn der Sommer vorbei ist, müssen wir einen Ofen einbauen. Und wenn Weihnachten ist, stellen wir einen Baum in der Hütte auf. Vielleicht wird es ein bisschen so sein wie bei Pippi Langstrumpf.«

Sie sah es vor sich: Weihnachten in der selbst gebauten Hütte hinter dem Strand, mit einem Baum voll buntem Papierschmuck, wunderschön, und der weiße Sand draußen war wie meterhoher Schnee.

Aber dann sah sie plötzlich das Haus neben der Holzwerkstatt vor sich, es lag in einem Winterregenguss da, und hinter den nassen Fensterscheiben stand eine einsame Gestalt. Ganz allein am Weihnachtsabend.

»Kann ich Papa zu Weihnachten einen Brief schreiben?«, fragte Anna.

Sie machte die Augen wieder auf. Die Sonne war weg. Dafür hatten die Wellen jetzt kleine weiße Schaumkronen. Das Schiff wackelte ein bisschen, wie Wackelpo sonst.

»Ja, du schreibst einen Brief, und wir auch«, sagte Tariq. »Wir schreiben an unsere Mutter. Wir haben kein Weihnachten, wir haben andere Feste, aber wir werden schreiben. Ich … hab die ganze Zeit nicht geschrieben.«

»Du vermisst sie«, sagte Anna.

»Du deine Mutter auch?«, fragte Tariq.

Anna zuckte die Schultern. »Am Anfang habe ich sie vermisst. Als sie weg war. Aber jetzt …«

Ich vermisse Papa, dachte sie. Plötzlich stand der Gedanke so klar vor ihr, als könnte sie ihn greifen und umarmen. Sie vermisste Papa so sehr, dass es schmerzte.

»Warum ist sie weggegang? In Wirklichkeit?«, fragte Tariq leise.

»Ich war zu laut«, sagte Anna, ebenso leise. Das Meer schlug jetzt mit den Schaumwellen gegen die Bordwand. Anna wickelte sich das Ende von Wackelpos Schweif um die Hand.

»Papa und ich, wir haben gespielt, und ich war laut«, wiederholte sie. Sie hatte dies hier, dachte sie, nie jemandem erzählt. »Wir haben Pferd gespielt. Ausgerechnet. Ich saß auf seinem Rücken, und wir sind durch das ganze Haus getrabt, es war furchtbar lustig, und ich habe *Hüüh!* geschrien und *Brrr!*. Und ihn in der Küche mit Marshmellows gefüttert. Wir haben einfach nur Unsinn gemacht. Aber dann kam Mama, und sie hat gesagt, sie kann nicht mehr, das ist zu viel Lärm, immer ist zu viel Lärm, ihr Kopf tut weh, sie will malen, und sie kann sich nicht konzentrieren. Sie hat viel gemalt, ganz kleine schwarz-weiße Bilder, auf denen ich nichts erkannt habe. Und ich glaube … also … ich glaube, es war gar nichts drauf.« Sie schüttelte den Kopf. »Manchmal, wenn wir Feen waren, Mama und ich, und Waldköniginnen, war alles schön, aber dann gab es Tage, da hat sie wieder stundenlang gemalt, und manchmal hat sie Tabletten geschluckt. Oder sehr viel getrunken. Rotwein. Und dann lag sie auf dem Bett und konnte sich nicht mehr selber ausziehen, Papa hat ihr geholfen, und sie hat gesagt, die Welt ist ein schlechter Ort, und lauter komische Dinge, die ich nicht verstanden habe. Und an dem Tag … also, sie hat gesagt, sie hätte Kopfschmerzen, wegen dem Lärm, sie könnte das nicht mehr aushalten und sie hätte nie ein Kind bekommen sollen. Dann ist sie ins Bad gegangen und hat sich eingeschlossen, und wahrscheinlich hat sie ihre Tabletten genommen, gegen die Kopfschmerzen oder so. Und Papa und ich sind rausgegangen, in den Garten, und haben da weitergespielt. Später hat Papa gesagt, es wäre jetzt Zeit zum Mittagsschlafen, aber ich habe gesagt, heute mache ich keinen Mittagsschlaf. Ich gehe spazieren und pflücke einen Blumenstrauß für Mama, als Entschuldigung, dass wir so laut waren, und damit sie mich wieder lieb hat. Er hat gesagt: Sie hat dich doch lieb, Anna, immer, nur manchmal weiß sie es nicht. Ich habe es nicht verstanden, aber ich habe es mir gemerkt.

Ich war mit meinem Teddy Blumen pflücken. Wir sind bis zum Waldrand gewandert. Die Sonne schien, und wir haben ganz viele lila Blumen gepflückt. Und irgendwann dachte ich, dass es schon sehr spät sein müsste. Aber niemand hatte mich gerufen oder gesucht. Ich bin also mit dem Teddy nach Hause gegangen, es war schon fast dunkel. Zu Hause saß Papa auf den Stufen vor der Haustür und guckte ins Nichts. Er hat sich nicht darüber aufgeregt, dass ich so spät dran war. Ich habe ihm die Blumen gegeben und gesagt: Die sind für Mama, damit sie kein Kopfweh mehr hat, und Papa hat mich in den Arm genommen und gesagt: Mama ist weg. Und dann … Ich weiß eigentlich nicht mehr, was dann genau war. Ich glaube, ich lag irgendwann im Bett, mit Teddy, und vielleicht habe ich geweint. Und Papa hat lange bei mir gesessen. In der Zeit danach war alles komisch. Papa war manchmal weg und hat mich bei einem Freund gelassen, und ich dachte, er sucht sie. Er ist da draußen und sucht Mama. Aber wir haben nicht darüber geredet. Und ich war nie mehr laut. Und ein Jahr später bin ich zur Schule gekommen und habe Teddy mitgenommen, weil er der Einzige war, der mich verstanden hat. Papa hat der Lehrerin gesagt, dass ich ihn mitnehmen muss. Das Komische war, dass die in der Schule auf einmal wollten, dass ich wieder laut war. Sie wollten, dass ich rede. Und sie haben dauernd Sachen gefragt. Na ja, den Rest kennst du.« Sie zuckte die Schultern.

»Und wo ist …?«

»Meine Mutter? Ich weiß nicht. Ich habe nie wieder etwas von ihr gehört.«

»Nein, nicht deine Mutter«, sagte Tariq. »Ich wollte fragen: Wo ist der Teddy?«

»Der Teddy?« Anna lachte. Aber es klang traurig, das Lachen, es klang grau, wie die Wolken, die sich jetzt am Himmel zusammenzogen. »Ich habe ihn dagelassen. Für Papa. Wenn ich weg bin und Mama weg ist, ich dachte … irgendjemanden muss er haben. Außer Theo, der mit ihm arbeitet. Theo ist ja niemand zum Kuscheln.« Sie schluckte. Es war gut, alles einmal gesagt zu haben. Aber das Boot schaukelte jetzt sehr. Der Himmel war dunkelgrau.

Sie stand auf und hielt sich an der Reling fest, und Tariq stand mit ihr auf.

Wackelpo schnaubte ängstlich. Anna streichelte ihren Hals.

»Es ist alles gut, Wackelpo«, sagte sie leise. »Gleich, gleich sind wir in Dänemark. In einem neuen Leben.«

Wackelpo legte ihre Nüstern an Annas Wange, warm und weich, das war schön.

»Und dein Vater?«, fragte sie. »Was war wirklich mit deinem Vater?«

Tariq holte tief Luft.

»Es … war so«, sagte er dann. »Mein Vater hatte Geld gespart, jedes Jahr. Von der Ernte. Vom Mohn. Er hat den Männern mit den Gewehren nie gesagt, wie viel er verdient in Wirklichkeit. Sie haben einen Teil genommen von dem Geld, was wir verdient haben, immer, aber er hat auch weggelegt Geld, für ein schönes Pferd. Dann, irgendwann, haben sie das gemerkt. Dass er mehr Geld hat, als er hat gesagt. Sie waren wütend, sehr wütend, sie sind gekommen und haben ihn verprügelt, sie haben uns das Spar-Geld weggenommen, alles. Da hat mein Vater gesagt: Wenn ich kann nicht kaufen ein Pferd, ich gewinne ein Pferd. Ich gewinne den Preis vom Bushkazi-Rennen. Weil, der Preis war auch ein schönes Pferd. Elegant. Weiß wie eine Taube.

Er ist mit einem anderen Pferd das Bushkazi geritten, unserem alten Pferd. Es war das Pferd, auf dem er allen Kindern beigebracht hat zu reiten. Alle haben gesagt: Nie, nie er kann gewinnen mit diesem alten Pferd. Aber er hat die Ziege geholt, er hat gemacht die Verteidigung gegen die anderen Reiter, er war schnell, schnell, er hat die Ziege ins Ziel gebracht, und – er hat gewonnen. Aber einer hat den Männern mit den Gewehren verraten, dass mein Vater eine Schule hatte, in der Küche, für Mädchen. Er war Lehrer, du weißt. Und er hat den Mädchen alles beigebracht, Reiten und Lesen und Schreiben. Aber es ist verboten bei den Männern mit den Gewehren. Sie sind gekommen zu dem Bushkazi, sie haben zugesehen, sie haben gewartet am Rand, die ganze Zeit, alle haben sie gesehen, aber wir wussten nicht, warum sie warten. Und dann war mein Vater im Ziel, da saß er auf unserem alten Pferd, und er hat die Arme gehoben und gejubelt, und wir haben auch gejubelt, alle haben gejubelt.«

Er verstummte.

Der Wind pfiff jetzt nur so um die Kajüte, peitschte die Wellen auf, zerrte an den Mähnen der Pferde, und Wackelpo wieherte angstvoll, als das kleine Fischerboot in der Dünung von einer Seite auf die andere rollte.
»Und dann?«, fragte Anna.
Tariq sah zum Horizont. »Sie holen von Pferd«, sagte er. »Sie holen mein Vater von Pferd. Mit Kugel aus Gewehr.«
Plötzlich ging es mit dem Deutsch wieder schlechter. Als hätte eine Kugel auch die Sätze getroffen, sie zerschmettert.
»*Was?*«
Tariq zuckte die Schultern. »Ich habe nicht gesehen. Jamal hat sein Hand gehalten vor meine Augen. Aber ich habe gehört. Ein Knall. Und dann kein Reiter ist auf unser altes Pferd. Wir rennen. Wir verstecken, zu Hause, unser Mutter sagt, schnell, schnell, wir sind in ein Loch unter Holzboden Die Männer kommen in Haus. Sie sind mit Fäusten, und unsere Mutter, sie fällt auf der Boden, aber sie ist schlau. Sie ist auf der Boden genau über Versteck, also die Männer sehen nicht. Sie sagen: Dein Mann hat gemacht Verbot-Sachen. Wir holen deine Söhne, zu kämpfen mit uns.«
Er schüttelte sich. »Viel Wind«, sagte er. Und Anna dachte zuerst, dass er das nur sagte, um nicht mehr darüber zu sprechen, was passiert war.
»Ja ja«, sagte sie. »Sehr viel Wind.«
Aber noch während sie es sagte, merkte sie, dass es stimmte und dass es *zu* viel Wind war. Dass die Wellen

zu hoch waren. Dass Wackelpo ernsthaft auf dem schrägen Deck abzurutschen begann.

»Anna! Tariq!«, schrie Jamal, er musste jetzt gegen den Wind anschreien. »Das ist ein Sturm! Was wir machen?«

»Ich weiß nicht!«, schrie Anna zurück.

In diesem Moment schlingerte das Schiff, sie rutschte aus und landete schmerzhaft auf den Knien, und als sie sich wieder hochgekämpft hatte, schlingerte das Schiff zur anderen Seite, und sie fiel noch einmal. Wackelpo wieherte noch einmal schrill.

Tariq saß neben Anna, das Deck war nass, die Wellen kamen jetzt über die Reling, und es war, als würde der Sturm alles durcheinanderwerfen: alle Bilder, alle Erinnerungen. Die Pferde und die Mohnfelder in Afghanistan. Mamas unerkennbare schwarz-weiße Zeichnungen. Die Tränen, die nie geweint worden waren, die Blumen, die nicht verschenkt worden, die Worte, die nicht gesagt worden waren.

Sie fielen durcheinander, rollten ins Wasser und wurden unwichtig.

Jetzt war nur noch das Jetzt wichtig. Die Frage, wie sie diesen Sturm überstehen würden.

Es gelang ihr endlich, auf die Beine zu kommen, und sie hangelte sich an der Reling bis zur Kajüte, halb wehte der Wind sie hinein.

»Jamal! Schaffen wir das?«, schrie sie gegen den Sturm an.

Jamal war blass und umklammerte mit beiden Händen

das Steuerrad. Die Wellen, die das Schiff hinauf und wieder hinunter fuhr, waren riesig, Berge und Täler aus grauem Wasser.

»Wir müssen!«, schrie Jamal. »Wir müssen! Weil sonst wir sind tot!«

»Wie weit ist Dänemark noch weg?«, rief Anna.

»Ich weiß nicht!«, schrie Jamal. »Halt dich feee–« In diesem Moment warf eine noch größere Welle das Schiff zur Seite, und Anna und Jamal fielen beide, Jamal ließ das Steuer los, das Schiff drehte sich wie ein Kreisel, trudelte führerlos wie ein Wasserball, und Anna rutschte aus der Kajütentür aufs Deck und sah Tariq an der Reling knien, weiß im Gesicht wie ein Blatt Papier.

Dann sah sie noch etwas, etwas Schreckliches: Sie sah, wie Wackelpo wieder rutschte, rasch und unaufhaltsam jetzt, wie sie auf Tariq zurutschte. Tariq schaffte es, zur Seite auszuweichen, Wackelpo knallte gegen die Reling, die sie aufhielt. Aber das Schiff lag zu schräg. Viel zu schräg. Und Wackelpo wieherte und stieg mit den Vorderbeinen in die Luft – und dann –

Dann fiel sie ins Meer.

Mitten hinein, wie in ein graues, vielzähniges, schäumendes Maul, das sie verschluckte.

Anna sah Tariq an. Nur eine Sekunde lang.

Dann sprang sie.

Sie sprang Wackelpo nach ins aufgewühlte Meer, so wie Tariq in den Fluss gesprungen war.

Aber dies war kein Fluss, hier gab es keine Ufer. Die

Chance, Wackelpo zu finden und mit ihr zusammen wieder ins Trockene zu kommen, betrug wahrscheinlich null.

Es war egal, sie musste es versuchen.

Damals, am Tag mit den lila Blumen, hatte sie ihre Mutter verloren, weil sie brav gewesen war und sie in Ruhe gelassen hatte. Vielleicht hätte sie ihr folgen sollen, durchs Fenster ins Bad, wo sie sich eingesperrt hatte. Vielleicht hätte das alles geändert. Doch sie hatte sie gehen lassen. Wackelpo würde sie nicht verlieren, nie, niemals.

Und sie fand sie. Unter Wasser. Die weißen, federartigen, langen Haare über ihren Hufen leuchteten hell unter Wasser, und schließlich tauchten Wackelpo und Anna gemeinsam wieder auf und schnappten nach Luft.

Anna sah in Wackelpos Augen. Wie sie in Tariqs Augen gesehen hatte.

»Halte durch«, sagte sie ihr, ohne Worte, »wir müssen nur irgendwie oben bleiben, bis das hier vorüber ist.«

Und Wackelpo antwortete ohne Worte: »Ich versuche es! Aber ich habe solche Angst! Im Wasser kann ich nicht wegrennen wie an Land!«

»Ein Gutes gibt es«, sagte Anna ihr stumm und lächelte mitten im Chaos. »Hier gibt es keine gefährlichen Fliegen und Libellen.«

»Oh! Gut!«, sagte Wackelpo, und dann ging sie wieder unter.

Anna streifte ihre Schuhe ab, um besser schwimmen,

besser nach Wackelpo tauchen zu können. Sie sah sie versinken: die gelben Turnschuhe mit den weißen Blümchen, die sie früher immer angesehen hatte, wenn jemand mit ihr gesprochen hatte.
Sie brauchte sie nicht mehr.
Und dann sah sie in der Ferne das andere Schiff.

Tariq sah Anna springen und tauchen, sah sie hochkommen und wieder verschwinden, sah sie mit dem Wasser kämpfen. Sie sah ganz anders aus, wenn ihr blondes Haar nass und dunkel an ihrem Kopf lag, wie der Seehund auf dem Kalenderfoto im Heim.
Aber Anna war kein Seehund, und dieses Meer war zu wild: Sie würde zusammen mit Wackelpo für immer darin untergehen.
Jamal hatte das Steuerrad wieder gepackt und das Boot unter Kontrolle gebracht, mehr oder weniger. Vielleicht eher weniger.
»Halt an!«, schrie Tariq. »Wir müssen sie zurückholen!«
Dann merkte er, dass der Motor gar nicht mehr lief. Jamal hatte ihn ausgemacht, damit sie sich nicht noch weiter von Anna und Wackelpo entfernten.
Aber ohne Antrieb war das Schiff den Wellen ausgeliefert, wurde hin und her geworfen wie ein Spielzeug. Tariq klammerte sich an die Reling. Sah sich um nach einem Seil, einem Rettungsring, irgendwo gab es sicher welche, doch er fand sie nicht. Seine Gedanken rasten

im Kreis. Er hatte wieder Angst, panische Angst, wie sonst nur, wenn er die Männer mit den Gewehren sah. Diesmal hatte er Angst um Anna, so sehr, dass er fast keine Luft mehr bekam.

Da wieherte Apfelmütze und stieß ihn unsanft mit der Nase an, und er drehte sich um.

Er drehte sich um und sah das andere Schiff. Noch war es weit weg, aber es kam näher.

Es war ebenfalls ein Fischerkahn.

War das der Fischer, dessen Boot sie … geliehen hatten? Er war vermutlich wütend, doch er würde auch nicht wollen, dass sein Boot unterging. Würde er ihnen helfen?

Jamal hatte das Schiff ebenfalls gesehen. Er hing halb in der Kajütentür und winkte mit einem Arm, obwohl die da draußen das sicher nicht sahen. Das andere Schiff war jetzt ein gutes Stück näher, und man sah, dass es größer war. Stabiler.

Außerdem hatte es keine zwei Meter großen Pferde an Bord.

Dann war das Schiff so nah, dass Tariq die Menschen an Bord erkannte: Fünf Männer standen dort an der Reling. Einer war der Fischer, der ihnen am Steg Dinge nachgerufen hatte.

Und dann waren da Annas Vater und Malte und zwischen ihnen, kleiner, hagerer: der alte Hansen.

Tariq las die Aufschrift auf dem Boot, und gleichzeitig erkannte er auch den letzten Mann.

Fisch-Meyer.
Es war eines der Schiffe seiner Fischereiflotte, und der, der am Steuer stand, war einer seiner Männer. Einer, der sich auskannte mit dem Meer. Tariq fragte sich, wie der Fisch-Meyer hierhergekommen war. Aber Menschen hatten Telefone, und wahrscheinlich war es egal.
Er wusste, dass der Fisch-Meyer ihn nicht leiden konnte. Ein Bild von Simone tauchte in Tariqs Kopf auf, Simone, die sich umdrehte und das gezeichnete Pferd auf seinem Heft anguckte und ihn auslachte, zusammen mit Stefan und Jannik und den anderen. Er war sich im Moment nicht sicher, aber möglicherweise hatte er Simone irgendwann verprügelt. Es waren so viele gewesen, mit denen er sich angelegt hatte.
Klar war: Der Fisch-Meyer hasste ihn. Und die anderen drei hassten ihn auch, weil er Hansen seine Pferde gestohlen hatte und dem anderen Mann seine Tochter, und Malte aus dem Heim hasste ihn sowieso, weil er ausgebrochen war und weggelaufen. Und vermutlich, weil er im Heim nur Dinge getan hatte, die keiner begriff, wie nachts unter der Treppe zu schlafen in seinem Versteck, falls die Männer mit den Gewehren sein Bett durchsuchten.
Keiner dieser drei im Boot würde ihn jemals verstehen. Und jetzt kamen sie, um ihn zu holen.
»Jamal!«, rief er. Und Jamal nickte. Sie dachten beide dasselbe, Tariq wusste es: Sie würden nie nach Dänemark kommen. Wenn sie sie in die Finger bekamen,

würden sie Jamal nach Afghanistan zurückschicken – und Tariq in eine Anstalt für verrückte Kinder.

»Soll ich den Motor anmachen?«, rief Jamal.

»Aber Anna ist da draußen!« schrie Tariq. Er sah sie noch immer, sah sie kämpfen.

»Die da werden Anna retten!«, schrie Jamal. Und dann drehte er den Zündschlüssel um, aber der Motor sprang nicht an.

Das andere Boot war ganz nah. Tariq zeigte auf Anna, doch sie begriffen nicht, entdeckten sie nicht zwischen den hohen Wellen.

»Aaanhaaalten!«, brüllte der Fisch-Meyer in ein Megafon.

»Wir fahren doch gar nicht!«, brüllte Tariq, aber auch das hörten sie nicht. Der Wind drückte das Boot voran, als *würden* sie fahren, und der Fisch-Meyer schien zu glauben, das täten sie. Er gab das Megafon weiter, und plötzlich hielt er etwas anderes in der Hand:

ein Gewehr. Tariq sah es deutlich.

Der Fisch-Meyer hob es – und feuerte einen Schuss ab.

Der Knall war ohrenbetäubend, selbst hier im Sturm, und Tariq sah, dass da drüben noch mehr Männer mit Gewehren standen, ganz sicher sah Jamal sie auch. Es waren Dutzende, sie drängten sich auf einem Gebirgsfelsen, sie hatten in einem Hinterhalt gelegen, sie würden sie mitnehmen, es war zu spät –

Und dann hörte er Apfelmütze wiehern und schüttelte den Kopf.

Da standen überhaupt keine Männer mit Gewehren. Doch. Einer. Und er hatte nur in die Luft geschossen. Die anderen waren Annas Vater und Hansen und Malte, und sie rangen jetzt mit dem Fisch-Meyer. Malte riss ihm die Waffe aus den Händen, und ganz plötzlich spürte Tariq, wie sich ein Lächeln über sein Gesicht bereitete.

Sie waren weg.

Die Männer mit den Gewehren waren weg.

Und er kletterte in all dem Geschaukel auf die Kajüte und dann auf Apfelmütze, und da saß er, schwankend im Sturm, einen Moment, und sah über das Meer.

Keine Männer mit Gewehren mehr.

Aber auch kein Dänemark mehr. Ja, verdammt, dann eben nicht.

Denn es gab etwas Wichtigeres. Anna.

Er musste versuchen, sie zu retten, egal, wie schlecht die Chancen standen.

Wenn er sowieso nicht nach Dänemark fahren und Fischer werden konnte, war es egal, dachte Tariq, dann würde er eben ertrinken. Ihn würde keiner aus dem Wasser ziehen, dafür hatte er zu viel angestellt.

Dennoch lächelte er. Denn wenn er es schaffte, ihnen zu zeigen, dass Anna *da* war, dann würden sie Anna retten. Sie und die Pferde.

Tariq presste seine Beine ein letztes Mal an Apfelmütze, und Apfelmütze wieherte hell auf und tat etwas, das kein braves Rennpferd je getan hätte. Etwas, was nur ein Pferd tat, das so verrückt war wie sein Reiter. Etwas, das

so haarsträubend war, dass die auf dem anderen Schiff hinsehen *mussten.*
Er tat es, weil Tariq sein Freund war.
Apfelmütze sprang über die Reling ins Meer.

Sie schwammen auf Anna und Wackelpo zu, Tariq jetzt neben Apfelmütze.
Er sah Anna auftauchen. Und etwas leuchtete in ihren Augen auf, ehe er sie wieder verlor. Sie hatte gesehen, dass er zu ihr kam.
Er drehte sich zu den Schiffen um.

Und jetzt endlich begriffen sie auf dem größeren Schiff, was er ihnen zeigen wollte. Jetzt endlich wechselte das Schiff die Richtung. Es hielt auf sie zu. Sie würden Anna retten.
Tariq sah auch das andere, das kleinere Fischerboot, er sah Jamals Gestalt dort, irgendwie verloren. Kurz darauf überspülte eine riesige Welle ihn und Apfelmütze, und er öffnete unter Wasser die Augen. Apfelmützes riesiger Körper schwamm als dunkler Schemen neben ihm, seine Mähne umgab ihn wie Wasserpflanzen. Ein See-Pferd.
Tariq legte seine Hand auf Apfelmützes Hals.
Dann drückte das Meer ihn weiter nach unten, seine Lungen hatten keine Luft mehr, seine Hand löste sich, und er sank.

»Verdammt, sind denn alle verrückt geworden?«, schrie der alte Hansen. »Der eine ballert mit einem Gewehr rum, der andere springt mit einem Pferd ins Meer, ist das hier ein Irrenhaus? Hey, Sie! Sagen Sie Ihrem Steuermann da drinnen, wir müssen die Kinder rausziehen!«
Der Fisch-Meyer war blass geworden. Er nickte und gab ein Handzeichen Richtung Kajüte. Und das Schiff wendete seine Nase dorthin, wo zwei Pferde und zwei Kinder im Wasser mit dem Sturm kämpften.
»Werden wir es schaffen?«, fragte Matthias. »Meine Tochter …«
»Natürlich«, sagte Malte fest. Aber der alte Hansen war sich nicht so sicher.

Das Meer konnte tückisch sein, er kannte es, seit er ein Kind war. Er hatte andere darin sterben sehen. Menschen, Tiere, gute und schlechte Schwimmer. Ertrinken konnte man immer. Außer, man war zufällig ein Fisch.
Jetzt war das Schiff auf Höhe der vier, die in den grauen, gischtenden Wellen um ihr Leben rangen. Der in der Kajüte drosselte den Motor. Das kleinere Fischerboot war ein Stück weit vor ihnen, und der alte Hansen sah, dass es ohne Motorkraft auf den Wellen trieb.
»Mein Gott, mein Boot«, sagte der Fischer neben ihnen. »Das ist das Ende meines Bootes.«
»Wir brauchen ein Seil!«, rief Matthias, der Vater des Mädchens. »Gibt es denn kein Seil hier?«
Und dann flog tatsächlich ein Seil, es war der Fisch-Meyer, der es warf: ein Seil mit einem Rettungsring. *Er* wusste, wo auf seinen Schiffen die Ringe waren.
»Ich kann den Jungen nicht leiden, aber wir können ihn ja schlecht ertrinken lassen«, knurrte er und warf einen zweiten Ring.
Der alte Hansen sah einen Kinderarm aus den Wogen tauchen und nach dem Ring greifen. Sah, wie das Meer den Ring fortriss und die Hand ihn knapp verfehlte. Wie eine zweite Hand es versuchte – und scheiterte.
Das Meer lachte, es war, dachte Hansen, launisch wie ein Mensch: mal freundlich und still und dann wieder böse oder grausam und heimtückisch.
»Das wird so nichts!«, rief Matthias und streifte seine Schuhe ab, doch der alte Hansen hielt ihn fest. »Nun

springen Sie nicht auch noch kopflos ins Wasser!«, schrie er. »Nehmen Sie Vernunft an, Mann! Das hier ist doch ein verdammtes Fischerboot!« Er sah sich um. »Haben Sie keine Netze, Meyer?«

»Doch!«, rief der Fisch-Meyer, sah aber verwirrt aus.

»Na, dann machen sie mal eins klar!«, rief Hansen. Er war niemand, der gerne Kommandos brüllte, und alle diese Männer waren größer und stärker und jünger als er. Aber er war der Einzige, der offenbar noch denken konnte, denn in diesem Moment waren sie nichts als panische Kinder. Selbst Meyer, dem eine ganze Flotte von Schiffen gehörte.

»Wir sind gekommen, um einen Ausreißer zu fangen, und jetzt fangen wir einen. In einem Netz«, sagte Hansen, grimmig entschlossen. Dann machte er sich auf den mühsamen Weg zur Kajüte. Ihm war übel, doch darauf konnte er jetzt nicht achten. »Fahren Sie rüber, zu dem anderen Boot!«, schrie er dem Mann am Steuer zu. »Können Sie das Schiff längs legen?« Er zeigte hinüber, dorthin, wo das kleinere Boot im Sturm hin und her geworfen wurde. »Wir brauchen das Boot!«, rief Hansen. »Und wir brauchen den Jungen da drüben!«

»Die anderen haben gesagt, das ist ein Mann!«, rief der Mensch am Steuer. »Und dass er die Kinder dazu gekriegt hat, das Boot zu klauen! Aber wenn Sie mich fragen ... Es stimmt, das ist bloß ein Junge! Und er hat mehr Angst als die beiden im Wasser zusammen.«

15. KAPITEL,

in welchem zwei Ringe und ein Netz zu ungewöhnlichen Zwecken eingesetzt werden, Tariq sich an etwas erinnert, das in seinem Rucksack ist, und Malte wahrscheinlich seine Schuhe verliert

Anna sah den Rettungsring forttreiben, und sie dachte, dass es zum Heulen war. Doch stattdessen wurde sie wütend. Der blöde Ring, er hatte überhaupt kein Recht, wegzuschwimmen! Das Meer hatte kein Recht, ihn mitzunehmen! Und vor allem kein Recht, ihr Wackelpo wegzunehmen!

Ihre Wut war so groß, dass sie ihr Kraft gab, und sie schaffte es, sich lange genug über Wasser zu halten, um zu sehen, wie das große Schiff sich neben das Kleine auf die Wellen legte.

Sie hörte Reling gegen Reling krachen im Sturm und hoffte, dass keines der Schiffe ein Leck bekam.

Dann löste sich das große Schiff wieder von dem kleinen, und jetzt waren zwei Gestalten auf dem kleinen,

Jamal und ein Mann, er musste hinübergeklettert sein. Der Fischer, dachte Anna, dem das Boot gehörte.

Das große Schiff beschrieb jetzt eine Kurve, es fuhr um Anna und Tariq und die Pferde herum, und da war etwas wie eine schwarze Linie im Wasser, etwas, das das Schiff hinter sich herzog und um sie herumlegte. Anna sah Wackelpo neben sich hochkommen, nach Luft schnappen, zum x-ten Mal versinken.

Und dann war Tariq neben ihr, und zwischen Wellen und aufspritzender Gischt und Wind und Katastrophe sah er sie an und grinste. Im Wasser fanden sich ihre Hände, und für einen winzigen Moment hielten sie sich fest. Wir kriegen das hin, sagte ihr Händedruck. So, wie wir alles zusammen hingekriegt haben.

Das größere Schiff lag jetzt zu ihrer Rechten, das kleine zu ihrer Linken.

Und dann spürte Anna, wie sie gegen etwas schwamm. Sie tastete. Hielt sich daran fest. Da war etwas wie … Maschen. Ein Netz.

Beinahe lachte Anna vor Erleichterung: Natürlich, dies waren Fischerboote! Sie hatten Netze.

Sie hangelte sich an dem Netz entlang auf das große Schiff zu, es war nicht leicht in den hohen Wellen, doch schließlich, endlich war sie da: Vor ihr ragte die hölzerne Bordwand mit dem Emblem des fliegenden Fisches und einer Registriernummer auf. Es war die schönste Nummer, die sie je gesehen hatte.

Hände griffen nach ihr, zogen sie hoch, und plötzlich

war sie nicht mehr im Wasser, plötzlich schwebte sie in der Luft, plötzlich saß sie auf den Holzplanken eines nassen Decks. Und jemand beugte sich über sie und nahm sie in die Arme. Hielt sie fest. Papa.

Sie hielt ihn ebenfalls fest.

»Anna, Anna«, sagte er, »ich hätte nie gedacht, dass du ins Wasser springst, um ein Pferd zu retten, ich hätte nie gedacht, dass du so mutig bist!«

»Warte, aber das Pferd *ist* nicht gerettet«, sagte Anna, und auf einmal hatte sie keine Zeit mehr für Papas Umarmung.

»Wackelpo!«, rief sie und machte sich los. »Tariq! Apfelmütze!«

Sie zog sich an der Reling hoch und entdeckte in den Wogen Tariqs Kopf, und dann sah sie etwas, das gar nicht gut war.

Sie sah, dass er auf der falschen Seite des Netzes war. Auf der Seite *jenseits*.

Er musste unter dem Netz durchgetaucht oder darübergeklettert sein, und er versuchte, wegzuschwimmen. Weiter in Richtung Dänemark. Er drehte sich nicht um. Nicht einmal nach Apfelmütze. Der Wind schob ihn vor sich her, er wurde kleiner und kleiner …

»Nein!«, schrie Anna. »Das schafft er nie! Er bringt sich um auf die Weise! Der Spinner!«

Und sie wandte den Kopf und sah, dass Malte aus dem Heim neben ihr an der Reling stand und ebenfalls Tariq nachsah.

»Er will frei sein«, sagte Malte. »Wollte er immer. Aber verdammt, wir müssen etwas tun, wir müssen …«

»Dann tu doch was!«, schrie Anna. »Hol ihn zurück! Er ertrinkt!«

»Ja«, sagte Malte. »Nein. Ja. Ja natürlich!«

Dann zog er sein Hemd aus, was dumm war, er hätte besser die Schuhe ausgezogen, dachte Anna – und streifte sich etwas über den Kopf, was der alte Hansen ihm gab, eine Schlaufe oder so etwas, und sprang ins Wasser.

Was für eine Menge Leute doch ins Wasser sprangen an diesem Tag.

Tariq wusste, dass er nicht nach Dänemark schwimmen konnte. Das machte nichts.

Die Richtung reichte.

Sie hatten Anna gesehen, weil er sie ihnen gezeigt hatte, sie hatten Anna gerettet, und das war genug. Er hatte getan, was er konnte. Es schmerzte, Apfelmütze zu verlieren. Denn er wusste, dass auch Apfelmütze nicht nach Dänemark schwimmen konnte.

Sie würden beide untergehen.

Aber vielleicht konnten sie sich irgendwo, auf der anderen Seite, treffen. Und dann konnten sie über das Wasser reiten, weil sie Geister wären, schwerelos.

Er schwamm mehr unter als über Wasser, er kam nicht wirklich voran, oder wenn, dann schoben die Wellen ihn –

Und dann packte ihn etwas und zerrte an ihm. Eine Hand.

Gut, dachte Tariq. Das ist also der Tod. Soll er.

Aber der Tod zog ihn nach oben; er schrie ihn an, und zwar auf Deutsch, keuchend und leicht unzusammenhängend, und das verwunderte ihn. Er hatte gedacht, der Tod würde, wenn es seiner wäre, Farsi sprechen. Vielleicht war es gar nicht *sein* Tod. Vielleicht gehörte dieser Tod Apfelmütze.

So ein Quatsch, sagte eine vernünftig gebliebene Ecke in seinem Gehirn. Guck doch hin.

Da guckte er hin, so gut es eben ging im Wasser, und wer neben ihm schwamm, war Malte.

Nass sah er kleiner aus.

»Komm mit!«, schrie er. »Komm, du Idiot!«

Dann zog er mit einer Hand an einem Seil, während er mit der anderen Tariq umklammert hielt, und Tariq begriff, dass das Seil an Malte hing. Er war mit einem Seil um den Bauch ins Wasser gesprungen. Das Seil verband ihn mit dem Schiff.

Tariq wehrte sich. Aber nur ein bisschen.

Er hatte nicht mehr ganz so viel Lust, heldenhaft zu ertrinken.

Irgendwie erreichten sie das Schiff, und jemand zog sie beide hoch, plötzlich schwebten sie für einen Augenblick in der Luft, plötzlich saß Tariq auf den festen Holzplanken eines nassen Decks. Und jemand beugte sich über ihn und nahm ihn in die Arme. Hielt ihn fest.

Anna.

Er sah sie an, durch Tropfen und Wind, und keuchte: »Jetzt ... sperren sie ... mich ein. Oder?« Dann schüttelte er schwach den Kopf. »Ist egal. Wir müssen ... die Pferde retten!«

»Guck!«, sagte Anna nur und lächelte.

Tariq guckte.

Da stand der alte Hansen an der Reling und hielt einen Rettungsring in den Händen, sie hatten die Ringe an den Leinen wieder zum Schiff gezogen. Und nun fuhr das Schiff auf die Stelle zu, wo noch immer zwei Tiere versuchten, nicht unterzugehen.

Jetzt, dachte Tariq, jetzt überfährt das Schiff die Pferde; sie werden in die Motorschraube geraten.

Aber das Schiff hielt an, schwankte auf der Stelle, und der alte Hansen beugte sich weit, weit über die Reling, während Malte und Annas Vater ihn festhielten. Er schien irgendetwas zu werfen. Tariq sah es nicht richtig von seinem Platz auf dem Boden aus.

Er versuchte hochzukommen, doch seine Beine waren schwach wie Pudding, Anna schien es ähnlich zu gehen. Als sie endlich beide wieder an der Reling standen, hatte der alte Hansen ein zweites Mal geworfen.

Er war gut im Werfen.

Im Wasser unten schwammen zwei rot-weiße Rettungsringe mit zwei erstaunten Pferdehälsen darin. »Schwimmwesten!«, rief der alte Hansen triumphierend. »Schwimmwesten für Pferde.«

»Gibt's doch gar nicht«, sagte der Fisch-Meyer und schüttelte den Kopf.

»Jetzt ja«, sagte der alte Hansen.

Und dann wendete das Schiff und fuhr zurück in Richtung Land. Auch das andere, kleinere Boot wendete. Dort trugen zwei Gestalten das Ende des Netzes von der einen auf die andere Seite, sodass das Netz immer noch zwischen beiden Schiffen hing. Tariq nickte anerkennend. Wer immer sich das ausgedacht hatte, es war eine gute Idee: Das zwischen den Schiffen gespannte Netz schob die beiden erschöpften Pferde vorwärts, half ihnen beim Schwimmen. Sie konnten sie nicht auf die Schiffe zurückbefördern, sie konnten sie nur schieben.

»Ist es nicht kürzer, wenn wir fahren weiter nach Dänemark?«, fragte Tariq.

»Dänemark? Junge!«, sagte Annas Vater. »Das wäre die ganz falsche Richtung. Wenn wir weiter geradeaus fahren, kommen wir vielleicht nach Schweden.« Er seufzte. »In ein oder zwei Tagen.«

Tariq nickte und ließ sich wieder an der Reling hinabrutschen, bis er saß. Das Schiff schlingerte noch immer, aber es schlingerte jetzt gleichmäßiger. Der Sturm ließ langsam nach.

Egal. Sie hatten verloren.

Er hatte verloren.

»War klar«, sagte er. »Alles, es geht verkehrt.«

»Papa«, hörte er Anna neben sich sagen. »Was wird denn jetzt? Was passiert?« Sie sah Malte an. »Was passiert mit Tariq und Jamal? Werden sie eingesperrt? Wird Jamal zurückgeschickt?«

»Ich weiß nicht«, sagte Malte schwach. Er sah auf einmal sehr grün aus, das regelmäßigere Schlingern schien ihm weniger gutzutun als das unregelmäßige zuvor.

»Nur, falls Sie glauben, er hätte das Boot gestohlen«, sagte Anna schnell. »Das war ich. Er wollte nicht. Ich habe den Schlüssel umgedreht.«

»Und du hast auch ganz alleine die Pferde geklaut«, sagte der alte Hansen und lachte, scheppernd wie eine rostige Gießkanne.

»Ja, kann sein«, sagte Anna. »Kann doch keiner beweisen, dass ich es nicht wahr. Mich können sie ja nicht zurückschicken, oder? Nach Afghanistan. Zu den Männern mit den Gewehren.«

»Männern mit …?«, fragte der alte Hansen.
»Er sieht sie«, sagte Anna. »Überall. Und sein Bruder sieht sie auch. Sie sind vor ihnen weggelaufen, aber sie sehen sie trotzdem. Ich glaube … manchmal, in der Klasse, wenn er ausgetickt ist … vielleicht waren sie da. Die Männer. Sie haben gesagt, sie holen ihn und seinen Bruder. Hätten Sie da keine Angst? Würden Sie nicht weglaufen und auf ein Dach klettern?«
»Angst?«, fragte Malte. »Tariq, hast du all diese Sachen gemacht, weil du Angst hattest?«
Tariq wollte *Nein* sagen, weil es peinlich war, Angst zu haben. Doch er sagte nichts. Er schloss die Augen und sagte nichts, wie Anna früher. Er würde wieder damit anfangen, zu reden, aber in diesem Moment war ihm einfach nicht danach.
»Sie sagen, Jamal ist erwachsen«, hörte er Anna fortfahren. »Aber das stimmt nicht, er ist fünfzehn, und er hat genauso viel Angst wie Tariq. Wir wollten in Dänemark ein neues Leben anfangen, in einer Hütte am Strand, mit Fischefangen und … ich weiß nicht …«
Tariq zuckte zusammen. Jetzt, wo Anna den Plan einem Fremden erzählte, wirkte er absolut unhaltbar. Lächerlich. Kindisch.
»Es wäre sehr schön geworden«, sagte Anna leise. Inzwischen hatte sich der Sturm so sehr gelegt, dass man leiser sprechen konnte. »Die glauben alle, Jamal hätte gelogen und er wäre schon achtzehn. Aber ich glaube, er sagt die Wahrheit.«

»Wenn er eine Geburtsurkunde hätte«, sagte Malte, »dann könnte man genau sehen, wann er geboren ist.«

»Hatte er denn nie einen Pass?«, brummte der alte Hansen. »Das hätte er sich doch denken können, dass er einen braucht, wenn er nach Deutschland will.«

»Nicht jeder in Afghanistan hat einen Pass«, sagte Malte. »Aber angeblich hatte er einen. Wie Tariq. Angeblich ...«, und er betonte das Wort *angeblich* auf eine Weise, die Tariq nicht gefiel, »angeblich hat er ihn in den Bergen verloren. Nur Tariqs Pass, der liegt gut archiviert im Büro, im Heim, und niemand kann daran zweifeln, dass er zehn Jahre und drei Monate ist.«

»Dein Pass liegt im ... Büro?«, fragte Anna. Irgendwie klang sie erstaunt.

»Klar, wieso?«, fragte Malte.

»Na, weil ... weil ich ihn neulich in der Hand hatte! Als ich den Rucksack geholt habe, im Heim, für Tariq. Ein blauer Pass mit Gold drauf. Er war im Rucksackfutter, ganz unten, wie in einem Geheimfach ...«

Da sagte Tariq doch wieder etwas. Er sagte, ganz leise: »Wie bitte?«

Und dann wurde ihm plötzlich erst heiß und dann kalt und dann wieder heiß. »Hast du draufgeguckt?«, fragte er. »Auf die Pass? Es war mein Name?«

»Nein, ich habe ihn zurückgesteckt«, sagte Anna. »Ich dachte, es ist ja klar, dass es dein Pass ist. Und ich konnte auch die Schrift nicht lesen.«

»Nein«, sagte Tariq. »Nein, ist es nicht. Meiner liegt im

Büro, Malte hat recht, die geben mir den nicht, aber wenn es nicht ist meiner, es muss sein von Jamal Pass, und wir verloren doch nicht bei der Berge …« Vor Aufregung verhedderte er sich komplett in seinen Worten und brach ab.

Dann fiel ihm etwas ein. Und sein Herz sank nach unten, er spürte es.

»Wir haben nicht mehr Rucksack«, sagte er leise. »Ich habe vergessen ihm. In Wald, nachdem wir gefunden haben Jamal. Wir mussten schnell weg, wegen Verfolger, immer man muss schnell weg auf diese Welt, es ist sehr Problem.«

»Moment«, sagte Annas Vater. »Wenn es ein sehr alter, abgewetzter brauner Lederrucksack ist, liegt er in meinem Lieferwagen. Wir haben ihn hinter der Mühle gefunden, am Bach, als wir euch gefolgt sind.«

Da spürte Tariq, wie sich ein Lächeln in ihm ausbreitete. »Das in dem Futter«, sagte er leise und war auf einmal ganz ruhig, so ruhig wie noch nie in seinem Leben, »ist Jamals Pass. Er muss es sein. Und er beweist, dass Jamal fünfzehn Jahre alt ist.« Er konnte auf einmal wieder ohne Probleme Deutsch sprechen. Nichts war gut, sie hatten zu viel Mist gebaut, so sagten das die Deutschen, Mist bauen, aber keiner konnte sagen, Jamal wäre erwachsen und müsste zurück nach Afghanistan.

Anna grinste Tariq an, und er grinste zurück, und sie hielt einen Daumen hoch. Sie wusste, wie viel das bedeutete.

Und dann sagte Annas Vater ganz leise noch etwas. »Du sprichst ja, Anna«, sagte er. »Mit den Leuten.«

»Na, wenn ich was zu sagen habe«, sagte Anna. »Nur wenn ich nichts zu sagen habe, dann sage ich auch nichts.«

»Gut«, sagte ihr Vater. Sie lehnte sich an ihn, er legte die Arme um sie, und Tariq seufzte. Zwischen den Schiffen schwammen noch immer Wackelpo und Apfelmütze, völlig erschöpft.

»Schaffen sie?«, fragte Tariq. »Schaffen sie zu Land?«

»Die sind zäh«, sagte der alte Hansen. Tariq sah sein Gesicht genau an, die Tausenden winzigen Fältchen, die hellblauen Augen, das schüttere Haar. Eigentlich war es ein freundliches Gesicht. Nein, Hansen sah nicht aus, als wäre er furchtbar sauer, weil jemand seine Pferde gestohlen hatte. Er sah aus wie jemand, der gerade ein sehr zufriedenstellendes Abenteuer erlebt hat.

Aber das Abenteuer war vorüber.

Für sie alle.

»Er war frei, Apfelmütze«, sagte Tariq. »Und wir auch. Ich denke, es war vielleicht besser zu bleiben unter die Wellen. Leute in Heim, sie geben Mühe, aber ... ich will nicht zurück.« Er ballte die Fäuste und schüttelte den Kopf. »Dustin und große Mohammed und alle, sie werden lachen. Ich will nicht zurück. Ich weiß. Ich muss.«

»Oh nein«, sagte Anna. »Muss er?«

»Vielleicht«, sagte Annas Vater leise, »... nicht.«

Als die Schiffe den Steg erreichten, fühlte der alte Hansen etwas Seltsames. Er fühlte etwas wie Enttäuschung. Darüber, dass alles vorbei war.
Er sah zu, wie die Kinder von Bord kletterten und losrannten, um ins Wasser zu waten und die Pferde herauszuholen. Ihnen die Rettungsringe abzustreifen. Sah, wie sie sie umarmten, jedes Kind ein Pferd, und er lächelte.
»Apfelpo und Wackelmütze«, sagte Matthias neben ihm und lachte leise.
»Unsinn«, knurrte der alte Hansen und wischte sich etwas aus dem Auge. »Sie heißen Ottokar und Liselotte.«
»Ich heiße Matthias«, sagte Matthias, »aber meine Tochter nennt mich Papa. Es gibt also keinen Grund, warum diese Pferde nicht Apfelpo und Wackelmütze heißen sollten.«
»Entschuldigung«, sagte Malte hinter ihnen. »Wenn ich Sie korrigieren darf ... Apfelmütze und Wackelpo.«

16. KAPITEL,

in dem ein Gartentisch unter einem Birnbaum steht, alles Mögliche entschieden wird und mehrere unerwartete Gäste auftauchen

Anna schlief. Anna träumte.

Sie träumte, dass sie auf Wackelpo durch ein weites Feld ritt, ein Feld aus lauter Mohnblumen, und Tariq ritt neben ihr. Die Blütenblätter stoben um sie auf wie rote Gischt, und da waren mehr Pferde, Pferde ohne Reiter, schöne, wilde, freie Pferde. Sie rannten mit ihnen, durch das Feld auf die Berge zu, die sich unendlich hoch in den Himmel erhoben.

Aber mitten im Mohnfeld war ein Steg, und darauf stand jemand und winkte.

Jamal.

Apfelmütze hielt vor dem Steg an, und Jamal kletterte zu Tariq hoch.

»Dann los«, sagte er. »Gewinnen wir das Bushkazi.«

»Aber es gibt keine tote Ziege«, sagte Anna.

»Doch«, sagte Tariq.

Dann preschte er wieder los, Wackelpo und Anna preschten hinterher, und Anna sah, wie Tariq sich mitten im Mohnfeld vom Pferd beugte und etwas aufhob, das auf einem Felsen zwischen den Blüten lag. Etwas Braunes, Ledernes. Es war nicht wirklich eine Ziege.

Es war der alte Rucksack.

Und im Weitergaloppieren griff Tariq hinein und zog etwas heraus und gab es Jamal. Jamal hielt es in die Höhe und jubelte, und Anna wusste: Sie hatten das Bushkazi gewonnen, in diesem Moment. Das, was Jamal da hochhielt, war sein Pass. Sein wiedergefundener Pass, der bewies, dass er wirklich fünfzehn war.

Sie rasten bis zum Ende des Feldes und die Berge hinauf, bis ganz oben, im Traum ging das, und Anna suchte die ganze Zeit die Reiter mit den Gewehren, aber sie waren nicht da.

Erst oben auf dem höchsten Gipfel hielt Tariq Apfelmütze an, Wackelpo stand mit bebenden Flanken neben ihm, und vor ihnen breitete sich die ganze Welt aus: auf der einen Seite das Tal mit den roten Blüten und ein kleines Dorf, in dem irgendwo Tariqs Mutter auf einen Brief wartete.

Und auf der anderen Seite der Rest der Welt, in dem Deutschland lag und das Haus neben der Werkstatt, wo Papa einen Baum im Wohnzimmer wachsen ließ.

Alles war da, dachte Anna. Die Welt war komplett, nichts fehlte.

»Wo sind sie?«, fragte sie Tariq. »Die Männer mit den Gewehren?«

»Weg«, sagte Tariq. »Einer von Männer war da, auf Schiff. Aber dann war nur der Vater von Simone. Die Männer mit Gewehre … ich sehe nicht mehr.«

»Ich auch nicht«, sagte Jamal. »Komisch.«

Eine Fliege setzte sich auf Wackelpos Nase. Sie nieste.
»Guck an«, sagte Anna. »Wackelpos Panik ist auch weg. Das muss wohl alles im Meer geblieben sein.«
»Muss«, sagte Tariq. »Komm.« Und er zeigte vor sich, wo der Felsen jäh abbrach.
»Wohin?«, fragte Anna. »Was machen wir?«
»Weißt du doch«, sagte Tariq. »Wir fliegen.«

»Anna?«, fragte Papa. »Es ist schon ein bisschen … spät. Ich habe bei allen möglichen Leuten angerufen, beim Radio und bei eurer Lehrerin, Frau Winterblum, und alle waren ziemlich froh, dass ihr wieder da seid. Meinst du, du kannst jetzt aufstehen?«
Anna blinzelte. Der Morgen war hell und gelb. Nein. Es war ein Mittag. Einen Moment lang blieb sie liegen und sah alles an: ihr Bücherregal, ihren bunten Teppich, ihre Bilder an den Wänden. Ihr Fenster, durch das die Sonne schien. Ihren alten Teddy. Und sie freute sich mit jeder Faser ihres Körpers, wieder zu Hause zu sein.
Es wäre sicher gut gewesen, eine Hütte zu bauen an einem Strand in Dänemark. Aber ein Zimmer voller schöner, vertrauter Dinge war noch besser.
Sie seufzte ein wenig, denn Tariq hatte kein solches Zimmer.
»Wenn du dich angezogen hast, kommst du runter?«, fragte Papa. »Wir haben Gäste zum Frühstück. Oder zum Mittagessen. Es gibt Pfannkuchen. Und wir müssen etwas besprechen.«

Das klang beunruhigend.

Anna stand auf und schlüpfte in eine nicht nasse Hose und ein nicht dreckiges Hemd, stattete dem sauberen, trockenen Badezimmer einen Besuch ab und lief barfuß hinunter in die Küche. Aber in der Küche war niemand. Die Tür stand offen. Der Besuch saß im Garten.

Papa hatte den Gartentisch unter einen der Birnbäume gezogen, in den Halbschatten, und dort türmten sich Pfannkuchen auf einem Teller neben einer Kanne mit Saft und einem bunten Strauß aus Wiesenblumen.

»Na ja, wir müssen deinen Geburtstag doch nachholen«, sagte Papa. Er legte einen Arm um Anna. »Ich bin so froh, dass du wieder da bist. Ich habe mir solche Sorgen gemacht. Ich sollte endlich schimpfen, aber ich …« Er schluckte etwas hinunter. »Ich kann nicht.«

»Du kannst später schimpfen«, sagte Anna. »Ich glaube, ich bleibe jetzt erst mal. Aber warum … warum sind sie alle hier?«

Sie sah zum Tisch hin.

Dort saßen Tariq und Jamal auf Klappstühlen, und daneben Malte und der alte Hansen. »Und was müssen wir besprechen? Ist es etwas Schlimmes?«

Papa schüttelte den Kopf. »Ich glaube nicht.«

Als Anna zum Tisch hinüberging, sah sie, dass noch jemand da war. Jemand graste hinter dem Birnbaum. Zwei Jemande. Apfelmütze und Wackelpo. Der alte Hansen musste sie mitgebracht haben. Wie andere Leute ihre Hunde mitbringen oder ihre Handtasche.

Anna ging zu Wackelpo und legte ihre Wange an ihren warmen Hals, und Wackelpo schnaubte. Eine Fliege saß auf ihrem linken Ohr. Und flog weg. Niemand geriet in Panik. Der Traum war mehr gewesen als ein Traum.

»Bis gleich«, flüsterte Anna. »Wir müssen irgendetwas besprechen.«

Und dann endlich setzte sie sich auf den letzten freien Klappstuhl am Tisch.

Malte räusperte sich.

»Guten … äh … Morgen, Anna«, sagte er. »Wir haben … äh … lange geredet. Wir alle.«

»Ja-ha?«, fragte Anna. Ganz offenbar hatte Malte Schwierigkeiten, die richtigen Worte zu finden, und sie fragte sich, ob sie ihm sagen sollte, dass er dann ja seine Schuhe angucken konnte. Aber seine Schuhe waren nur braun, ohne Blümchen, vielleicht half es nicht.

»Was ihr getan habt, war alles andere als in Ordnung«, sagte Malte. »Aber es ist nun mal so … Tariq … hatte ein paar Probleme bei uns im Heim, mit …«

»Mit große Mohammed und Dustin, weil sie Idioten sind«, sagte Tariq, schnell und atemlos, und zerknautschte aus Nervosität eine Blume aus dem Blumenstrauß. »Und jetzt sie haben entschieden, Anna, wenn du willst, dein Vater hat gesagt, ich kann wohnen hier.«

»Tariq«, sagte Malte vorwurfsvoll. »Wir hatten doch entschieden, dass ich das erkläre. Langsam und in Ruhe.«

»Hier?«, fragte Anna und zerknautschte auch eine

Blume, weil sie plötzlich ein merkwürdiges Kribbeln in sich hatte, das sich anfühlte, als müsste sie platzen. »Bei uns?«

»Na ja, wir haben ein Zimmer zu viel«, sagte Papa. »Eigentlich zwei. Wenn du möchtest, kann Tariq zu uns umziehen, wir müssen das nur mit den Papieren klären. Ich habe das Gefühl, er ist … gut für dich. Er ist der Erste, der … na ja. Du sprichst.«

»Das hat nichts mit mir zu tun«, murmelte Tariq.

»Es wäre nicht so, dass ich ihn adoptiere«, fuhr Papa fort. »Immerhin hat er eine wunderbare Mutter. Aber wir könnten versuchen, ob das geht. Mit dem Wohnen.«

»Oh ja, bitte!«, rief Anna und sprang auf. »Bestimmt geht das! Aber was ist mit Jamal?« Sie schluckte. »Er muss doch nicht zurück? Bitte, sag nicht, er muss zurück, der Pass ist doch da, und alle wissen, dass er fünfzehn ist, und …«

»Ja.« Malte nickte. »Es ist noch nicht alles geklärt, aber erst mal bleibt er. Erst mal … länger. Dein Vater war so freundlich, ihm in der Holzwerkstatt eine Lehrstelle anzubieten. Er sagte, er bräuchte jemanden.«

»Das stimmt«, sagte Anna. »Er sagt immer, man kriegt nirgends gute Lehrlinge heutzutage.« Sie sah Papa an, und Papa grinste.

»Jamal sagt, er arbeitet gerne mit Holz«, sagte er. »Er kann Theo und mir ein bisschen helfen. Es ist alles nur auf Probe. Dann sehen wir weiter.«

»Und wo schläft er?«, fragte Anna.

»Na ja, in dem leeren Zimmer ist noch ein Sofa«, sagte Papa. »Das kann man ausklappen.«
»Ich kann auch schlafen auf Matratze in die Werkstatt«, sagte Jamal und piekte mit der Gabel auf seinem leeren Teller herum.
»Ach, lieber nicht, nachher macht noch jemand aus Versehen ein Regal aus dir«, sagte Papa. »So, aber jetzt müssen wir endlich die Pfannkuchen essen.« Und er legte einen Pfannkuchen auf jeden Teller. »Käse, Tomatensoße, Schokocreme – bedienen Sie sich.«
»Käse und Schokocreme?«, fragte Malte zweifelnd.
»Man muss ab und zu was Neues probieren«, sagte der alte Hansen und begann, sich alles auf seinen Pfannkuchen zu häufen.
Aber Anna konnte noch nicht an Pfannkuchen denken. »Was ist denn mit Wackelpo und Apfelmütze?«, fragte sie den alten Hansen. »Wackelpo scheut gar nicht mehr, haben Sie das gesehen, eben saß eine Fliege auf ihrem Ohr, und es ist nichts passiert … und Apfelmütze … ich weiß nicht, ob er weiter nachts abhaut, vielleicht ja nicht. Müssen sie wirklich weg?«
»Ich habe mir lange überlegt«, sagte der alte Hansen bedächtig und biss in seinen Tomaten-Käse-Schoko-Pfannkuchen, »Landmaschinen anzuschaffen und Ottokar und Lieselotte zu verkaufen.«
»An eine Schlachterei, was?«, flüsterte Anna.
»An … was?«, fragte der alte Hansen entsetzt. »Nein! An so eine Reitfrau, Heike von irgendwas, sie hat einen

Hof, etwas weiter weg. Sie macht Reit–, wie heißt das … Reit-Therapie mit Kindern. Es klang ganz nett.«

»Oh Gott«, sagte Anna. »Das dürfen Sie nicht! Dann binden sie den beiden am Ende Schleifchen ins Haar und wollen, dass sie den ganzen Tag an einer Leine im Kreis gehen, das geht nicht!«

Tariq nickte. »Sie müssen frei sein. Beide. Wie wir.«

»Tja, das Problem ist, ich mache nicht genug Geld mit meinem Hof«, sagte der alte Hansen und wischte sich etwas Tomatensoße aus dem Auge, die beim Hineinbeißen aus dem Pfannkuchen gespritzt war. »Die Leute kaufen das Gemüse und die Kartoffeln lieber billig im Supermarkt.«

»Mein Gott, dann kleben Sie doch endlich das blöde Bio-Label auf Ihre Sachen!«, rief jemand, und sie fuhren alle herum. Am Zaun hinter den Birnbäumen stand die Wiesenschaumfrau. Sie trug wie immer ihre grüne Schürze mit dem Wiesenschaumkraut-Aufdruck und hatte ein buntes Tuch ins blonde Haar gebunden. »Entschuldigen Sie, dass ich gelauscht habe«, sagte sie. »Aber ich kam hier zufällig vorbei.«

»Oder nicht so zufällig«, murmelte der alte Hansen. »Weil Sie gesehen haben, wie ich hergekommen bin, und weil Sie mich verfolgen wie ein Spion.«

»Und ich muss Ihnen das sagen, Herr Hansen, wirklich«, sagte die Wiesenschaumfrau, »die ganzen Sachen, die Sie herstellen, würden sich wunderbar in meinem Laden verkaufen, aber Sie brauchen dieses Label, Leute kaufen eben lieber Dinge mit Label. Ich würde Ihnen helfen, das Zertifikat zu beantragen.«

»Diese Frau will meine Kartoffeln entführen«, knurrte der alte Hansen. Er sah ganz ernst aus dabei, und alle lachten.

»Machen Sie das doch!«, sagte Malte aufmunternd. »Machen Sie das mit dem Label!«

»Was zum Teufel noch mal *ist* ein Label?«, fragte der alte Hansen.

»Ein kleiner Aufkleber«, sagte Anna. »Ich glaube, er tut den Kartoffeln nicht weh.«

»Ich muss auf jede einzelne verdammte Kartoffel einen Aufkleber machen?«, fragte Hansen entsetzt.

»Es muss nicht jede einzelne sein«, sagte die Wiesenschaumfrau. »Auf jede Tüte, das würde reichen.«

»Kartoffeln macht man in Säcke«, fauchte Hansen. »In Tüten passen doch gar nicht genug rein. Und auf Säcken halten keine Aufkleber.« Er verschränkte die Arme. »So.«

»Ach, Frau … ich weiß gar nicht, wie Sie heißen … kommen Sie doch herein«, sagte Papa, und da kam die Wiesenschaumfrau herein und bekam noch einen Klappstuhl und einen Teller für Pfannkuchen, und Tariq sagte: »Wir können Aufkleber machen. Für Sie.«

Anna nickte eifrig. »Und dafür dürfen Apfelmütze und Wackelpo bei Ihnen bleiben?«

»Hm-hm«, knurrte der alte Hansen und trank einen Schluck Kaffee. »Hm-hm.«

»Ich glaube, das heißt Ja«, flüsterte Anna der Wiesenschaumfrau zu, und die nickte und flüsterte: »Wir lassen ihn noch ein bisschen über die Entscheidung schlafen.«

Da sprang der alte Hansen auf. »Verdammt, darüber muss ich nicht schlafen!«, rief er. »Wozu soll man denn am helllichten Tag schlafen? Wenn der verflixte Aufkleber meinen Hof rettet, bitte, dann kleistert ruhig jede meiner Erdbeeren und Äpfel und Salatblätter damit zu, wenn ihr es nicht lassen könnt! Die Welt ist sowieso verrückt geworden!« Er sah Anna und Tariq an. »Aber ihr beide«, knurrte er. »Ihr verflixten Pferdediebe. Ihr müsst einmal die Woche kommen und den Stall ausmisten, das ist ja wohl das Mindeste. Und ihr müsst mir versprechen, dass ihr Ottokar und Liselotte jeden Nachmittag besucht, denn wenn ihr das nicht macht, werden sie euch vermissen, sie haben irgendwie einen Narren an euch gefressen. Ich will nicht, dass sie melancholisch werden, weil ... weil sie dann nicht mehr richtig arbeiten. Ja. Nur deshalb.«

Er hieb mit der Faust auf den Tisch, damit niemand sah, dass er Tränen in den Augen hatte.

Und alle Gläser und Teller hüpften hoch.

Da wieherte Wackelpo und stieg mit den Vorderbeinen

in die Luft und ging durch. Und niemand war ihr böse deswegen. Manche Leute waren eben so, wie sie waren.

Anna lief Wackelpo nach.
Über den Zaun, über die Wiese, in den Wald.
Und Tariq lief Anna nach. Und Apfelmütze lief Tariq nach.
Und so verschwanden sie alle zwischen den grünen Ästen, vielleicht in ein neues Abenteuer. Oder einfach in einen wunderschönen, gemeinsamen Sommertag.

Auf dem Weg vor dem Wald fuhren Stefan und Dustin und Jannis und Simone mit ihren Rädern in Richtung irgendeines Badesees, aber sie hielten an, weil zwei Kinder und zwei Pferde über den Weg liefen. Es war ganz gut, dass sie anhielten. So konnte der große Mohammed, der etwas keuchte, sie einholen.
»Sieh einer an, die Wahnsinnigen sind zurück«, sagte Stefan.
»Mein Vater war dabei, als sie gerettet wurden«, sagte Simone. »Sie sind mit einem Boot abgehauen und fast im Sturm ertrunken, und Anna ist ins Wasser gesprungen, um ein Pferd zu retten, und Tariq ist *auf* einem Pferd ins Wasser gesprungen, um Anna zu retten.«
»Krass«, sagte Stefan.
»Pfft«, sagte Jannis. »Wir erleben viel bessere Sachen als die da! Wenn wir beim See sind, zeig ich euch mein neues Handyspiel, das ist supergeil, so was haben die nicht.«

»Nein«, sagte Dustin und seufzte ganz kurz. »Die haben Pferde. Stellt euch mal vor. Einfach so zu reiten. Wie das wäre.«
»Los«, sagte Stefan. »Fahren wir zum See. Das ist doch auch … total abenteuerlich. Simone? Kommst du?«
Aber Simone stand noch eine Weile da und sah zum Waldrand, dorthin, wo Anna und Tariq und die Pferde ins dunkle Grün getaucht waren. Als sie schließlich auf ihr Fahrrad stieg, waren die anderen schon ein Stück weit weg.

»Entschuldigung«, sagte jemand am Gartenzaun, zwischen den Birnbäumen, ganz leise. Schüchtern. »Wo ist … Tür?«
»Oh, auf der anderen Seite, guten Tag«, sagte Annas Vater. »Aber Sie können einfach über den Zaun steigen, wie sie es gemacht hat.« Er nickte zu der Bioladenfrau hin, die gerade einen Pfannkuchen mit Tomaten-Schokoladen-Soße bestrich und dann eine Kornblume aus dem Blumenstrauß darauflegte, um sie mitzuessen.
Der alte Hansen schüttelte nur den Kopf.
»Sehr freundlich, ja«, sagte die Frau am Gartenzaun. Es war eine sehr kleine und dünne Frau, sie trug einen unförmigen grauen Mantel, trotz der warmen Sonne, aber ein hübsches, violett gemustertes Kopftuch mit winziger Goldstickerei. Malte half ihr über den Zaun, es war etwas umständlich, da sie unter dem Mantel einen langen Rock anhatte.

Und dann stand die kleine, dünne Frau im Garten neben dem Tisch.
Jamal hatte sie die ganze Zeit angestarrt wie eine Erscheinung, ohne sich zu rühren, und jetzt machte er einen Versuch, aufzuspringen, und ließ dabei seine Teetasse fallen.
»Sie sagen, hier sind«, erklärte die Frau. Ihre Augen waren dunkel und groß und furchtsam und sehr verwundert, als sie die Leute und die Pfannkuchen ansah. »Entschuldigung. Nicht viel Deutsch. Ich lern. Sie sagen, hier sind … Kinde.«
»Ja, hier waren bis eben drei Kinder«, sagte Malte. »Zwei kommen wahrscheinlich gleich wieder, aber erst erleben sie noch ein kleines Abenteuer im Wald mit zwei riesigen Pferden. Und welche … Kinder … suchen Sie?«
»*Meine* Kinde«, sagte die Frau und lächelte. »Jamal und Tariq. Ich bin kommen lange Weg für hier.«

So,
und nun muss natürlich noch ein Nachwort hierhin. Es gibt nämlich Geschichten, hinter denen sich noch eine andere Geschichte verbirgt. Die Realität in Afghanistan. Und mit Afghanistan ist es gar nicht so einfach.
Wie auch in anderen Ländern, kämpfen dort seit langer Zeit zwei Gruppierungen gegeneinander: die, die das Land modernisieren möchten und die, die dafür sind, dass sehr strenge Regeln gelten: muslimische Extremisten. Die Taliban. Bei ihnen ist vieles verboten, was für uns in Deutschland ganz selbstverständlich ist. Zum Beispiel, dass Frauen reiten dürfen oder dass Mädchen zur Schule gehen. Wer diese Regeln bricht, wird hart bestraft. So war es ja auch in Tariqs Familie.
Schon vor langer Zeit, vor über 80 Jahren, hatte das Land sich modernisiert, aber dann gab es einen Krieg, und die Extremisten haben die Macht an sich gerissen und alle getötet, die gegen sie waren. Und auch alle, die irgendwie modern sein wollten. Lehrer, Professoren, Politiker. Schließlich wurden die Extremisten besiegt, und eine neue, weniger strenge Regierung kam an die Macht. Sie erließ neue Gesetze, zum Beispiel sollten Frauen und

Männer jetzt die gleichen Rechte haben. Aber der Einfluss der Taliban verschwand nie ganz. In Teilen des Landes hatten sie immer die eigentliche Macht, vor allem auf dem Land. Aus Angst vor den Taliban und weil sie gerne ein freies Leben leben wollten, sind eine Menge Menschen heimlich über die Berge geflohen und haben versucht, in Europa ein neues Leben anzufangen.

Lange waren Soldaten aus den USA, Deutschland und anderen Ländern in Afghanistan und sollten der modernen Regierung beim Aufbau einer modernen Gesellschaft helfen. Sie hofften, dass die Regierung es mit Unterstützung der Bevölkerung irgendwann selbst schaffen würde, die Extremisten in Schach zu halten. Aber 2021 wurden diese ausländischen Soldaten aus dem Land abgezogen – und die Taliban eroberten das Land direkt wieder. Nun sind sie die offizielle Regierung. Und seitdem ist das Leben für viele Menschen in Afghanistan noch schwieriger geworden. Besonders für jene, die moderne Ansichten haben und freier leben wollen. Also fliehen weiter Menschen heimlich und unter großen Gefahren. So wie Tariq und sein Bruder. Sie schlagen sich über die Berge durch und hoffen, dass sie in einem friedlichen Land ankommen und bleiben dürfen.

Das ist zum Zeitpunkt, zu dem ich diese Zeilen schreibe, so. Vielleicht ändert es sich wieder. Vielleicht gibt es irgendwann wieder eine moderne Regierung in Afghanistan, und die Menschen müssen nicht mehr fliehen, sondern können zu dem zurückkehren, was sie verlassen mussten: ihre Familien, ihre Freunde und ihr Heimatland. Vielleicht wird alles besser. Drücken wir Tariq, seinem Bruder und all den anderen die Daumen.

Antonia Michaelis arbeitete in Südindien, Nepal und Peru. In Greifswald studierte sie Medizin und begann parallel dazu, Geschichten und Stücke zu veröffentlichen. Sie engagiert sich für Kinder in Madagaskar und half dort beim Neuaufbau einer Dorfschule. Sie hat zahlreiche Romane für Kinder, Jugendliche und Erwachsene veröffentlicht. »Der Märchenerzähler« wurde für den Deutschen Jugendliteraturpreis nominiert, »Niemand liebt November« gewann den Phantastikpreis der Stadt Wetzlar, »Das Blaubeerhaus« den »Penzberger Urmel«.

Kinderbücher von Antonia Michaelis bei Oetinger

Klimaneutral
Druckprodukt
ClimatePartner.com/53248-2011-1002

Dieses Buch wurde klimaneutral produziert. Dadurch fördern wir anerkannte Nachhaltigkeitsprojekte auf der ganzen Welt. Erfahre mehr über die Projekte, die wir unterstützen, und begleite uns auf unserem Weg unter www.oetinger.de

FSC www.fsc.org
MIX
Papier | Fördert gute Waldnutzung
FSC® C014496

2. Auflage

Satz: Satz für Satz, Wangen im Allgäu
Druck und Bindung: GGP Media GmbH,
Karl-Marx-Straße 24, 07381 Pößneck, Deutschland
Printed 2022
ISBN 978-3-7512-0028-8

www.oetinger.de